Über dieses Buch

›Mona‹ ist der zweite Roman des Schweizer Autors Jacques Chessex, der mit seinem preisgekrönten ersten Roman ›Der Kinderfresser‹ international bekannt wurde.
»In der Art der großen Sittenromane aus dem 19. Jahrhundert« (Die Zeit) wird die Geschichte des erfolgreichen Advokaten, Politikers und Generalstabsoffiziers Raymond Mange erzählt, die Geschichte seines Ausstiegs aus dem soliden, wohlhabenden Bürgertum. Mit 55 Jahren erlaubt sich der angepaßte Ehemann und Vater auszuflippen. Das beginnt mit einer Kontaktanzeige: Mange sucht ein Modell, um endlich seine nie eingestandenen, für einen Mann seines Standes und seiner Stellung verbotenen erotischen Wunschträume auszuleben. Der entfesselte Puritaner verfällt Mona, dem schönen italienischen Mädchen zweifelhafter Herkunft, das außer den von Maître Mange erwarteten Qualitäten auch noch erstaunlich zarte Empfindungen und sogar buchhalterische Talente mitbringt. Im Dunstkreis seiner Begierden, in den auch so etwas wie Liebe eintritt, setzt der Waadtländer Advokat alles aufs Spiel: seinen Beruf, seine Ehe, seine Kinder, seine gesellschaftliche Stellung. Als er in eine Drogengeschichte seiner Gespielin verwickelt wird, ist sein menschlicher und gesellschaftlicher Bankrott unaufhaltsam: Mona kehrt zu ihren Gangstern zurück, seine Ehefrau aus bester Familie läßt sich scheiden, die zärtlich geliebte Tochter begeht Selbstmord. Maître Mange bleibt allein, ein Ausgestoßener.
Dieser ebenso literarische wie erotische Roman, in dem Lust und Tod nahe beieinander sind, erweckt Assoziationen zu Baudelaire, auf den sich der Autor auch immer wieder beruft. Es ist die Geschichte eines Menschen, der sich der Leidenschaft, seinem lange gefangengehaltenen Selbst aussetzt und der an der Verlogenheit des Bürgertums, aber auch an seinen unausgetragenen Konflikten zugrundegeht.

Der Autor

Jacques Chessex, 1934 in Payerne geboren, trat in den fünfziger Jahren zunächst als Lyriker hervor. Mit seinen seit 1967 erschienenen Prosaarbeiten ›La confession du Pasteer Burg‹, ›Carabas‹ und ›Portrait des Vaudois‹ (›Leben und Sterben im Waadtland‹, Zürich 1974) wurde er im gesamten französischen Sprachraum bekannt. Der Roman ›Der Kinderfresser‹ (Fischer Taschenbuch Bd. 2087), 1973 in Paris und 1975 in Zürich in deutscher Sprache erschienen, war ein internationaler Erfolg mit Übersetzungen in USA, Japan und fast allen europäischen Ländern und wurde mit dem Prix Goncourt ausgezeichnet.

Jacques Chessex

MONA

Roman

Aus dem Französischen
von Marcel Schwander

Fischer
Taschenbuch
Verlag

Fischer Taschenbuch Verlag
Februar 1980
Ungekürzte Ausgabe
Umschlagentwurf: Jan Buchholz/Reni Hinsch
Foto: Mall Photodesign
Fischer Taschenbuch Verlag GmbH, Frankfurt am Main
Lizenzausgabe mit freundlicher Genehmigung
des Benziger Verlags GmbH, Zürich, Köln
Titel der Originalausgabe: ›L'Ardent Royaume‹

Gesamtherstellung: Hanseatische Druckanstalt GmbH, Hamburg
Printed in Germany
580-ISBN-3-596-22210-9

Lady Arabella machte sich ein Vergnügen daraus, mir, wie der Dämon auf dem Tempelfirst, die üppigsten Gebiete im Reich der Lüste zu zeigen.

Die Lilie im Tal

I

Sie setzte sich und lächelte.
»Also Sie sind es«, meinte sie.
Er mochte ihre heisere Stimme nicht, ihre Selbstsicherheit störte ihn, aber er behielt seine gewohnte Höflichkeit:
»Maître Raymond Mange, Rechtsanwalt«, sagte er mit einer leichten Verneigung. »Ich habe die Annonce aufgegeben.«
»Das wissen wir«, sagte das Mädchen und lachte laut heraus.
Sie zeigte auf Maître Manges Glas: »Was ist das?«
Der Kellner, der aussah wie Maupassant, näherte sich.
»Whisky«, sagte Raymond Mange.
»Ich nähme ganz gern einen«, sagte das Mädchen.
»Oder, verdammt mal, bringen Sie mir einen Pastis.«
Sie verweilten einen Moment ohne ein Wort.
Als der Pastis aufgetragen war, ließ sie die Eiswürfel im Glas klingeln und nahm einen kräftigen Schluck. Sogleich verbreitete sich ein süßlicher Anisgeruch. Mit rosiger Zunge strich sie über die glänzenden Lippen.
»Ich bin Mona«, sagte sie.
Er fuhr auf: Mona, Mona, Mona Lisa, welch eine Begegnung. Er musterte alles an ihr mit grimmiger Gier. Die kühn geschwungenen Augenbrauen und unter dem Dunkel der Haare die hohe Stirn, deren Adel dem spöttischen Ausdruck im Blick und dem sinnlichen Glanz des Mundes zu widersprechen schien. Mona. Sie war da, um in die Falle zu gehen. Wie alle Leser der kleinen Anzeige in *24 heures* hatte sie an einen Wahnsinnigen denken müssen, sie hatte das Risiko abgewogen und den Schritt gewagt. Als erste. Lange mußte sie nicht gezögert haben: Sie war verwegen, das sah man am herausfordernden Blick, am üppigen Schmollmund ... Maître Mange betrachtete sie mit ärgerlicher Neugier: Sie hatte angebissen, sie war zum Rendezvous gekommen, aber die Falle war noch nicht geschlossen, bei weitem nicht.
»Na was, gefällt Ihnen der Vorname nicht?«
»Ich finde ihn sehr schön, im Gegenteil«, meinte er, und fast ungewollt fügte er hinzu: »Er paßt ausgezeichnet zu Ihnen.« Spöttisch lächelte er. Doch sie hatte die Stichelei bemerkt.

»Sie wissen, vorläufig ist nichts abgemacht«, sagte sie. »Ich kann immer noch gehen. Wenn ich Ihnen nicht gefalle ...«
»Sie gefallen mir bestens«, fiel er ihr ins Wort. »Sie sind genau die Frau, die ich brauche. Wunderschön. Dunkle Augen, leuchtende Zähne ...«
»Warten Sie erst den Rest ab!«
Die Offenheit entwaffnete ihn. Er hatte nicht erwartet, daß sie ihm so brüsk den Gegenstand der Annonce in Erinnerung rufen würde. Sie ließ sich nicht blenden durch feine Manieren, und noch weniger gab sie sich über den Zweck des Treffens einer Täuschung hin. Übrigens hatte er sich ihr vorgestellt: Rechtsanwalt. Was hatte dies zu tun mit Malerei? Sie schaute ihn an und lachte.
Zur Ablenkung rief er den Kellner. Das exakte Ebenbild Maupassants. Die Ähnlichkeit war fast peinlich, aber sie faszinierte ihn.
»Bringen Sie die Karte«, sagte er.
»Und noch einen Pastis«, rief sie. »Sie nehmen doch auch noch einen Whisky, bis der Fraß kommt?«
Er lächelte krampfhaft und gab nach. Zwar hatte er sich gelobt, nicht zuviel zu trinken. Sich zu beherrschen. Doch schon triumphierte sie über ihn. Zum Glück war sie schön und sprach nicht zu laut. Als er sein erstes Glas austrank, warf er verstohlene Blicke auf die Nachbartische, an denen vorläufig noch niemand sie beide bemerkt zu haben schien. Gut so. Im Restaurant ›La Pomme de Pin‹ verkehrten viele seiner Klienten und Freunde. Er war oft im ersten Stock, im kleinen Saal mit den roten Kerzenstummeln und den dunkelgrünen Vorhängen; nicht selten sah man dort Berühmtheiten: Yul Brynner, der eine Mietvilla einige Kilometer oberhalb des Sees bewohnte, Simenon mit seiner neuen Frau, die Chaplins. Noch vor wenigen Tagen hatte Peter Ustinov mit einer Schar von Kindern und jungen Leuten dagesessen, Maître Mange hatte die Gefräßigkeit bewundert, mit der er die Lachsbrötchen verschlang. Zu ebener Erde lag die Gaststube, in der Studenten und Altstadtpolizisten einen Jaß klopften, zusammengedrängt auf den Wandbänken; und auf dem Weg zum Aufgang in den ersten Stock mußte man den Schlauch durchqueren, wobei die Burschen und Gendarmen belustigt den eleganten Paaren in Pelz und Smoking, Perlen und Tweed nachblickten, die sich mit gespielter Lässigkeit zwischen den Tischen durchzwängten, um die Treppe zum Speisesaal zu

erreichen. Der Kellner brachte eine verschnörkelte Karte aus altertümelndem Pergament, geschmückt mit Siegeln. Maître Mange reichte sie seiner Gefährtin.
»Oh, ich krepiere vor Hunger«, rief sie aus. »Bestellen Sie irgendwas. Vom Pastis hab' ich ein Loch im Magen. Und husch-husch!«
Noch einmal unterdrückte er eine Grimasse und zwang sich zum Lächeln, während er die Nachbartische beobachtete, an denen die Gäste, Gott sei Dank, nicht sonderlich achtgaben.
Ihre Liebhaber und Beschützer mußten ihr die Freude an feinem Essen beigebracht haben: Sie tafelte zu Maître Manges Entzücken mit schicklicher Fröhlichkeit. Sie war lustig und vergnügt, und ob allem Schmausen erzählte sie unzählige Geschichten aus ihrer Kindheit, von ihren Freunden und den Stellen, an denen sie in der letzten Zeit gearbeitet hatte. Raymond Mange hatte sich nicht getäuscht: wie schrecklich, wie bestrickend sie war! Von barbarischer Freßgier. Mit schwarzen Samtaugen im langen Oval, machtvollen Brauen, einem Lächeln auf den breiten Zähnen, einem dermaßen braven Kleidchen, prall ausgefüllt von den Brüsten und Hüften... Maître Mange sprach dem Essen ungewöhnlich herzhaft zu. Die normannische Seezunge war fest und schmelzend, der spritzige Weißwein ließ ihn heiter und gesprächig werden – einen Yvorne gab er Mona zu kosten, und ihre Reaktion entzückte ihn. Ihre Augen glänzten, sie trank in großen Schlücken und aß ausgiebig. Als sie ihre Seezunge beendet hatte, tauchte sie Brotbrocken in die Tunke und schlürfte daran. Sie bediente sich mit Poularde und Rosenkohl und leerte mehr als die halbe Flasche Salvagnin, die Maître Mange zum Geflügel bestellt hatte. Auch er trank den Wein mit einer Freude, wie er sie lange nicht mehr verspürt hatte. Er überraschte sich beim unaufhörlichen Reden von seinem Leben, seiner Anwaltspraxis, seinen Klienten. Er war ein guter Erzähler. Als er merkte, daß sie an Liebes- und Scheidungsaffären Gefallen fand, wählte er einige starke Stücke, wobei er in Details schwelgte, die ihr die Augen rundeten. Er spürte, daß sie gefesselt war, und malte weitere Einzelheiten aus bis zum Prozeß und zur Verurteilung. Er verweilte lange bei den deliktischen Handlungen, erklärte sie, berichtete über die polizeiliche Untersuchung, über das große Entsetzen des Angeschuldigten, oft ein angesehener Mann in

Machtposition, über die Untersuchungshaft, die Geschworenen, die ausnehmende Strenge des Richters, der sich nicht die geringste Nachsicht erlauben durfte, da der Schuldige zu seinen Kreisen gehörte. Das alles erregte Mona: die Verirrungen, die Laster der Bosse, der Wohlbetuchten. Maître Mange wiederholte seine Verteidigungsreden. Bewunderte sie ihn in diesem Augenblick? Er kannte sich selbst nicht mehr. Er, der gewöhnlich so zurückhaltend war, so verschwiegen, daß sich Marie-Françoise und die Kinder beklagten, sie könnten nur aus den Zeitungen von seinen Erfolgen erfahren – nun quasselte er vor einem Flittchen, das er kaum zwei Stunden kannte. Doch das Flittchen war schön, nicht einmal fünfundzwanzig, ihr Mund wölbte sich, ihre Nüstern bebten, sie lachte, stellte Fragen, wollte alle Details jener schlüpfrigen Geschichten kennen, die Marie-Françoise jeweils unwirsch unterbrach:
»Raymond, erspar mir den Rest. Solche Leute sind eher zu bedauern.«
Aus den Akten der bedauernswerten Leute erzählte er genauestens eine Affäre mit Obszönitäten, in die ein Arzt verwickelt war. Mehrere Monate lang hatte der Kerl, assistiert von seinem Empfangsfräulein, eine Minderjährige photographiert und sie zu allerhand Spielchen mit einem Dutzend Patienten gezwungen.
»Und haben Sie die Bilder gesehen?« fragte Mona mit angehaltenem Atem.
»Aber gewiß«, sagte Maître Mange. »Ich habe sie sogar in meiner Praxis, im Dossier der Affäre. Das heißt jene, die nicht auf Anordnung des Gerichts konfisziert und vernichtet wurden.«
»Könnten Sie mir die Bilder zeigen?«
»Nichts leichter als das«, sagte Maître Mange mit gezwungener Unbefangenheit. »Kommen Sie einfach einmal in meiner Praxis vorbei, am Abend, wenn die Sekretärinnen weg sind.«
Sie war sichtlich verwirrt. Begann sich die Falle zu schließen? Damit wenigstens hatte er sie im Griff. Er würde sich seiner Macht bedienen können. Er nahm sich vor, die erregenden Einzelheiten bei kommenden Zusammenkünften genau zu dosieren, ihr die Photos nur nach und nach zu zeigen, um die Lust zu verlängern. Um so mehr, als er selbst einige jener Szenen nicht vergessen konnte und sie sich immer wieder zu

Gemüte führte, sobald er sich allein in seiner Anwaltskanzlei wußte.
Ihm schien, das Mädchen sei seit einigen Augenblicken nähergerückt und zur Komplizin geworden. Die roten Lampen und der Wein ließen ihre Wangen erglühen, die Schatten der Flammen im Kamin tänzelten auf den Wandteppichen. Die Gläser funkelten, Früchte und Süßigkeiten in den Schalen überzogen sich mit einem Goldschimmer. Mona schwieg nun, wie verwirrt von der Hitze und vom Wein. Sie träumte mit schmollendem Mund. Auf einmal meinte sie:
»Und was habe ich zu tun?«
Maître Mange fuhr auf. Er war nicht gefaßt auf die Frage, die ihn auf den Zweck ihres Stelldicheins zurückführte.
»Sie werden posieren«, sagte er, etwas unsicher.
»Posieren?« Sie war offensichtlich überrascht. »Was meinen Sie mit posieren?«
»Eine Pose annehmen wie ein Modell. Eine Stunde lang oder zwei, solange Sie es aushalten. Je nach Ermüdung.«
»Und ich soll für Sie allein posieren?«
»Gewiß«, sagte Maître Mange, der seine Selbstsicherheit wiedergefunden hatte.
»Und das in Ihrer Kanzlei, an der Place Saint-François, mitten in der Stadt?«
»Aber nein, nein«, sagte Maître Mange. »Ich habe ein kleines Zimmer gemietet, das heißt eine kleine Wohnung, wo wir unsere Ruhe haben. Dort werden Sie posieren.«
»Und ich posiere ... nackt?«
»Ja«, sagte Maître Mange, dessen Blick sich in denjenigen des Mädchens bohrte.
Sie zwinkerte nicht.
»Einverstanden«, sagte sie. »Nackt posieren. Das mag angehen. Und Sie, was tun Sie derweilen?«
Maître Mange riß seine Energie zusammen. Das war nun der Moment, wo er sie überzeugen mußte. Oder kaufen. Doch es war schwierig hervorzubringen.
»Ich, während dieser Zeit, ich werde Sie beschauen.«
Schweigen.
Sie bangte davor, richtig zu verstehen.
»Und das wäre alles? Sie malen nicht? Sie machen keine ... Photos?«
»Nein«, sagte Maître Mange, »eigentlich nicht. Sie werden ja sehen.«

Sie verharrte in Schweigen. Eine Falte durchpflügte ihre Stirn. Nicht bestürzt, lediglich etwas zweiflerisch. Sie begriff immer noch nicht.
»Vielleicht werde ich Sie ausfragen«, fügte Maître Mange bei, der fürchtete, zuviel verraten zu haben.
»Während der Pose?«
»Während der Pose. Oder wenn wir zusammen ausgehen. Ganz wie es Ihnen gefällt. Doch Sie brauchen sich nicht zu verstellen. Und nicht zu verkleiden.« Er begann leicht zu keuchen. »Doch Sie müssen präzis auf alles antworten, was ich Sie fragen werde.«
Das Mädchen hatte seine Verwirrung entdeckt, nun glaubte sie ihn zu verstehen. Erleichtert sah Raymond Mange ihr Lächeln. Sie war sehr schön, die Wangen glühten, die Augen glänzten im roten Licht, sie lächelte immer noch, ihrer Macht gewiß.
»Wie alt sind Sie?« fragte Maître Mange noch.
»Dreiundzwanzig. Geht das so?«
»Keine Albernheiten. Verlobt? Versprochen? Ist er eifersüchtig?«
»Ach, gehen Sie.« Sie machte eine lässige Geste, als ob sie Unrat über die Schulter würfe. »Pah. Alles Humbug. Ich lasse mich nicht auf den Arm nehmen.«
»Ich bezahle Sie gut«, sagte Maître Mange. »Jedesmal nach der Zusammenkunft.«
»Ich vertraue Ihnen«, sagte das Mädchen.
»Also einverstanden?« fragte Mange.
»Einverstanden. Topp.«
Sie streckte die gebräunte Hand über den Tisch und berührte leicht Maître Manges Rechte.
Die Falle war geschlossen.
Nun bestellten sie Eis und tranken Cognac zum Kaffee. Als er sah, wie sie aufstand, um in die Toilette zu gehen, und tänzelnd durch den Speisesaal schritt, überlegte sich Maître Mange, ob er ihr nicht vorschlagen solle, auf der Stelle in die kleine Wohnung zu gehen und sich auf dem Tisch auszuziehen. Das Blut pochte ihm in den Schläfen, ein Ekelgefühl brannte im Bauch. Er zögerte. Nein, nichts überstürzen. Abwarten, ihr Vertrauen gewinnen, die Angelegenheit behandeln wie jede andere, geduldig, selbstsicher. Nur nicht angst machen. Wenn er nicht drängelte, würde er von ihr um so mehr erhalten.

Als sie zurückkam, stellte er sie sich in Kauerstellung vor, das Höschen über die Stiefel gezogen, das Schampelzchen leuchtete aus dem Weiß von Bauch und Schenkeln. Gleichzeitig war er verlegen. Jetzt, da der Plan geglückt war, fühlte er Wut auf sich selbst. Dreiundzwanzig. Seine eigene Tochter war zwanzig. Was würde er sagen, wenn er vernähme, daß ein alter Saunickel sie gegen Bezahlung auszog?
Sie setzte sich wieder.
»Ich bin fünfundfünfzig«, sagte er, ohne weiter zu überlegen.
»Im besten Alter«, pflichtete sie lachend bei. »Sie scheinen gut erhalten. Und silberne Schläfen finde ich toll!«
Er beruhigte sich. Schließlich wäre er nicht der erste, der einer Göre für Privatvorstellungen zahlte. Doch darum ging es auch gar nicht. Nur zu gut wußte er: Es kam von weiter her, von tiefer innen, aus dunklen Gründen, aus verdeckten, erdrückten, verklemmten Schichten, in denen er nicht wühlen mochte. Sobald er sie zu erhellen versuchte, überfiel ihn Traurigkeit. Doch er wollte nicht über Untergründigem rührselig werden. Denn er saß nun einer üppig-schönen Herrscherin gegenüber, die nur auf sein Rendezvous wartete, um ihm ihr Reich zu zeigen. Er spürte Lust zum Trinken. Sie nahmen noch einige Whiskys. Mona plauderte. Sie hieß Mona Lisa Antoniazza. Ihre Eltern waren Italiener. Vater Handlanger, Mutter Serviertochter. Sie waren nach dem Krieg in die Schweiz gekommen, Mona war in Lausanne geboren, zur Zeit ihrer Trennung. Sie war hier zur Schule gegangen und sprach französisch ohne fremden Akzent. Beruf hatte sie keinen gelernt. Nach der Schule war sie Mannequin, Verkäuferin in einem Warenhaus, Kellnerin, Zigarettenverkäuferin in einem Nachtlokal, Floristin, Coiffeurgehilfin, Saunawärterin. Sie sagte nicht: Prostituierte, aber sie ließ es durchblicken. Mehrmals hatte sie sich verlobt. Die Typen hängten sich an sie, und wie sie behauptete, hatten mehrere gedroht, sie umzulegen. Das mußte wahr sein. Sie hatte keine Angst. Sie wußte sich in jeder Lage zu helfen. Sie prahlte nicht. Von ihr strömte eine seltsam überzeugende Sicherheit aus. Wo sie wohnte? Überall und nirgendwo. Meist in Hotelzimmern. Seit zwei Monaten hatte sie ein Studio an der Avenue d'Ouchy gemietet. Maître Mange stellte sich das unordentliche Bett vor, Unterwäsche verstreut auf dem Boden, Haare im Waschbecken. Er war erregt, voll Verlangen und Bedauern.

»Schlafen Sie allein?« fragte er und zwang sich zu einem Lächeln.

»Ich habe alle spediert und bin frei von Fesseln. Ah, ich beginne zu atmen!«

Der Speisesaal leerte sich. Der Kellner schien ungeduldig zu werden. Maître Mange führte sie im Wagen bis zum Eingang ihres Blocks an der Avenue d'Ouchy.

»Ein Wunderschlitten«, rühmte sie, als er den Motor seines Mercedes anließ. Dann nichts mehr. Als sie ausstieg, streifte sie ihn mit ihren Lippen.

»Vergiß nicht, was du versprochen hast wegen der Photos...«

Sie hatte in einem Atemzug gesprochen, doch er, erneut etwas verwirrt, hatte sie zurückzuhalten versucht. Die Autotür schlug zu, sie drehte bereits den Yale in der Haustür.

Na also. Der Mercedes rollte durch leere Straßen. In der Métairie mit den Sträuchern im Rasen vor dem Obstgarten fühlte sich Maître Mange etwas beklommen. Alles schlief. Er ging durch den Salon, dessen Tische mit Zeitungen und Illustrierten überhäuft waren, und stieg die Treppe hinauf, auf der ein dicker Teppich das Geräusch seiner Schritte dämpfte. Er kam vorbei am Zimmer Martials, der einen Che-Guevara-Poster an die Tür geklebt hatte. Als er vor jenem Béatrices innehielt, hörte er das Geleier des Plattenspielers: Tja, seine Tochter schlief also nicht. Gewiß rauchte sie Gauloises, die Brust entblößt, den Nacken gegen den Bettladen, wie er sie eines Abends überrascht hatte, als er sie abwesend wähnte und ihr Zimmer betrat, um ihr ein Buch zurückzubringen, das sie am nächsten Tag benötigte. Béatrice war noch Jungfrau. Wer wußte es? Immerhin: die Skilager, die Parties... Er sah sie als Kind am Gartentor, die aufgelösten Zöpfe in den Augen, wie sie ihm ihre Patschhändchen zum Empfang entgegenstreckte. Eine heftige Zärtlichkeit überkam ihn. Das Haus barg schützend seine Bewohner. Hier war sein wahres Dasein, sein Lebenssaft, sein Herzblut. Und Herzblut der Seinen. Er stieß die Tür des Ehezimmers auf, entkleidete sich im Dunkeln und legte sich in die Wärme neben Marie-Françoise, die lang ausgestreckt lag und leise aufstöhnte, ohne jedoch zu erwachen.

Maître Mange hatte die kleine Anzeige nicht aus einer plötzlichen Anwandlung heraus aufgegeben. Er dachte seit Monaten daran. Seit Jahren. Er war wie besessen von Lüsternheit. Wie von einem Verhängnis. Er hatte seine Unrast beschwichtigt auf flüchtigen Streifzügen durch die Nachtlokale, er zahlte Champagner und ließ sich in irgendeinen Schlupfwinkel oder ein Hotelzimmer mitnehmen. Doch die Mädchen waren abgekämpft und hatten es eilig, sie erledigten das Geschäft, und Maître Mange fand sich wütend und angeekelt wieder im Treppenhaus. Er hatte eine Maitresse gehabt, die Angestellte eines Berufskollegen, die ihm manchmal Briefe und Aktendossiers in seine Praxis brachte. Zwei oder drei Wochen lang hatte er mit Jeanne Aubert geschlafen, die fünfunddreißig war, geschieden und sehr anstellig. Doch Jeanne Aubert wollte sich wieder verheiraten. Und Jeanne Aubert sprach nur von ihrem Chef, dessen Praxis, den Dossiers, und Maître Mange hatte die Nase voll von der Fachsimpelei. Er hatte sie nicht mehr rufen lassen, und als er sie wiedersah, im Flur der Anwaltskanzlei, lächelten sie sich zu ohne Groll, wie zwei alte Bekannte, die sich gegenseitig schätzen.
Von neuem hatte er sich an die Bartheken der Dancings gelehnt, im ›Tabaris‹, im ›Paradou‹, in der ›Voile d'Or‹. Die Mädchen machten sich an ihn heran. Doch man kannte ihn, er war Logenmitglied und Abgeordneter im Großen Rat, und die Techtelmechtel konnten ihn teuer zu stehen kommen. So verzichtete er denn.
In der Anwaltskanzlei hatte er zwei Sekretärinnen und eine junge Lehrtochter. Die erste Sekretärin war verheiratet. Eines Abends im letzten Winter, als sie Überstunden machte – vor den Weihnachtsferien waren Dossiers abzuschließen und Eingaben ins reine zu schreiben –, war Maître Mange noch in die Kanzlei gegangen und hatte Madame Magnin eigentlich recht hübsch gefunden. War es die Müdigkeit? Die Vorfreude auf die Festzeit? Sie hatte grüne Augen, dunkel umrändert, weite Lippen und war ganz aufgeregt. Die Tür war abgeschlossen. Er hatte sie auf den Mund geküßt. Bislang hatte er noch gar nie daran gedacht. Er stand vor ihr im Zimmer, das von einer einzigen kleinen Bürolampe erhellt war. Roselyne Magnin. Einunddreißig. Frau eines Telephonangestellten. Er dachte oft an ihre Zunge, an den warmen Hauch. An den letzten Herbstwahlen war ihr Mann als sozialdemokratischer Abgeordneter in den Großen Rat gewählt worden. Maître

Mange konnte ihn von den FdP-Bänken aus gelangweilt betrachten.
Frühjahr und Sommer waren im Nu vorbei. Der September kam. Maître Mange hatte die Annonce zu Beginn des Monats aufgegeben. Er war selbst zur Publicitas gegangen. Die Schalterangestellte würde ihn wohl kaum kennen. Es war an einem sonnigen Vormittag, die Bäume im Wald von Sauvabelin glänzten bereits golden oberhalb der Brücke. Maître Mange genoß die ruhige Stunde. Wie einen schulfreien Tag. Die Schule schwänzen! Er trank in der Chaumière einen Kaffee und bestellte geruhsam einen zweiten, den er genüßlich schlürfte und dazu seinen Text las.
Tipptopp. Genau was er brauchte. Nicht zu durchsichtig, nicht übertrieben, doch für *24 heures* auffällig genug, um die Aufmerksamkeit jener Leserin zu erregen, die rasch begreifen sollte:

KÜNSTLER
sucht
MODELLE
(auch Debütantinnen)
Offerten erbeten unter Chiffre ...

Das übrige würde die Agentur ergänzen.
Er hatte den maschinengeschriebenen Zettel dem Mädchen hingestreckt, das ihn anstandslos kopierte, die Wörter zählte und den Preis angab.
»Wann soll es erscheinen?« fragte sie und schaute dabei Maître Mange nachdrucksvoll an.
»Wenn immer möglich, am Samstag.«
Das war der Tag, an dem *24 heures* am aufmerksamsten gelesen wurde.
»Ihre Annonce wird also am Samstag, dem 14., unter den Stellenangeboten erscheinen. Auf Wiedersehen, Monsieur.«
Und sie schloß den Schalter.
Wie einfach doch alles war, dachte Maître Mange. Er, der gewohnt war, die verworrensten Affären zu entwirren und die heikelsten Verhandlungen durchzukämpfen, er hatte seit Jahren die Gewohnheit verloren, sich mit den kleinen Dingen des Alltags zu befassen, und staunte nun über das kindliche Vergnügen, das er daran fand. Der Abwart an der Place Saint-

François brachte den Wagen zum Ölwechsel in die Garage. Die Kanzlistinnen regelten die laufenden Rechnungen. Der Treuhänder füllte die Steuererklärungen aus. Seine Frau und Consuelo, das spanische Dienstmädchen, machten die Einkäufe und bereiteten die Mahlzeiten. Consuelos Mann, er wußte nicht einmal seinen Namen, mähte einmal pro Woche den Rasen der Métairie und wischte das dürre Laub zusammen. Und er, Maître Mange, was tat er? Von Montag bis Mittwoch war er den ganzen Tag im Großen Rat und in mehreren parlamentarischen Kommissionen. Am Dienstagabend war er in der Loge zu Beaulieu, ›Hoffnung und Freundschaft‹, an deren Sitzungen er regelmäßig teilnahm. Und vor allem am Vormittag hatte er Besprechungen mit seinen Klienten, denen er stundenlang zuhörte, wobei er sich den Anschein gab, er teile ihre Meinungen und nehme sie ernst. An den Nachmittagen überprüfte er Recherchen von Privatdetektiven, diktierte Eingaben und Rekurse und suchte die Argumente für seine Plädoyers zusammen. An manchen Tagen hatte er dreimal im Gerichtsgebäude Montbenon anzutreten, wobei er kaum Zeit zu einem kleinen Plausch im ›Café Romand‹ fand, wo er Berufskollegen begegnete, die es ebenso eilig hatten wie er und in dunkler Jacke und gestreiften Hosen ebenso schwitzten. Zwecklos, den Wagen zu nehmen, er hätte ihn nicht parken können. Er ging die eleganten Geschäfte von Saint-François entlang, überquerte den Grand-Pont und gelangte zum Montbenon-Park mit den von Bienen umschwärmten Bäumen. Hier herrschte ein goldener Friede. Er bedauerte, daß er sich nicht auf eine Bank setzen und den See und die Savoyer Berge bewundern konnte. In großen Sprüngen eilte er die Außentreppe hinauf und stieß mit Mühe das schwere Portal auf. Der Hund des Abwarts, Haro, ein ungeheuer deutscher Schäfer, beschnupperte ihm die Beine. Schon winkte ihm der Gerichtsweibel, und die Familie seines Klienten, bleich und aufgeregt, umringte ihn wie einen Retter. Dann kam die Gerichtsverhandlung, und Maître Mange plädierte gut. Vor Gericht machte er Eindruck, seine hohe Gestalt und seine kraftvolle Stimme wirkten oft Wunder. Er war geschickt und furchtlos, nahm Rücksicht auf die Empfindlichkeit der Richter, und anderseits war er aber auch tüchtig, effektvoll in seinen Angriffen und bereit, die mühsamsten Audienzen, ein feindseliges Publikum und die Schnoddrigkeiten der Journalisten zu ertragen. Er war gefürchtet, und Leute jeden Standes gingen ihn um Rat an. Auch Bauern und kleine Geschäftsleute, denn er hatte eine zweite Praxis in Yvonand eröffnet, am andern Ende des Kantons, wo er am Donnerstagvormittag Sprechstunde hielt, assistiert von einer Sekretärin aus dem Ort.

Er reiste gern nach Yvonand. Für ihn war es wie eine Pause im Zirkus. Meist fuhr er über Nebenstraßen über die Höhen des Jorat, machte einen kurzen Aufenthalt bei einem Glas Wein in Thierrens, erreichte Donneloye und die Hänge über der Mentue. Die Gegend war von wilder Schönheit. In jenem Herbst war das Land besonders schön, die Laubwälder bedeckten sich mit Kupfer, die Waldränder leuchteten, und das Licht auf den Hügeln war wundersam blau.

Bei der Fahrt über Land bedauerte Maître Mange, daß er allein war und ein Ziel hatte. Wann wohl konnte er mit einem verführerischen Mädchen durch die Gegend schweifen und es auf der Heimfahrt an sich schließen? Er sehnte sich nach weiblichen Rundungen. Marie-Françoise war groß und schön, sie gefiel den Männern, doch sie liebte die Lust nicht, nicht genügend für Raymond Manges Begehrlichkeit. Sie war nicht auf Neues erpicht und hatte das Spiel bald satt: Sie ging früh zu Bett, schlief lange und strotzte vor Gesundheit. Mit wem konnte er von seinen Begierden sprechen? Wer verstand sein Schmachten, seine unstillbare Brunst, die Geilheit im Mark seiner Knochen? Von den Prostituierten der Nachtlokale hatte er nichts verlangt als einen kurzen Wahn. Und nichts gefühlt. Zärtlichkeit mußte ihm jemand anders bringen. Seltsam, er wartete, wütend über sich. Er betrachtete sich selbst mit Hohn, doch immer hoffte er auf den Zufall, die Begegnung, die ihm eine Komplizin bescheren würde. Maître Mange, spottete er, aus Ihnen gäbe es eine Madame Bovary! Seit langem glaubte er nicht mehr an die kleinen Wunder der Bilderromane, an die Autostopperin, die sich hingibt, an die Kellnerin, die Wirtin Zur frohen Herberge, die an die Tür ihres Gastes klopft. So kam er auf die Idee mit der Annonce. Er erhoffte sich eine Malou oder Lola oder Armande, Frauen mit lasterhaften Namen, wie er sie gern hatte, Hurennamen, die ihn erlösten von Namen wie Adrienne, Geneviève und Guillemette, die man in seinen Kreisen schätzte. Er wollte eine Annonce aufgeben, und der Fisch würde von selber in die Reuse schwimmen. Unbemerkt von allen. Zwar hatte er an diese oder jene seiner Klientinnen gedacht, doch die Furcht vor Komplikationen ließ ihn zurückschrecken. Etliche hatten schon anzubändeln versucht, sie erzählten Details über ihre Liebschaften und Enttäuschungen. Öfter schon war Maître Mange drauf und dran gewesen, eine Klientin zu umarmen: ach, die Tränen, die zitternden Brüste in der Bluse, die Zuckungen der Beine auf dem Lederfauteuil... Wie froh war er, daß die Anwaltskammer Diwane bei der Möblierung der Konsultationszimmer verbot.

Als Knabe hatte er Neid gefühlt auf die Erwachsenen, bei denen er sich ein Wohlleben in üppiger Lust erdachte. Mißgünstig verfolgte er ihre Heimlichkeiten. Er forschte, lauschte, rätselte. Gespräche, die bei seinem Nähern unterbrochen wurden, Augenzwinkern, Anspielungen, Scherze; er litt unter seiner Kleinheit wie ein Zwerg und sann auf Genugtuung. Er hatte sich früh verheiratet, mit zweiundzwanzig, zwei Tage nach dem Lizentiat der Rechte. Ein Sohn kleiner Handwerker, der die Tochter eines der bedeutendsten Advokaten des Landes ehelichte! Er hatte bei seinem Schwiegervater das Praktikum gemacht. Maître Perrin war ein ehrlichschlauer Freimaurer. Er entstammte einer altehrwürdigen Familie aus dem Broyetal, betrachtete das Land als seinen Besitz und zog machtvoll Nutzen daraus. Bei ihm hatte Raymond Mange sein Metier an der Front und in der Etappe gelernt, und sein Leben lang schuldete er dem alten Tyrannen Dank. Maître Perrin hatte ihm strenge Grundregeln mitgegeben, auf denen man jegliche Strategie entfalten konnte. Niemals durfte man diese Gesetze mißachten! Nach seinem Doktorat hatte ihn Perrin als Teilhaber in seine Anwaltspraxis aufgenommen, und das Tandem hatte siebzehn Jahre lang gewirkt. Maîtres Jules Perrin und Raymond Mange, Rechtsanwälte, 7 Place Saint-François, Lausanne. Welche Visitenkarte! Welch schöne Kupferplatte am Eingang zur Anwaltspraxis, und wie zufrieden war Maître Mange mit seinem Schicksal, wie gewiß war er seiner Zukunft, wenn er in der Anfangszeit seine Kanzlei betrat und die schwere Eichentür hinter sich schloß! Marie-Françoise war eine großgewachsene junge Frau, heiter und ausgelassen. Die Kinder waren spät gekommen. Frédéric hatten sie bei der Geburt verloren. Ein schwerer Schlag für Marie-Françoise. Ein Jahr darauf war Béatrice gekommen und zwei Jahre später Martial.

Wer war Marie-Françoise? Er hatte den straffen, bronzenen Leib leidenschaftlich geliebt, die rosigen Brüste, die langen

Schenkel, den strotzend gesunden Atem, die honigfarbenen Haare. Doch er mußte seine Frau heimlich bewundern, wie ein Dieb, wie ein Fremdling. Denn sie war von einer Schamhaftigkeit, die ihn in die Wüste schickte. Stundenlang hätte er an ihren Brüsten gesuckelt, ihren heiteren Duft geatmet. Stundenlang hätte er ihre Schenkel gespreizt. Doch sie entwand sich lachend.

»Hör doch auf, du machst mir weh!«

Maître Mange befaßte sich mit seiner Karriere, doch seine Frau besaß er nicht. Besitzen, welch seltsames Wort. Er wußte nichts von Marie-Françoise. Nichts von ihren Träumen. Wenn sie überhaupt träumte. Nichts vom Leben ihres Bauches. Nichts von ihrer Lust. Nach einem Vierteljahrhundert an ihrer Seite kannte er nichts von ihren Irrungen, Wirrungen und Ängsten. Tatsächlich war sie aufgeräumt und gesund. Was gibt es da zu klagen, Maître Mange? Maître Mange beklagte sich nicht. Er bewunderte und liebte seine Frau. Sie war ehrsam, munter und standhaft. Sie verhätschelte ihn nicht, ebensowenig wie die Kinder, doch sie war gut. Gut wie Brot, gut wie Frucht. Mange fiel es schwer, sie zu betrügen, er hatte es getan, um seinen wachsenden Hunger nach dem Fleisch und Blut, nach dem Geheimnis der Frauen zu stillen.

Welch ein Weg zum Geheimnis der anderen! Mit fünfundzwanzig hatte Raymond Mange geglaubt, er könne seine Klienten durchschauen, in den Köpfen der Leute lesen, und das munterte ihn auf. So verliefen die ersten Ehejahre mit Marie-Françoise. Er las in den andern und nahm sein Leben fest in die Hand. Doch im Lauf der Jahre hatte er mehr und mehr Mühe, das Geheimnis der Menschen seiner Umgebung zu durchdringen. Die Herzen und Seelen erforschen, welche Täuschung! Nichts drang aus ihren Gedanken in den Blick, nichts stieg heraus aus der Tiefe ihrer Eingeweide, ihres innersten Wesens. Die Männer und Frauen, die er traf, waren Bündel aus Nacht, umhüllt von Haut, versehen mit Augen, Haaren und anderen Dekorationen. Wolken, Schächte, Abgründe von Einsamkeit, die ihn in seine eigene Einsamkeit zurückschickten, während er sie leidenschaftlich durchdringen, erkennen, enträtseln wollte. Wie besessen war er vom Gedanken an das innerste Wesen der Menschen. Er träumte ihre Träume, erduldete ihre Wunden, lechzte ihre Lust. Besonders jene der Frauen. Er war sie: ihre Hand, ihre Finger, ihre Lippen. Er kam außer Atem an ihrer Erregung. Er fürchtete ihre Furcht. Er versuchte die Welt mit ihren Augen zu sehen: wie die Eltern neues Leben schufen, wie die Kinder sich stritten und sich fanden, wie das Alter lautlos kam und seine Patina über alle Dinge legte...

Wie das neidische Kind von einst, das die Erwachsenen und ihre Vorrechte ergründete, so durchforschte er nun die Lebensexistenzen der andern und fand sich ebenso ratlos wie der Knabe, der sein Ohr an die Wände hielt. Maître Mange, der Lauscher an der Wand! Doch es war schwieriger, heimlicher. Er brauchte nur in eines Menschen Nähe zu kommen, und schon verströmte dieser, ob Mann oder Frau, wie der Tintenfisch eine dunkle Tinktur, um seinem Blick zu entgehen.

So verdichtete sich das Geheimnis der Menschen und ließ sie immer verlockender und beunruhigender scheinen. Vor allem die Frauen verschreckten ihn. Ihr Schweigen durchbrechen! Ihre Lügen durchdringen, die Schliche durchschauen, die Heuchelei bloßstellen und alles an das Licht der Sonne bringen! Er wollte hören, wie sie ihre Lüste gestanden, ihre Tollheiten aufzählten und über alle Einzelheiten ihrer Liebschaften berichteten; von Gedanken wie diesen war Maître Mange besessen. Selbstironisch sah er sich als Beichtvater, Psychoanalytiker, Führer des Gewissens; er drehte die Daumenschraube der Inquisition, neigte sich über ausgemergelte Gesichter, keuchende Atemzüge, sammelte verschämte Eingeständnisse, durchbrach die Dämme des Willens. In diesen Träumereien nahm die Patientin oft die Züge von Marie-Françoise an, und es war für ihn eine seltsam ungestüme Freude, endlich ihre Irrgärten zu entdecken. Dann wachte Maître Mange manchmal auf und sagte sich: Dummkopf, Marie-Françoise ist kein Irrgarten, sie ist lauter wie ein Felsenquell. Und jedesmal stiegen schmerzlich die Racine-Verse in seiner Erinnerung auf:

Das Licht des Tages ist nicht lautrer als mein Herz.

Wie hätte er sie schuldig gewünscht in solchen Augenblicken, um sich mit ihr an ihrer Schande zu berauschen! Wie hätte er sie finster und besessen gewünscht unter ihrer Reinheit, um mit ihr in die Unterwelt einzusinken, dortnieden wonnig mit ihr zu leiden und heraufzusteigen ans Licht, bevor er wieder in dunkle Schlünde versank!

Er begann, sie anzurufen. Er hatte sich überwinden müssen und schwitzte in der engen Kabine, als er die Nummer einstellte.
»Hallo, Mona, hier Maître Mange.«
Sie schien nicht überrascht zu sein.
»Wie spät ist es?« fragte sie drollig.
Sie mußte noch im Bett sein, ihre Stimme klang krächzend.
»Zehn Uhr«, sagte Maître Mange. »Wann sehen wir uns wieder, Mona? Ich sehne mich nach Ihnen, wissen Sie.«
»Ei, ei.«
»Aber ja doch, Mona. Lachen Sie nicht.«
»Ich lache gar nicht.«
»Wann sehen wir uns? Ich möchte die Stunde ... die Modellstunde festlegen, Mona.«
»Bestehen Sie immer noch darauf?« sagte sie, nunmehr lachend.
Maitre Manges Hand umklammerte den Hörer, sein Herz begann laut zu pochen.
»Ach, was ich für ein Kopfweh habe«, sagte Mona.
»Schrecklich. Und nicht einmal Aspirin.«
Maître Mange sprach nicht mehr.
»Wie ist das Wetter?« fragte sie.
»Es regnet und beginnt kalt zu werden«, sagte er, erfreut, daß er sie vergällen konnte. »Ziehen Sie sich auf alle Fälle warm an. Richtiges Grippewetter.«
Doch er konnte sie nicht aus der Fassung bringen.
»So bleibe ich halt den ganzen Tag im Bett. Gute Idee.«
»Und das Aspirin?«
»Oh, es geht auch ohne. Oder ich schicke meinen Zimmernachbarn in die Apotheke an der Ecke. Er hat ebensowenig zu tun wie ich.«
Die Eifersucht ließ ihn erbeben.
»Soll ich Ihnen am Nachmittag Aspirin bringen? Am Vormittag geht es nicht. Ich habe in Yvonand zu tun. Aber gegen drei Uhr bin ich zurück und kann schnell in der Apotheke vorbei.«
»Nein«, sagte Mona gelangweilt. »Ich klopfe dem Nachbarn an die Wand. Ein Student. Er hat heute morgen ohnehin nichts Besseres zu tun.«
Schlampe.
Maître Mange nahm kurz Abschied und hängte auf. Als er aus der Kabine heraustrat, empfand er die Temperatur in der

Gaststube angenehm. Er ging zu seinem Tisch zurück und bestellte ein zweites Bier. Der Bierteller fesselte seine Aufmerksamkeit. In einem blaugelben Kreis wandte sich ein blondes Mädchen mit strahlenden Zähnen an den Gast:

Komm mit mir
Zum Anker-Bier

sagte sie, weckte mit schönen Brüsten und sonnengebräunten Schenkeln das Verlangen, recht viele Flaschen Anker-Bier in ihrer Gesellschaft zu leeren. Um so mehr, als der Anblick einer biertrinkenden Frau Maître Mange stets verwirrte. Die Stangen und Becher, geleert von schönen Mündern mit blanken Zähnen ließen ihn unvermittelt daran denken, wie das Naß in der warmen Nacht der Speiseröhre versank, den Magen durchfloß, durch das Gedärm die Blase erreichte und sich dort ansammelte unter den Rundungen des Beckens und der samtigwarmen Haut des Unterleibs. Maître Mange begann zu träumen. Er erinnerte sich an die heftige Erregung, die ihn im vergangenen Sommer erfaßt hatte, als ein junges Mädchen mit kupferblonden Zöpfen in seiner Nähe auf der Terrasse des ›Hotels de la Paix‹ Platz nahm und Glas auf Glas zwei große Bier trank. Nach einer halben Stunde war sie aufgestanden, um auf die Toilette zu gehen, und Mange starrte begehrlich auf ihre runden Schenkel unter dem Miniröcklein, die gebräunten Beine, die in der Julisonne glänzten. Er trank sein Bier aus und begab sich in das Konsultationszimmer, das in einem alten Haus beim Bahnhof Yvonand eingerichtet worden war. Die junge Sekretärin war schon da und erhob sich hinter ihrer Maschine, als er eintrat. Auch ein prachtvolles Mädchen. Graue Augen, goldene Bäuerinnenhaut, runde Brüste, die sich in der Bluse bewegten ... Weshalb hatte er mit Mona nicht ein Rendezvous vereinbart? Er hatte gefürchtet, ihr lästig zu fallen. Befürchtet, sie würde ihn unwirsch zum Teufel jagen. Sie war in Katerstimmung und hatte sich über ihn lustig gemacht. Gegen Mittag wollte er sie noch einmal anrufen. Und sie zum Vorwand fragen, wie es ihr gehe. Schließlich hatte sie an jenem ersten Abend seiner Idee des Posierens zugestimmt, und dabei war man verblieben. Die Sitzung mußte nun festgelegt werden. Er mußte sich einschmeicheln, sie einschläfern, erobern. »Der Präfekt hat angerufen, Maître«, sagte das Mädchen. »Er hat gebeten, ihm zurückzuläuten. Und heute morgen sind drei Fälle zu bearbeiten. Monsieur Vodoz sitzt schon im Warteraum.«

Maître Mange lächelte. Jener Fall würde ihm wenigstens etwas Zerstreuung bieten. Es ging um eine besonders verwikkelte Scheidungsaffäre; er ergötzte sich an den Darbietungen seines Klienten, der sich gezwungen sah, alle Abenteuer und Liebhaber seiner Frau aufzuzählen. Deftige Szenen aus dem Landleben.

»Und die Erbschaft Savary?«

»Vorläufig ist noch niemand da, aber sie sind auf zehn Uhr angemeldet. Alle Erbberechtigten kommen. Die Akten liegen auf Ihrem Schreibtisch.«

»Sie wissen nicht, was der Präfekt will?« fragte Maître Mange.

»Er hat nichts gesagt. Er hat sich nur erkundigt, ob er Sie auf ein Uhr zum Mittagessen einladen könne.«

Maître Mange war etwas verärgert. Nach den Besprechungen am Vormittag war er jeweils gern allein im Hotel de la Gare, dessen große Gaststube ihn an Herbergen in der Normandie erinnerte, oder in einem der kleinen Wirtshäuser in den Dörfern der Umgebung. Er setzte sich in eine Ecke, beobachtete, hörte zu und träumte, wenn er das Tagesmenü aß. Während ihm noch die Gespräche des Vormittags durch den Kopf gingen, stellte er sich die Welt der Leute am Wirtshaustisch vor, er folgte ihnen, begleitete sie in ihr Berufs- und Liebesleben, erfand Abstecher und Querwege. Es war, als ob die Tränen und Dramen des Vormittags nun andere Akteure bedrängten und sich mit deren eigenen Problemen vermengten. Er wollte versuchen, die Einladung des Präfekten abzuwimmeln. Am Telephon ließ er sich die Präfektur geben.

»Salü«, sagte der Präfekt mit seiner tiefen Stimme. »Nett, daß du mich so schnell anrufst. Hör zu, Raymond, ich muß dich wegen einer lästigen Sache unbedingt sehen.«

Der Präfekt sprach mit bäurischem Waadtländer Akzent, er hatte eine klangvolle Befehlsstimme. Er war in der freisinnigen Partei wie Maître Mange, während über zwanzig Jahren hatte er ein Landgut bewirtschaftet und war Kavallerieoberst.

Maître Mange versuchte, die Besprechung zu verschieben.

»Hör zu, Raymond, die Sache ist am Telephon nicht gut zu erklären, aber ich kann sie dir kurz zusammenfassen. Porchet sitzt in der Patsche. Wir müssen ihm unbedingt wieder heraushelfen.«

»Wer, Porchet?« fragte Maître Mange. »Emmanuel?« Er fürchtete, richtig geraten zu haben.

»Emmanuel«, sagte der Präfekt. »Genau der.«
»Was hat er angestellt?«
»Er hat eine Göre bezahlt, die Sache ist aufgeflogen. Die Strafklage liegt schon vor, die Untersuchung beginnt. Noch hat man ihn nicht eingelocht, aber er ist aufgeschmissen. Das gibt einen Heidenspektakel.«
Maître Mange lächelte. Emmanuel. Tja ja, Emmanuel. Der große Porchet. Eines der dreckigsten Schweine im Kanton. Speichellecker, Logenbruder, Abgeordneter, Offizier, die ganze Ehrengalerie des Wichtigtuers, der in Pelz und Stiefeln auf den Bauplätzen seines Unternehmens aufprotzte. Maître Mange täuschte Mitgefühl vor:
»Was ist genau passiert? Wie alt war es, das Mädchen?«
»Sechzehn. Reine Biesterei. Er ist Mitglied der Parteileitung Waadtland-Nord und mehrerer Parlamentsausschüsse ... Du mußt ruckzuck das Dossier studieren und dann fix drauflos. Gestern abend gab es richtigen Stunk.«
Maître Mange jubelte. Nicht, daß er sich über das Unglück der andern und ihre Quasseleien gefreut hätte. Im Gegenteil, er empfand tatäschlich Mitleid für die meisten seiner Klienten und vielfach eine Art Freundschaft. Doch dieser Porchet war ein Rüpel, der schon allzu viele zermalmt hatte. Mange haßte seinen Zynismus. Und vielleicht wollte er jetzt, da er den Schritt mit Mona zu tun gedachte, seine innere Unabhängigkeit betonen.
»Nein, lieber Präfekt«, sagte er munter. »Heute ist es ausgeschlossen. Aus-ge-schlos-sen. Versteh mich recht: ich werde mich in den nächsten Tagen gern mit der Angelegenheit befassen. Ja, dieser Porchet. Doch heute ist es unmöglich. Schick ihn mir morgen oder so nach Lausanne. Ich richte mich nach ihm. Er soll einfach vorbeikommen. Kannst du es ihm ausrichten?«
»Er steht grad neben mir«, sagte der Präfekt. »Willst du mit ihm sprechen?«
»Morgen. Grüß ihn von mir und sag ihm, er soll sich nicht zu sehr verdrießen. Wegen Sexualdelikten wird keiner gehenkt. Mit einem guten Anwalt ...«
Sie hängten auf, und Maître Mange ergötzte sich eine Zeitlang an der Sachlage, gelobte sich aber, dem Unglücksraben aus der Patsche zu helfen.
Der Vormittag war schnell vorbei. Er erledigte die Geschäfte mit guter Laune, die ansteckend wirkte. Kläger Vodoz ging

auf den Vergleich mit der Gegenpartei ein, die Erben Savary nahmen Vernunft an, der kleine italienische Garderobendieb entging der Landesverweisung. Welche Plackerei! Ganz abgesehen von den Vormundschaften, den zu erledigenden Korrespondenzen, dem Programm der hängigen Angelegenheiten, für die die Sekretärin die Dossiers bereitzulegen, der Präfektur und der Anwaltskammer zu telephonieren, säumigen Zahlern die Erinnerung aufzufrischen und die Buchhaltung zu führen hatte.

Er aß in der großen Wirtsstube im Gasthaus zum Bahnhof. Es regnete von neuem. Jedesmal, wenn jemand die Tür auftat, hörte man das Prasseln des Wassers auf dem Trottoir. Maître Mange genoß ein dumpfes Glück. Der Schweinebraten war saftig und gar. Der Rotkohl schwamm in einer würzigen Sauce, wie man sie sich nicht besser vorstellen konnte. Der Wein war gut. An andern Tischen nahmen Arbeiter ihren Aperitif, einzelne Gäste träumten vor sich hin. Zwei Bauern mit dicken Uhrenketten besprachen leise einen Handel. Welcher Friede! Was hatte er in den Armen eines Flittchens zu suchen? Am großen Tisch beendete Marie-Françoise zu dieser Zeit mit den Kindern das Mittagessen, sie stritten sich um die Zeitungen, bevor sie in ihre Zimmer gingen, das heiße Essen weckte in den Wangen seiner Frau eine rosige Farbe, und das Dienstmädchen ließ hinter der halbgeöffneten Küchentür laut das Wasser aus den Hähnen rauschen.

Er stand auf und ging zur Telephonzelle.

»Marie-Françoise? Ich bin es. Keine Sorge. Ich wollte nur sagen, daß ich dich liebe.«

»Aber . . . aber auch ich liebe dich, Raymond.«

Jemand rief ihr.

»Auf heute abend«, sagte Maître Mange. »Ich sehne mich nach dir.«

»Auf heute abend«, sagte Marie-Françoise. »Sei vorsichtig, bei diesen nassen Straßen.«

Er stellte sich vor, wie sie erstaunt in den Salon zurückging, zerstreut die Zeitung nahm und sich fragte, was ihn wohl angekommen sei.

Nun drehte er Monas Nummer. Es läutete mehrmals: niemand. Er war enttäuscht und erleichtert. Ganz gern ging er nun an seinen Tisch zurück und bestellte einen doppelten Marc, den er zu einer zweiten Tasse Kaffee langsam schlükkelte, während er zusah, wie der Regen fiel und graue Gewit-

terwolken über die glänzenden Dächer der Ortschaft weggezogen.
Am Abend rief er sie wieder an, und diesmal war sie zu Hause. Jetzt klang ihre Stimme hell, die schlechte Laune war vorbei.
»Wann treffen wir uns?« fragte sie flink.
»Morgen nachmittag um vier, paßt es Ihnen? Eine Audienz ist abgesagt worden, so bin ich am Spätnachmittag frei.«
»Also um vier. Wo ist Ihr Appartement?«
Er nahm nicht an, daß sie sich schon zum Posieren entschließen würde. Er hatte ihr das Gäßchen im Zentrum angegeben und ihr erklärt, wo sie den Schlüssel finden würde, falls sie als erste ankäme.
»Lassen Sie sich im Haus nur nicht in Gespräche ein. Niemand soll Sie kennen, und noch weniger mich. Ich habe mich mit dem Hausverwalter abgesprochen. Am Briefkasten steht Exportbüro.«
Sie lachte fröhlich auf.
»Also nichts wie los mit dem Export. Ich bin um vier Uhr da, Maître! Auf morgen.«
Maître Mange fühlte die Zeit mit wachsender Ungeduld vorbeischleichen. Am nächsten Mittag ließ er eine Verabredung absagen, die er auf vierzehn Uhr dreißig getroffen hatte, und ging statt zum Mittagessen in die Sauna an der Rue Clos-de-Bulle. In der Garderobe mit den Kästchen aus Tannenholz entkleidete er sich nie ohne seltsame Erregung. Es begann schon beim Eintritt: man mußte an einem Manikürsalon vorbei, in dem sich Frauen in Goldblusen über andere Frauen in großen Lehnstühlen beugten. Dann kam man zur Kasse und zahlte, das Mädchen mit den Lavendelaugen blickte einen unvermittelt an, während sie zwei Badetücher reichte: »Wünschen Sie Massage nach der Sauna, Monsieur?« Man zog sich in einem länglichen Raum aus, dessen Wände mit Kästen und Spiegeln bestückt waren. Der Geruch von Dampf und heißem Holz, der bis hierher drang, berauschte Maître Mange fast ein wenig, und der Gedanke, daß er nahe der belebten Straße nackig dastand, gab ihm ein überwältigendes Lustgefühl. An jenem Tag wußte er, daß die Erregung seine erwartungsvolle Ungeduld noch steigern würde. Gewiß, er verscheuchte die allzudeutlichen Bilder, die ihm Mona, auf dem Tisch mitten im Zimmer mit den dicken Vorhängen liegend, zeigten. Doch als er seine Kleider in das

Schrankfach gelegt hatte, gab er sich dem Wohlgefühl hin, das er jedesmal verspürte. Er durchschritt den Duschenraum mit dem lärmigen Bassin und stieß die Tür zur Sauna auf. Die Hitze überfiel ihn, hüllte ihn ein und erdrückte ihn. Er setzte sich auf eines der Bänklein und fuhr sofort wieder auf: Das Holz war brennend heiß. Nach einigen Sekunden hatte er sich angewöhnt, und als er sich schließlich setzte, empfand er den Kontakt der Planke mit der Haut angenehm. Es war dunkel, ein rötliches Licht drang aus den karminroten Glasluken nahe der Decke. Maître Mange war allein. Er streckte sich lang aus und schloß die Augen. Er hatte das seltsame Gefühl, gleichzeitig geschmort und ersäuft zu werden: Die Luft war ätzend heiß, der Schweiß kugelte die Schläfen hinab, rieselte in Bächlein vom Hals und aus den Achselhöhlen. Der Nabel füllte sich mit Nässe. Er widerstand der Versuchung, sich wieder in den Duschenraum zu flüchten. Eilig rieb er mit den Handflächen über den schwitzenden Leib. Einige Minuten lang strich er das Geriesel ab und ließ es auf die Planke tropfen, wo es sofort verdampfte. Schließlich stand er auf und ging langsam zur Tür.

Heiße Dusche, kalte Dusche. Seife. Frottiertuch. Die Haut prickelte, die Muskeln waren empfindlich geworden, der Bauch begann zu brennen. Er ging durch den Raum zurück und betrat wieder die Sauna.

Jetzt hieß es aufpassen. Er mied die Wahnbilder, befaßte sich mit der Transpiration, massierte Schenkel und Flanken und hörte das Metall des Ofens im rötlichen Halbdunkel knacken, wobei er sich vorstellte, man wolle ihn in der Hitze ersticken lassen, die Tür sei blockiert, man habe jemanden in den Ofen gesteckt, der als Jude 1920 in Prag oder Warschau zur Welt kam. Ja, wenn die Tür nicht mehr aufginge. Wenn der Mechanismus defekt wäre und ihn für Stunden in den engen Raum einschlösse. Maître Mange zwang sich zum regelmäßigen Atmen, den Bauch eingezogen, die Beine kribbelnd gespreizt. Der Schweiß drang aus allen Poren und strömte an ihm herunter. Der Ofen dröhnte von Zeit zu Zeit auf; aus der tiefen Stille, im Geruch von Ausdünstung und erhitztem Holz hörte er das Ticken der elektrischen Uhr, die gleichmütig die Sekunden seiner Folter zählte. Einige Augenblicke lang schwanden ihm die Sinne, er fiel in einsamen Schlummer. Das dumpfe Rauschen einer Dusche im Nebenraum ließ ihn den Kopf heben, die Tür ging auf, ein junger Mann kam in den

Backofen und setzte sich auf die gegenüberliegende Planke. Sein Unterleib leuchtete seltsam weiß aus dem Schatten, während der übrige Körper braungebrannt war.
Maître Mange kehrte unter die Dusche zurück und stellte das Wasser lauwarm ein, dann eiskalt. Nun erfaßte ihn wieder ein Hastgefühl. Zu seinem eigenen Bedauern verzichtete er auf einen weitern Besuch in der Schwitzstube, in der er das harte Holz unter seinem Rücken fühlte und den Burschen sah, der sich reckte, streckte und im roten Schummerlicht massierte. Jedesmal fragte er sich, ob sich Marie-Françoise überhaupt eine Sauna vorstellen konnte. Begriff sie je jene prickelnde Entspannung der Glieder nach dem Bad? Er trocknete sich ab und kleidete sich in der Garderobe wieder an, ohne im Liegeraum zu verweilen, warf die Badetücher in den Korb und verließ das Haus, ohne die Kassiererin mit den hellen Augen anzublicken. Auf ein andermal, wenn ihn nicht der Gedanke an die Ururenkelin von Leonardos Geschöpf verfolgte. Mona Lisa. Ihr Double, herausgelöst aus dem geheimnisvollen Vorbild, um ihm, Maître Mange, dabei zu helfen, sein Stundenbuch mit Darbietungen und Recherchen zu illustrieren.

Sie erwartete ihn, mit verschränkten Beinen auf dem Diwan sitzend, und als er das Vestibül betrat, stand sie auf. Sie kam zu ihm, bescheiden lächelnd, und nur die Stimme verriet ihre Keckheit. Er bewunderte die Rundungen ihrer schlanken Gestalt, die sich als dunkle Silhouette vom Licht des Fensters abhoben. Sie rauchte nicht und hatte nichts im Zimmer verändert.
»Pfundig ist es aber bei Ihnen. Picobello. Und diese Rue de l'Ale ist ja toll.«
In der Tat lag das Appartement über einer Metzgerei in einem belebten Gäßchen der Innenstadt; im Parterre der Nachbarhäuser hatte es Bierwirtschaften und Kaffeestuben, eine Bäkkerei, Kleiderläden und Schuhgeschäfte, aus denen unaufhörlich Käuferinnen strömten, beladen mit Kartonschachteln und bunten Plastiksäcken.
»Den Schlüssel habe ich ganz leicht gefunden«, sagte sie. »Bei Ihnen findet man den Weg wie in ein Warenhaus. Nun weiß ich es für das nächste Mal.«
Sie war gut gelaunt. Um so besser. So ging alles leichter.

»Und niemand hat mich eintreten sehen«, fügte sie lachend bei. »*Exportbüro*, das sieht seriös aus. Man muß sich fortschrittlich zeigen.«
»Man muß sich zeigen«, meinte Maître Mange spöttisch, doch sie war gefesselt von den Dingen rund um sie und begriff nicht.
»Trinken Sie etwas? Einen Whisky?«
»Niemals während der Arbeit. Wie die Bullen. Nachher nehme ich alles, was Sie wollen.«
Er war ihr dankbar. Auch er hatte kein Verlangen nach Alkohol. Ein starkes Getränk hätte ihn abgelenkt, überwältigt, eingeschläfert. Er fühlte sich leicht und selbstsicher seit der Sauna und wollte klar bleiben für die lange Stunde, die ihm bevorstand.
»Kommen Sie«, sagte er.
Sie stand auf und folgte ihm in ein anderes Zimmer. Das Tageslicht schien noch heller vom silberweißen Samtvorhang, der das Fenster halb verdeckte. Das war der einzige Luxus. Ein Juteteppich, ein elektrischer Strahler, den Maître Mange im Vorbeigehen andrehte, ein großes ledernes Kanapee, das er in einem Skandinavienladen gekauft hatte. Mitten im Zimmer stand hart und kalt ein niedriger quadratischer Kunststofftisch. Mona war vor dem Tisch überrascht stehengeblieben.
»Geht es so?« fragte Maître Mange.
»Schweinigel.«
Das Wort knallte wie ein Peitschenhieb. Um es sofort abzuschwächen oder um den Schweinigel nicht zu kränken, hob sie ihre dunklen Augen und lächelte aus breiten Lippen:
»Wo soll ich mich ausziehen?«
»Wo es Ihnen beliebt«, sagte Maître Mange. »Im Badezimmer. Gleich wo. Nur nicht hier. Der Tisch muß leer bleiben. Einverstanden?«
Sie schaute ihn an, und Maître Mange mußte sich zwingen, seinen Blick nicht zu senken. Mit einer Handbewegung bezeichnete er das Vestibül, sie ging durch die Tür, er hörte die Schuhe fallen und erriet das knisternde Geräusch von Bluse und Höschen, die sie am Badewannenrand aufeinanderlegte. Einen Augenblick lang hörte er nichts mehr. Sie mußte sich im Spiegel betrachten, schalkhaft und selbstsicher, und eine Haarsträhne mit der gewohnten Bewegung zurückstreichen. Maître Mange achtete auf die leisesten Anzeichen ihrer Prä-

senz. Endlich klickte der Schalter, und sie erschien im Türrahmen.
Er richtete den Blick auf sie und war wie stets sprachlos vor Staunen. Nicht daß sie schöner gewesen wäre als andere schöne Mädchen, die er gesehen hatte. Aber es war immer dasselbe: die Darbietung der Nacktheit bestürzte und bezauberte ihn. Vorerst sah er nichts – er gewahrte nur Andeutungen, fast wie man in der Nacht auf der Straße Verkehrstafeln bemerkt, ohne sie näher in Augenschein zu nehmen. Man sieht, registriert und schon ist man vorbei. Die Brüste, die Hüften, das Schamdreieck, wie heftige Signale. Nachher wollte er sich mit Einzelheiten befassen, der Körnung der Brustspitzen, der Einbuchtung der Taille. Im Moment sah er die Pracht in dämmriger Ganzheit und war geblendet.
Schwindelgefühl.
Er ließ sich ins Kanapee sinken, den Rücken zum Fenster, und verschränkte die Hände auf den Knien.
Sie ging vorwärts.
»Und jetzt, was soll ich tun?«
»Bleiben Sie, wo Sie sind«, sagte er. »Blicken Sie gegen das Fenster. Keine Bewegung.«
Sie war zwei Meter von ihm, den Blick zum Licht emporgerichtet, den Hals gestreckt, die Hände flach auf den Schenkeln. Er sah, wie sie atmete, ein Muskel bewegte sich, und die Brüste hoben sich regelmäßig. Auch sie hatte, wie der Bursche in der Sauna, den Unterleib weiß, am ganzen übrigen Körper, auch am Busen, war die Haut goldenbraun.
»So gebräunt, noch im Herbst ...«
»Ich trage Sorge dazu«, sagte sie, ohne den Blick zu senken.
Er stellte sie sich unter der Höhensonne eines Schönheitsinstituts vor. Ein Schmachten stahl sich ihm unter die Haut, mit einer nur zu gut bekannten Glut, die ihn ärgerte.
»Einen Schritt vorwärts«, sagte er.
Sie gehorchte und erstarrte von neuem.
Maître Mange stand auf und lehnte sich ans Kanapee. Jetzt erst begann die Schaustellung, und er durfte sich nichts durch Überstürzung entgehen lassen. Er wollte den ganzen nackten Körper vor sich im Auge behalten. Mit einem Blick sollte sie ihm ausgeliefert sein. Dann wollte er sie näher ins Auge fassen: die Brüste, das Schamvlies, die Schenkel. Um dann erneut das Ganze zu sehen. Es mußte unbedingt ruhig bleiben, sonst würde das Experiment scheitern.

»Vor allem keine Bewegung«, sagte er.
Einige Sekunden schloß er die Augen, öffnete sie wieder und ließ den Blick der Nacktheit des jungen Mädchens entlanggleiten.
Was ihm auffiel, war der Kontrast zwischen den feinen Schultern und den runden Brüsten, der schmalen Taille und den breiten Hüften. Die Schenkel waren lang und gerundet, die Waden schlank, die Füße zierlich. Das Schamdreieck auf dem Bauch war dicht behaart und kräuselte sich glänzend im späten Sonnenlicht.
Maître Mange schaute gemächlich hin. Seine Augen folgten dem schlanken Körper aufwärts und abwärts, von den Füßen bis hinauf zum Kopf, den das Mädchen geradehielt, mit halbgeöffnetem Mund, die Haare nach hinten fallend.
Mehrere Minuten gingen so vorbei; das Brennen im Bauch hatte nachgelassen, Maître Mange war ganz ruhig, und sein Blick wanderte mit lautloser Gier über das Modell.
Haare, Schultern, Brüste, Nabel, Knie, Knöchel, Zehennägel. Woher kam das nostalgische Gefühl bei ihrem Anblick? Wer hatte die Gestalt vergöttlicht? Weshalb stand er wie vom Donner gerührt? Raymond Mange betrachtete Mona und verstand nicht. Winterliche Bilder aus der Kindheit gingen ihm durch den Kopf wie Gedichte, wie Fetzen von wehmütigen Liedern. Er sah die Augen eines nackten kleinen Mädchens auf einer Wiese neben dem Elternhaus im Sommer, ganz von nahe, er war sechsjährig und betrachtete verständnislos das anmutige Bäuchlein, die Schamspalte unter der glatten Erhebung und die Flanken, gerundet wie der Stamm eines Bäumchens. Dann war Béatrice da, sein Kind, seine Liebe. Béatrice im Bade. Béatrice über seine Schulter gelegt, wenn er am Abend in der Métairie das Aktenstudium wiederaufnahm und er das sanfte Kindchen zu Bett brachte, ihm das Laken über den Kopf zog wie die Haube einer kindlichen Nonne oder einer mit Honigmilch gestillten Heiligen.
Er sah, wie sie an ihrem ersten Schultag wegging mit dem zahnlosen Lächeln ihrer sechs Jahre, Marie-Françoise hatte die ausgefallenen Zähnchen in einer blauen Glasdose gesammelt, und man wollte daraus mit den Zähnchen der weiteren Kinder eine Halskette flechten . . . am Sankt-Nimmerleins-Tag. Dann die Monatsregeln. Die Konfirmation. Und jetzt bezahlte er sich ein Aktmodell, um sein Erstaunen zu verstehen. Und Mona, was hatte sie während all den Jahren getan?

Woher kam sie? Sie war nur drei Jahre älter als Béatrice. Ihre Eltern waren 1945 aus Italien eingewandert. Auch sie hatte ihre Milchzähne verloren und die Primarschule besucht, die Knaben aus dem Quartier verwalkten sie in den Hausgängen lausiger Mietsblöcke, und am Abend wetterte der Vater gegen die Dreckschnauzen von Schweizern, die sich auf seinem Buckel den Luxus leisten konnten. Ein schwarzhaariges, mageres Rotzmädchen in der Gosse ...

»Setz dich«, sagte er. »Ist dir kalt?«

Ihr war nicht kalt. Übrigens heizte der Radiator und verströmte dabei einen unangenehmen Geruch von glühendem Metall, der Maître Mange lästig fiel.

»Rümpfen Sie Ihr Näschen nicht«, sagte er. »Ich schalte aus. Doch beklagen Sie sich nicht, wenn Sie kalt bekommen. Setzen Sie sich auf die Tischkante und behalten Sie den Kopf in derselben Stellung.«

Er ging zum Radiator und hantierte am Knopf, ohne jedoch abzuschalten. Sie durfte sich auf der glatten Wachsplatte auf keinen Fall erkälten.

Sie setzte sich wieder und lockerte ihre Haltung, indem sie sich auf einen Ellbogen stützte, ein Bein nach vorn streckte, das andere zurücknahm, das Knie angezogen. Sie lächelte, im Auge ein Fünkchen Frohmut.

»Posiere ich gut?«

Maître Mange streichelte ihr die Wade, die sich seinem Bein genähert hatte.

»Neigen Sie den Kopf nach hinten«, sagte er.

Das Relief der Kehle war zu sehen: die Halsmuskeln, die Schlüsselbeine und zwei schattige Grübchen unter der goldglänzenden Schulter.

»Den Kopf nach hinten, weiter nach hinten.«

Sie gehorchte.

Unter dem Kinnbein spannte sich die Haut auf der wehrlosen Kehle, bleicher als sonstwo. Auch wenn Schafwolle nichts mit dem nackt dargebotenen Hals zu tun hatte, so dachte Maître Mange doch an Lämmchen, an sanfte Schafe. Die Schlagader pulsierte. In dieser hilflosen Lage hatten die Brüste etwas Kindliches. Maître Mange hatte seine Stellung leicht geändert, um sein Modell im Profil zu sehen: die Brüste hoben sich deutlich von der Wand im Hintergrund ab. Die Wärzchen, jedes gekrönt von einer winzigen Vertiefung, verschwammen im Braun einer sanften Schwellung, die sich abzeichnete wie eine Blume, gestirnt mit rötlichen Punkten, bis schließlich der Warzenhof in die stramme Bronzehaut überging. Es war, wie wenn ein jetzt erloschenes Feuer auf der Oberfläche Bläschen und Kraterchen zurückgelassen hätte, die beide Brüste mit zärtlicher Gewalt aufprickeln ließen. Seit einigen Augenblikken kämpfte Maître Mange mit einer Idee, die seine methodische Erforschung störte, doch er konnte nicht umhin, an jene Männer zu denken, die ihren Mund auf die wunderschönen Brustspitzen gelegt hatten. Die daran gesuckelt hatten, gesaugt, gespielt und gebissen, ertränkt im Schweiß der brennenden Haut und im Speichel der dürstenden Lippen. Ein Ruch von ungeduldigem Atem umgab die engelhaften Spitzchen. Wie sollte man diese Wunder betrachten, ohne sich die keuchenden Umarmungen vorzustellen? Von neuem musterte er die Nacktheit, den Doppelblick der dargebotenen Brüste. Er verbiß sich mit seinen Augen in das Ärgernis. Doch sah er überhaupt? Ihm schien, das Bild der Brüste verschwinde in einem dunklen Abgrund. Getrübte Pracht, zerstört oder auf immer unerreichbar wie die zornigen Geheimnisse aller Menschen.

»Öffne die Beine«, sagte Maître Mange kurz.

Sie gehorchte, die Schamlippen wurden sichtbar, langgezogen neben der Spalte, umgeben von Härchen, die sich zwischen den Schenkeln verloren.

»Weiter auf«, sagte Maître Mange.

Sie spreizte sich ganz und beugte sich zurück, aber auch diesmal blieb der Anschein nicht ungetrübt. Gewiß, Mange sah die Scham in ihrer ganzen Länge, die seltsam hellen Lippen, in den Einbuchtungen karminrot gesäumt, umrahmt vom Vlies bis in die Schatten. Doch gerade in der Unbeweglichkeit der Schaustellung lag ein Spott, eine abstoßende Magie, die das Schauspiel von Spalte und Schenkeln auslöschte und den Betrachter blendete. Als ob vom dargebotenen Körper schwarze Strahlen ausgingen, die Maître Manges Blick abtöteten und ihm die Augen ausstachen. Nein, schlimmer noch. Sie erreichten den Blick nicht. Raymond Mange war vollkommen fähig, alles an diesem klaffenden Unterleib schnell und deutlich zu sehen. Den Schönheitsfleck am linken Schenkel zum Beispiel, unter der quirlig gesäumten Lippe. Doch im Innersten löste sich der Gedanke des Voyeurs auf. Als ob sein Geist nicht in der Lage gewesen wäre, die Szene aufzunehmen, die Elemente zu verbinden, die Dramen zu

nennen, denen er ein für allemal ihre Rolle in seinem Theater zuschrieb. Sie entgingen ihm. Es schien ihm, Mona habe sich auf eine unergründliche Distanz geöffnet, und eine Art höheren Spotts verhöhne ihn zwischen ihren Beinen.
»Keine Bewegung«, sagte er.
Es war dunkel geworden. Er stand auf und holte einen Scheinwerfer, den er hinter dem Vorhang versteckt hatte. Er trug ihn zum Tisch, richtete ihn auf das Modell, stellte den Stromanschluß her und schaltete ein. Mit einem Schlag zeigte sich ein neues Bild mit abgestuften Farben: unter den dünnen Härchen zwischen den Schenkeln leuchtete alles in zartem Perlmutterglanz. Eine Silberfährte wie die Spur einer Schnecke glänzte entlang der Lippen.
Die Beleuchtung hatte den Voyeur seinem Modell inmitten des dunklen Zimmers nähergebracht. Maître Mange mußte sich zügeln, daß er den Leib nicht berührte: Streichelnde Finger und Hände hätten das Schauspiel in eine Konsumation, eine Mahlzeit verwandelt. Mona lag immer noch flach auf dem Tisch, die Beine angezogen, die Knie geöffnet. Sie atmete langsam, als ob sie sich weit weg vom Lärm und von den Mühen des Alltags ausruhte. Maître Mange näherte den Scheinwerfer und neigte sich über den Bauch, den der Lichtstrahl nun von ganz nahe erhellte.
»Es wärmt«, sagte Mona. »Nicht unangenehm. Oh, nun brennt es, doch ganz sanft, näher mit der Lampe...«
Die Lust überkam Maître Mange auf einmal.
»Ach, bitte schön, seien Sie lieb und nähern Sie die Lampe«, bettelte Mona mit einer Katzenstimme, und ihr Bauch wand sich der Hitze des Scheinwerfers entgegen, während ihre Rechte über die Hüfte abwärts glitt und das Gekräusel des Schamhaars erreichte.
Maître Mange wurde verwirrt. Das Verlangen des jungen Mädchens brachte ihn aus der Fassung.
»Wann hatten Sie das letztemal Verkehr?« fragte er knapp.
»Gestern abend.«
»Mit wem?«
Sie zögerte. Maître Mange hielt den Atem an.
»Mit dem Studenten von nebenan.«
»Sein Name?«
»Knebel. Helmuth Knebel.«
»Und wie?«
Maître Mange fragte mit heiserer Stimme.

»Es kam ihm zweimal. Er versteht nicht viel.«
Schweigen.
»Und Sie wollen es ihn lehren?«
»Das lernt man nicht.«
Rosiges Fruchtfleisch, Licht, Geruch, Maître Mange. Zärtlichkeit, Zusammensein, Sehnsucht, Maître Mange.
Und Schrecken.
Schrecken.
Mona bewegte die Beine und versuchte, sich der Lampe noch mehr zu nähern.
»Ziehen Sie sich an«, sagte Maître Mange.
Sie schien bestürzt zu sein.
»Sie wollen nicht bumsen?«
»Nein«, sagte Maître Mange.
Er empfand das Verlangen des Mädchens wie einen unerträglichen Ekel.
»Beeilen Sie sich«, sagte er noch.
Er stand auf, löschte den Scheinwerfer und stellte ihn wieder hinter den Vorhang. Mona stand ebenfalls auf, mit der Miene eines Menschen, der die Welt nicht mehr versteht.
Er nahm sie am Arm und stieß sie in das Badezimmer.
»Es reicht, es reicht«, klagte Mona. »Wir haben verstanden.«
»Aber nein, wir haben gar nichts verstanden«, sagte Maître Mange mit gespielter Gleichgültigkei.
Er legte ein kleines Kuvert in die halboffene Handtasche des Mädchens und schaute von der Tür aus zu, wie sie in ihre Kleider schlüpfte und sich kämmte wie eine Schülerin, die vom Versteckenspiel im Garten zurückkommt.
Als sie sich wieder in der Gasse befanden, wurde Maître Mange von einer unerklärlichen Sanftheit durchströmt. Mona hatte im Korridor seinen Arm genommen, er fühlte die kleine Hand unter seinem Ärmel und drückte sie gegen sich. Vor der Tür waren sie einen Augenblick stehengeblieben, als zögerten sie davor, jählings in die Welt der andern zu fallen. Jetzt gingen sie durch die Rue de l'Ale. Es regnete. Die roten und blauen Lichter der Schaufenster widerspiegelten sich auf dem glänzenden Asphalt. Ein müder Wind schüttelte die Firmenschilder. Die wenigen Passanten flüchteten sich, gekrümmt unter dem Wolkenbruch. Mona hatte ihren Schirm geöffnet. Plötzlich blieben sie stehen, Aug' in Auge.

»Nein, tatsächlich, ich verstehe Sie nicht, Maître, aber ich bin gern mit Ihnen zusammen.«
Sie erhob sich auf die Fußspitzen und legte einen flüchtigen Kuß auf Maître Manges Lippen. Er zitterte vor Überraschung. War sie also fähig zu Zärtlichkeiten? Wortlos gingen sie gegen die Place de la Riponne hinauf, der Wind peitschte ihnen kalte Regenschauer in die Beine.
»Ich hätte Lust, Sie zum Essen einzuladen«, sagte Maître Mange.
»Tun Sie es«, lachte sie.
»Wie wäre es mit der ›Pomme de Pin‹?«
Seit mehr als einer halben Stunde hatte die Begierde nachgelassen, doch immer noch spürte er ein Reißen und Bohren, eine bleierne Schwere in den Eingeweiden. Vergessen wollte er das quälende Wunder der Nacktheit auf dem Tisch, den unerträglichen, unverschämten Anblick des Mysteriums. Er brauchte Wärme, Schummerlicht, Fleisch und feurigen Wein in Bauch und Blut. Er mußte trinken, über das Maß, und sich berauschen im Getümmel der andern.
Die ›Pomme de Pin‹ war voll. Sie durchquerten die Wirtsstube im Parterre, in der uniformierte Gendarmen und angeheiterte Studenten an allen Tischen Mona anglotzten, doch sie zog sich ganz gut aus der Sache, und Maître Mange war befriedigt von der Wirkung, die sie auf die Polizisten und Jünglinge ausübte. Alle Männer änderten den Gesichtsausdruck, wenn sie sie bemerkten, ihre Augen weiteten sich, die Züge erstarrten. Die erste Etage war auch gut besetzt, doch zum Glück war beim Fenster vorn ein Tisch frei, und Maître Mange ließ ihn beim Kellner, der die Mäntel und den Schirm abnahm, vormerken. Schon von der Treppe aus überblickte er den ganzen Speisesaal, und für eines Gedankens Länge ärgerte es ihn, unter den Essenden Staatsanwalt Goldmann mit seiner Frau zu erkennen. Der Staatsanwalt saß kerzengerade, seine Frau führte lachend ein Glas an den Mund. Am Nachbartisch prostete einer von Maître Manges Hauptkunden mit zwei achtzehnjährigen Gespielinnen. An andern Tischen herrschte üppiger Prunk von Pelzen und Diamanten.
Mona war dem Blick ihres Begleiters gefolgt, und ohne jemand im Saal zu kennen hatte sie die leichte Verlegenheit des Advokaten bemerkt.
»Nur keine Aufregung«, sagte sie mit einem Augenzwinkern.

Und unverzüglich bewunderte er die Verwandlung, die sich auf ihrem Gesicht vollzog und das Mädchen wie eine anmutig-ernste Erbin erscheinen ließ. Sie gingen zu ihrem Tisch, Maître Mange verneigte sich vor dem Staatsanwalt, und etwas knapper grüßte er seinen feuchtfröhlichen Klienten. Mona wirkte zart in ihrem dunklen Kleid. Ihre Augen glänzten. Die Lust an der Verstellung erregte sie, alle Bewegungen waren wohlüberlegt und bewußt wie auf einer Theaterbühne. Ein Blitzmädchen, sagte sich Maître Mange. Sie kann jede Rolle spielen. Er war glücklich, daß er ihr gegenübersaß, gut sichtbar für jedermann, bei der roten Lampe, die ihrem Blick einen besonderen Glanz verlieh.
Manon, Lola, Ninon, Mona, sündige Namen.
Fabienne und Geneviève: edle Namen.
Und Marie-Françoise. Und Béatrice. Fleisch von seinem Fleische. Er verscheuchte sie aus seinen Gedanken, um sich an der Schönheit seiner Gefährtin zu erfreuen. Sie waren da wie das erstemal, das Licht der venezianischen Lampe rötete das Gesicht des jungen Mädchens, die Stirn glänzte als rosige Fläche unter dem schwarzen Haar. Sie lächelte. Der Whisky belebte sie. Sie hatten Muscheln, Hammelkeule, tranken Weißwein und Burgunder, sie kosteten Ziegenkäse und bestellten Wodkasorbets zum Kaffee. Fruchtiges Fleisch und Licht, Maître Mange. Und jene spöttische Auflehnung in Ihrem Blick, Maître Mange? Das unfaßbare Spiel? Er brachte den Ruf zum Verstummen, der manchmal seinen Kopf durchdröhnte. Woher kam er? Aus dem Mark der Knochen? Aus der Kindheit? Aus dem Neid, den er auf die Erwachsenen empfunden hatte? Mona zog alle Blicke auf sich, und selbst Staatsanwalt Goldmann drehte sich immer wieder nach ihr um, sehr zum Ärger seiner Frau. Mona als Schauspiel. Mona, an der sich jeder Blick entflammte. Vor einer Stunde noch war Mona nackt auf dem Tisch gelegen, nur für ihn, Maître Mange. Er jubelte wie ein Kind. Der Staatsanwalt zerfloß vor Neid! Sogar der Kellner beugte sich etwas zu sehr über Monas Schulter, doch die Zudringlichkeit schmeichelte ihm, Maître Mange empfand sie wie eine Ehrbezeugung. Übrigens glich der Kerl immer mehr Maupassant, es war nachgerade ungehörig! Und Maître Mange stellte sich amüsiert den Schriftsteller vor, wie er zwischen Office und Speisesaal Zettel vollkritzelte und dabei immer wieder die hübschen Leckermäuler beäugte. Und Maître Mange verwunderte sich, daß ein kleines Hür-

chen, das auf einem Tisch die Fotze zeigte, mit ungekünstelter Eleganz gesittet in einem schicken Restaurant sitzen konnte. Seltsam, während er mit seiner Gefährtin plauderte und lachte, konnte sich Maître Mange endlich die Nackedeis vorstellen, in ihren Einzelheiten wie als Gesamtbild. Mona erzählte aus ihrer Kindheit: die Mutter wacker und streng, der Vater Handlanger in der Metallindustrie, von der Firma Bobst auf die Straße gestellt, weil er Flugblätter verteilt hatte . . .

»Von der Firma Bobst?« sagte Maître Mange zerstreut. Sieh da, welcher Zufall. Zu jener Zeit war sein Schwiegervater, Maître Perrin, Mitglied des Verwaltungsrates.

Mona war sieben. Alkohol, Arbeitslosigkeit, Prostitution. Mit zehn hatten sie die Lehrlinge des Quartiers im Höschen befummelt.

»Aber ich habe bis fünfzehn gewartet mit Bumsen!«

»Mit wem?« fragte Maître Mange mit einer Stimme, die ihm selber lästig fiel.

»Interessiert Sie das so sehr?«

Er bejahte, etwas läppisch, wie er feststellte.

»Es war in einem Taxi«, sagte sie. »Also auf dem Hintersitz. Mit einem Kumpel meines Vaters.«

Stille. Dann lächelte sie:

»Er hatte lange drauf gewartet.«

»War er Chauffeur?«

»Ja. Wenn man so will. Provisorisch. Ein schöner Taxichauffeur mit Mütze. Ich habe zwei Jahre lang mit ihm geschlafen. Bis ich siebzehn war. Und ihn nicht ein einziges Mal betrogen, wenn Sie es wissen wollen.«

»Und dann?«

»Dann ist er nach Italien zurück, und ich habe ihn nicht wieder getroffen. Er war verheiratet, hatte Kinder und mußte den Alltagskram wiederaufnehmen. Doch Himmelarsch, ich mochte ihn gern. Er hat mir eine Menge Dinge beigebracht . . .«

Maître Mange entfärbte sich. Das Glas zitterte in seiner Hand.

Mona hatte seine Verdüsterung bemerkt:

»Nein, nicht erotisches Zeugs, mein ärmster Maître, das läßt sich nicht erlernen. Sie denken aber auch an nichts anderes. Ich meine die Ausflüge, die wir machten, manchmal zwei, drei Tage, wir gondelten nach Frankreich, schlugen uns den

Bauch voll und schauten so Sachen an, das gab eine Abwechslung von meinen Alten!«

»Und übernachtet habt ihr im Hotel?«

»Natürlich. Was hätten wir sonst tun sollen?«

Maître Mange war beeindruckt. Hotels hatten ihn immer verlockt. Das unbekannte Zimmer, das man munteren Blicks betritt. Das Waschbecken, stets derselbe Spiegelschrank beim Bett, das Bett vor allem, verlogen anonym, Unschuld heuchelnd mit den frischen Leintüchern, und dabei knarrte es und bog sich unter Hunderten von Paaren. Und der Geruch. Der Geruch von Seife und Spülwasser, der alle Zimmer aller kleinen Hotels der Welt durchzieht. Ein aufsässiger, beklemmender, scheußlicher Geruch. Maître Mange stellte sich die schwarze Göre vor, die sich fix auszog und niederlegte und dann unter dem Gewicht ihres Liebhabers aufschrie.

»Und wie alt war er, der Kerl?«

»Vierzig.«

Siebzehn. Vierzig. Ein Rotzmädchen und ein Familienvater. Und das Risiko einer Polizeikontrolle, Paß oder Identitätskarte, Feststellung des Alters...? Nein. Keine Sorge. Mit sechzehn oder siebzehn mußte Mona bereits zwanzig geschienen haben, und das übrige bewirkten Schminke und selbstsicheres Auftreten. Sie konnte sich unbekümmert hingeben. Die Schlampe. Und wie alt war er, Maître Mange, zu jener Zeit? Achtundvierzig, neunundvierzig. Ihn härmte, daß er nicht Marie-Françoises Geliebter war, einsam lehnte er sich an Nachtbars und zahlte hie und da eine Luxushure. Vor allem plädierte er, entwirrte Knoten und kämpfte; er baute die berühmte Advokatur von Maître Perrin aus. Und mit Erfolg, verdammt. 1967 war er in die Loge Beaulieu aufgenommen worden. Die Maskerade hatte ihn übrigens nicht besonders amüsiert, aber sie war die Regel im Anwaltsbüro. Bei Perrins war man Freimaurer, Maître Mange hatte die Tradition befolgt, auch wenn er an diesen Bräuchen die Kluft ermaß, die seine einsamen, anspruchslosen Eltern von den schönen Offizieren der Großloge Alpina trennte. Ein Jahr darauf war er in den großen Rat eingetreten. Sie, Mona, war damals siebzehn und wälzte sich nackt auf einem Wagensitz, im Fond eines Nachttaxis, schmierig vom Schweiß und vom Atem tausend Unbekannter. 1968. Siebzehnjährig. Im Mai hatte sie gewiß in Paris mit ihrem Kerl all den Klimbim mitgemacht, gelacht und gefestet. Davon war er überzeugt. Man brauchte gar nicht erst zu fragen. Der Wonnemonat Mai '68, Liebe, das lustige Puff in den Straßen, Pastis im Bett, Heimfahrt über pappelgesäumte Nebenstraßen im leichten Wind, und am Abend endete die Etappe im Hotel mit Monsieurs Seim zwischen Mamsells blanken Schenkeln.

»Hast du mit ihm italienisch gesprochen?«

»Ja«, sagte Mona. »Wie hätten wir sprechen sollen?«

»Warst du 1968 in Paris?«

»Nein«, sagte Mona. »Warum in Paris?«

»Wo warst du in jenem Frühling?«

»Augenblick. Ich muß nachdenken. Im April '68 habe ich eine Lehre als Parfümerieverkäuferin begonnen. Gar nicht lustig. Den ganzen Tag auf den Füßen, eine Stunde Mittagspause, Essen in der Kantine, nicht einmal Zeit zum Luftschöpfen und schon wieder hinter dem Ladentisch, überwacht vom Rayonchef und den älteren Verkäuferinnen. Schweinerei. Ich hielt es zwei Monate lang aus. Als Sergio nach Italien zurückkehrte, hatte ich es satt, ich warf den Bettel hin und fand Arbeit in einer Kaffeebar.«

»Sergio war dein italienischer Freund?«

»Der erste. Er ist heimgekehrt, und ich habe ihn nie wieder gesehen. Ist mir auch gleich. Er hat mein Leben gemacht. Jene zwei Jahre mit ihm werde ich nie vergessen.«

Maître Mange war erbost über seine Eifersucht und seine dümmlichen Reaktionen. Sie war viel zu ehrlich, als daß man ihr auch nur einen Moment zürnen konnte. Ein armes, verängstigtes Kind, das zu seinem Glück ein hübsches Frätzchen hatte, davon Gebrauch zu machen wußte und so nicht in hungriger Einsamkeit verdarb. Serviertochter, Zigarettenverkäuferin, Saunawärterin, sie hatte wohl Dutzende von Männern gekannt, junge, alte, sie hatte mutig ihr Fell zu Markte getragen und saß nun einem der bekanntesten Anwälte der Stadt gegenüber, unter dem Blick des Staatsanwalts und der Gäste, die von ihrer Schönheit erregt waren, aufrecht, die Ellbogen angezogen, und im Licht der Lampe glänzten die Augen und die rosigen Kinderwangen.

Maître Mange dachte seltsamerweise wieder an Béatrice, an den kindlichen Tatendrang, die Spiele im Garten; die Einladungen, zu denen man sie am Samstagabend mit Kameradinnen gehen ließ, sie kam um Mitternacht heim und roch nach englischen Zigaretten und Kaffee; später folgten Gauloises, Whisky und Soziologiestudenten, aber nichts änderte sich,

Béatrice war immer noch sein kleines Mädchen, sein kämpferisches Rackerchen, das sich trotzig in sein Zimmer einschloß und gezielt in Ohnmacht fiel. Béatrice. Sein Kind. Frucht von Marie-Françoise und Dr. jur. Raymond Mange, Schwester des Jungmarxisten Martial Mange, der schönsten jungfräulichen Hoffnung der Lausanner Intelligenzia. Maître Mange sah sie wieder in ihrem Bett, mit entblößter Brust, den Kopf an die Wand gelehnt, mit entschlossenem Gesichtsausdruck, die Zigarette zwischen den schönen Lippen; als er eintrat, fiel etwas Asche auf die Brüste, mit einer lässigen Handbewegung hatte sie den bläulichen Staub von der Bronzehaut gewischt. Seit zehn Jahren hatte er die Schamspalte seiner Tochter nicht mehr gesehen. Glich sie Marie-Françoise? Form, Größe, Fleischigkeit sollen, wie man sagt, erblich sein. Béatrice, Jungfrau von zwanzig Jahren. Béatrice Mange, seine Tochter. Jungfrau. Jungfrau. Doch was bedeutete eigentlich Jungfrau? Er stellte sie sich vor, am Strand, an die Brust eines Burschen gekuschelt, der Sand knirscht, das Wasser strömt mit dem Wind zurück, oder es ist Abend, der Wald noch erfüllt vom Gesumme der Insekten, Béatrice liegt unter einem Baum mit nackten Brüsten, der Liebhaber läßt seine Hand in die Blue jeans gleiten. Jungfrau. Gewiß. Béatrice mußte es sein. Und die Erscheinung des Blondschöpfchens irrlichtert immer noch durch den großen Garten, sie öffnet die Arme, lacht, ruft Maître Mange, er ruft sie und sie eilt ihm entgegen, wirft sich ihm an den Hals, er spürt ihren Kinderatem und ihre närrischen Haare an seiner Wange... Ich habe dich geliebt, Béatrice, weißt du. Du hast mein Denken, meine Ängste tausendfach bewegt. Du hast meine Träume erfüllt wie keine Frau, du hast sie bevölkert mit deinem wechselnden Bild in zahllosen Szenen und Schicksalen.

»Sind Sie aber träumerisch«, sagte Mona. »Ärgert Sie jene Geschichte mit Sergio?«

»Ja und nein«, sagte Maître Mange. »Wie Sie wollen.«

»Aber es sind doch schon sechs Jahre her. Es ist alles vorbei. Ganz vorbei. Und seither...«

»Und... seither?« fragte Maître Mange ungeduldig.

»Seither gibt es nichts zu rühmen.«

Sie hatte nun ihrerseits einen nachdenklichen Ausdruck angenommen. Beide hatten wieder Whisky bestellt, und sie trank mit kleinen Schlücken, wobei sie mit der Zungenspitze über den Glasrand und dann über die Lippen fuhr. Maître Mange war auf einmal frisch und aufgeräumt, eine Kraft durchströmte ihn, ein lustiges Prickeln durchfuhr seinen Kopf. Der Staatsanwalt und seine Frau waren längst gegangen, Maître Mange hatte sich an ihren verlegenen Mienen ergötzt, als sie das Restaurant durchquert hatten, vornübergebeugt; er hatte sich über das gezwungene Lächeln gefreut, als der Kellner, der Maupassant glich, der Staatsanwaltsgattin in den Astrachanmantel half. Geschieht ihnen recht, dachte er, ich nehme ein Risiko auf mich, wenn ich mit diesem Mädchen herumziehe, während sich der Dummkopf von Staatsanwalt langweilt und eine Leichenbittermiene aufsetzt.

Er schaute Mona freundschaftlich bewundernd an. Sie bleckte lachend die Zähne zwischen breiten Lippen, streckte die Rechte über den Tisch, und mit zwei Fingern zwickte sie Maître Mange mit einer fast kindlichen Geste leicht in die Nase. Die Fingernägel glänzten, als sie die Hand zurückzog, die sich in der Nähe der venezianischen Lampe üppig rötete.

»Ich mag Sie gut«, sagte sie. »Sie sind verrückt. Völlig verrückt. Und dazu können Sie so ernst und zugleich fröhlich sein.«

Er staunte.

»Hören Sie, Maître, ich möchte Ihnen gerne eine Frage stellen.«

»Ja?«

»Finden Sie es nicht seltsam, daß wir hier in diesem feinen Restaurant sitzen, nachdem wir eben . . .«

Maître Mange antwortete nicht. Sie wußte also. Oder eher: sie erriet sein Dilemma, die eigentlichen Fragen würde *sie* stellen.

»Ja«, sagte Maître Mange. »Seltsam.«

»Warum wollten Sie nicht bumsen?«

»Ich wollte Sie erst einmal sehen«, sagte Maître Mange. »Was gar nicht so leicht ist. Sie betrachten, in Einzelheiten und als Gesamtbild. In Sie hineinblicken, die Gedanken und Begierden erkennen, durch Sie hindurchschauen, Sie durchdringen von allen Seiten und immer wieder von neuem, um alles zu wissen von Ihnen, Ihre Träume, Ihre Ängste, Ihre Geheimnisse, wie soll ich sagen, Sie besitzen, verstehen Sie, heimsuchen, wie eine Streitmacht besetzen.«

»Also doch verrückt«, sagte Mona. »Ich dachte mir's ja.«

Sie schaute ihn zärtlich an.
»Doch ich mag diese Verrücktheit«, fügte sie bei, »ich bin gern mit Ihnen.«
Ein Schweigen, und plötzlich:
»Sind Sie sehr reich?«
»Ich bin wohlhabend«, sagte Maître Mange. »Das heißt, das Advokaturbüro geht nur allzu gut, ich habe ein Vermögen von meinem Schwiegervater, ein Haus in Pully ...«
»Haben Sie schon früher Mädchen bezahlt wie mich, Mädchen, die Sie als Aktmodelle haben wollten?«
»Nein«, sagte Maître Mange. »Nicht als Modelle. Nicht wie Sie. Ich wagte es nicht. Oder vielmehr dachte ich gar nicht richtig daran. Erst seit kurzem weiß ich, was mich seit Jahren bedrängt hat. Der absolute Zwang zu verstehen. Alles am Mitmenschen zu sehen. Die geheimsten Schlupfwinkel zu erkunden.«
Und in Gedanken versunken fügte er bei: »Vielleicht ist es die Neugier des Teufels.«
»Und das Bumsen«, fragte Mona, »haben Sie dafür bezahlt?«
»Auch schon«, sagte Maître Mange.
»Spezialitäten?«
Sie hatte einen dienstlichen Ton angenommen, der ihn nachgerade ärgerte.
»Nein«, sagte er. »Weder Peitsche noch Kette oder Gummicombinaison. Mir reicht's mit meinen kranken Kunden. Nein. Neugier, wie gesagt. Sehnsucht. Begreifen Sie?«
Er sah, daß sie begriff. Sie hatte allerhand Männer jeglichen Alters und wohl auch jeden Standes gekannt, mit all ihren Tollheiten. Er fuhr fort:
»Das Leidwesen, nicht in Ihrem Innern zu sein. Nicht Sie zu sein, vielleicht ...«
Sie unterbrach ihn schalkhaft:
»Nehmen Sie mich einmal mit in Ihre Kanzlei? Ich möchte gern die Schreibtische sehen, die Akten, den ganzen Papierkrieg ... und auch die hübschen Sekretärinnen.«
»Oh!« Maître Mange lachte.
»Und dann haben Sie mir von Photos erzählt ...«
Ihre Stimme wurde leiser. Der dunkle Blick zerschmolz.
»Gilt es noch mit den Photos?«
Sie faßte Maître Manges Hand auf dem Tisch, er spürte den warmen Handballen, leicht feucht von Schweiß. Sie schaute

ihn eindringlich fragend an, ihre Hand umklammerte die seine, ihre Lippen öffneten sich; er merkte, daß sie eine rasende Gier nach den Photos verspürte und erinnerte sich an ihre Verwirrung, die heftige Verwirrung, als er ihr zum erstenmal davon erzählt hatte. Er sah Doktor Bergs Schwarzweißaufnahmen, das gekreuzigte Mädchen unter der Zunge der Empfangsdame im weißen Kittel.
»Sie können sie sehen, wann immer Sie wollen«, sagte er. »Ich nehme sie morgen hervor. In die Kanzlei kommen Sie mir lieber am Abend. Tagsüber liegt man mir ständig in den Ohren, nicht eine Minute bleibt mir. Und dann hätten auch die jungen Damen wenig Verständnis.«
»Wenig Verständnis?«
»Sie sind eifersüchtig, wissen Sie. Sie werden böse auf allzu schöne Klientinnen, die mir, wie sie sagen, die Zeit wegstehlen. Sie finden sogar Mittel und Wege, meine Tochter zu beleidigen. Jedenfalls versuchen sie es. Béatrice zahlt ihnen mit gleicher Münze zurück.«
»Ein schöner Name, Béatrice.«
»Lieber möchte ich Sie nach Yvonand mitnehmen. Ich fahre einmal wöchentlich hin. Zwei oder drei Geschäfte sind dort hängig, Sie könnten mich begleiten und gar meiner kleinen Sekretärin beistehen.«
Er stellte sich die junge Frau mit den grauen Augen vor und sagte sich, es müßte ergötzlich sein, die beiden einen Vormittag lang beisammen zu sehen, die seidigglatte Italienerin mit der heiseren Stimme und die üppige Bäuerin.
»Einverstanden?« fragte er.
»Einverstanden.«
»Ich gehe Donnerstag. Übermorgen. Um acht Uhr hole ich Sie ab, und dann fahren wir auf Nebenstraßen über Land. Es ist schön zu dieser Jahreszeit. Der Herbst kommt zaghaft, doch der Mais steht noch, und oft ist der Hafer noch nicht gemäht ...«
Die Rechnung war längst bezahlt. Sie standen auf. Es war kalt in dem hochgelegenen Stadtviertel, ihr Atem dampfte in der Nacht, während sie den Gebäuden an verschlafenen Straßen entlanggingen.

Am andern Tag wurde er enttäuscht von der Begegnung mit Marie-Françoise, er fühlte sich zurückgestoßen, um ein Gespräch geprellt. Die Kinder? Es ging ihnen gut, danke. Der

Garten? Wurde besorgt. Vom alten Gärtner und von Consuelos Mann. Wie es ihr selbst ging? Nicht die geringsten Probleme. Gesundheit ausgezeichnet, danke nochmals. Aber es lag keine Ironie in ihren Antworten. Sie hatte einfach ein ruhiges Leben, und alles, was Maître Mange fragte, konnte den heiteren blonden Frieden nur stören. Sie machte sich nichts aus seinen galanten Abenteuern, aus Mona, einer eventuellen Trennung. Während er stockend erzählte und sein Verhältnis mit Mona gestand, wobei er seine Begierde, seine Leidenschaft zu erklären versuchte – vielleicht auch die Sehnsucht, die er nach ihr hatte, lächelte Marie-Françoise nachsichtig und wartete nur darauf, daß sie die Zeitschrift weiterlesen konnte, die sie umgekehrt auf den Knien hielt, wobei sie mit ihrer schönen Hand über den Umschlag fuhr. Mit traurigem Zorn verließ er sie, erbittert darüber, daß er in einer Stunde alle Jahre der Einsamkeit von neuem durchlebte, die er an ihrer Seite vertrödelt hatte.

Madame Magnin erwartete ihn mit vorwurfsvoller Miene. Augen umrändert. Straffe Brüste im Pullover.
»Sie sind gestern den ganzen Nachmittag nicht vorbeigekommen, Maître. Wir hatten mindestens zwanzig Anrufe. Ich habe alles in der Agenda notiert. Auch Maître Besse hat angerufen, wegen der Affäre Freymond. Und der Präfekt möchte Sie an Yvonand erinnern ...«
Maître Mange setzte sich an eine Tischecke und betrachtete mit Neugier den großen Schreibtisch. Als ob er ihn mit Monas Augen sehen könnte, zum erstenmal. Ein bleigraues Licht über der Place Saint-François ließ die Scheiben der Bücherschränke und die Gläser der Lithos an der Wand aufleuchten: Arbeiten von Künstlern, die er verteidigt hatte, oder mit deren Ankauf er Béatrice beauftragt hatte, er war zu unzähligen Ausstellungen eingeladen, zu deren Besuch er selber keine Zeit fand.
»Und ich erinnere Sie daran, daß Madame Olivieri um zehn Uhr kommt«, fuhr Madame Magnin angriffig fort.
»Schon gut, schon gut«, meinte Maître Mange. »Es ist ja alles genau notiert. Sie haben unsern Terminkalender bestens organisiert.«
Sein Blick machte im Zimmer die Runde, richtete sich auf den ungeheuren Aktenschrank, auf die beiden elektrischen

Schreibmaschinen, auf die Metallkörbe, in denen sich die Tageskorrespondenz aufstapelte, die Briefe zum Unterschreiben, die Beweisstücke für laufende Verfahren... Auf einem Tischchen unter dem Wandkalender der Schweizerischen Bundesbahnen waren Papiere und Zeitungsausschnitte aufgehäuft, überragt von Töpfen mit Filzstiften, Schachteln mit Gummibändern, von Büroheftmaschinen und Stößen dicker Briefumschläge. Die Mitteltür stand offen, man hörte das Lehrmädchen auf der Maschine klappern. Dann hielt sie inne, eine Schublade knallte, Geraschel in einer Kartonschachtel, und wieder ging es los mit der Maschine... Nicht umzubringen, diese Josiane. Man mußte ihren Lohn erhöhen auf Anfang nächsten Jahres. Und sie behalten. Es sei denn, ein Poussierhengst entführe sie, um sich bei ihr einzubetten.
Er stand auf, ging durch die Büros und setzte sich an den großen Bauerntisch. Ein Geschenk seiner Frau, letztes Jahr zu Weihnachten. Eine Eichenplatte auf massiven gedrechselten Holzbeinen, ein mächtiger Tisch, der mindestens zweihundert Jahre alt war, der an Festgelage erinnerte, an knorrige Mundart und den Geruch von Milchsuppe im Schnurrbart, an zweihundert Lenze voll Psalmen unter dem vergißmeinnichtblauen Himmel. Maître Mange dachte oft an seine Eltern, in diesem stattlichen Zimmer über dem eleganten Leben der Place Saint-François. Offengestanden hatte er sich nie ganz an dieses Täferwerk gewöhnt, an die Stuckdecken und die riesigen Vorhänge aus gelber Seide. Obschon er in diesem Zimmer sein Praktikum gemacht, die ersten Geschäfte behandelt und seine Karriere begonnen hatte; und beim Tod seines Schwiegervaters war er hiergeblieben und hatte zum großen Entsetzen der Stammkunden Maître Perrins Büro in einen Archivraum umgewandelt. Er stand gerne am Fenster und schaute hinab auf den Platz, noch im Morgendämmer: keine lebende Seele, graublaues Licht umhüllte Kirche und Banken. Die Tauben gurren sich zu und zuckeln über das Pflaster, die ersten Scheibenwäscher auf den Bockleitern bespritzen und trocknen die Schaufenster, die Taxis reihen sich auf, die Glocken dröhnen... Ein Wohlgefühl erfaßte ihn. Er stellte sich vor, wie in diesem Moment tausend Plätze Europas im grauenden Morgen erwachten. Die Tauben flatterten auf. Er rief sich den Duft von Café crème in Erinnerung, das erste Bier in den morgendlichen Wirtschaften, die Körbe mit Hörnchen, die Druckerschwärze der Zeitungen an den Fin-

gern – gemächlich schloß er das Fenster und machte sich an die Arbeit.

Arbeiten. Sein Leben verdienen. Er glaubte seinen Vater zu hören, den Sattler-Tapezierer aus Echallens, das Geräusch der Schritte in der Durchzugbude unter seinem Zimmer, Hammerschläge, gefolgt vom Widerhall, die im Leder knirschende Schere; die Hand, die im Roßhaar wühlte oder die alte Fütterung wegriß; das Nähen und Steppen, und das Hin und Her des Handwerkers, der sich unaufhörlich neue Obliegenheiten aufbürdete. Hundert und aberhundert Stunden hatte er oft daran gedacht, über Gesetzbücher gebeugt oder in der Fakultätsbibliothek bei der Vorbereitung eines Seminars über römisches Recht, das ihm Kopfzerbrechen bereitete. Jetzt machte sein Blick die Runde im Zimmer, und die aufwendige Einrichtung kränkte ihn wie eine Schmähung. Noch einmal fragte er sich, was wohl die Unglücklichen und Verängstigten in den zahllosen Streitfällen über all den Prunk gedacht haben mußten. Verschwendung? Luxus auf Kosten der Verzweifelten. Er hatte bemerkt, daß seine Klienten zu Beginn jeder Unterredung mit dem Blick ständig auf die Möbel und Gemälde abschweiften; sie hatten die größte Mühe, ihm, dem Anwalt, in die Augen zu sehen und ihm ruhig ihre Geschichte zu erläutern. Und von seiner Seite? War es Neugier? Arglist? Oder jene Sehnsucht nach dem andern, die ihn seit Jahren innerlich zerriß? Er hatte die Beichten Tausender angehört, und jedesmal war er betört. Am Anfang, ja, da war es die Neugier, die ihn reizte, er wollte verstehen, wie ein Stratege das Terrain ergründet. Mit der Zeit wurde alles komplizierter. Gewiß, wie eh und je gewann er seine Prozesse, und vor Gericht hatte er sich einen Ruf erworben, der ihm eine immer ansehnlichere Klientel zuführte. Doch mit den Jahren schienen ihm die Menschen, die er vor sich hatte, immer undurchsichtiger, unverständlicher. Die Frauen vor allem. Sie verstellten sich, bestritten ihre Schuld, folgten verschlungenen Wegen. Ein Wink mit dem Zauberstab: schon war die Wahrheit verdreht; Intrigantinnen, Ehebrecherinnen, Diebinnen waren verwandelt in gotterwählte Heilige und unschuldige Opfer. Maître Mange verzagte nicht. Er beließ sie in den Irrgärten, die sie sich erträumten, als Schicksale vielleicht, die sie gern erlebt hätten. Die Wahrheit sagten nur die Huren gradheraus, ohne etwas zu bemänteln und ihm einen blauen Dunst vorzumachen. Es war wie eine trotzige Kampfansage. Als ob die

Prostitution eine derartige Unverschämtheit wäre, daß jede Verstellung sinnlos würde. Doch die meisten andern logen oder tarnten sich mit Masken. Die Männer zwar auf andere Art, doch nicht in geringerem Maße. Gewiß, sie bezeichneten sich eher als schuldig und belasteten sich in perversen Anwandlungen von Heldentum mit einer größeren als der tatsächlichen Verantwortung. Doch, unaufhörlich fanden sie Ausreden, die Maître Mange geduldig überprüfen mußte, bevor er sie dem Gericht vorlegen konnte.
Oft dachte er an die Polizei, die die Mittel hatte, um eine Untersuchung rasch voranzutreiben. Er beneidete weder die Beamten der Sicherheitspolizei noch diejenigen der Kriminalpolizei, doch er gestand sich ein, daß sie auf sein Denken, während er einen Klienten befragte, der sich in seine Labyrinthe verkroch, einen Einfluß ausübten, vor dem er sich stets in acht nehmen mußte. Mit Abscheu dachte er an die Befragung unter Druck und Drohungen, doch er konnte nicht umhin, sich die Frau oder den Mann vor sich plötzlich durchschaut, entblößt, ausgeforscht vorzustellen und fühlte eine Befriedigung wie der Inquisitor, wenn der Besiegte endlich ein Geständnis unterschrieb. Wer würde die Klientin vor ihm zum Sprechen zwingen? Schweigend suchte er tränenüberströmte Augen zu ergründen oder Zornausbrüche zu durchschauen, langsam versuchte er sein Gegenüber auszuforschen, hineinzuschlüpfen, sich an seinem Ehrgeiz zu berauschen, an seinen Begierden zu entflammen, mit seinen Masken zu spielen. Mit unendlicher Vorsicht gelang es ihm, etwas vom Geheimnis zu erbeuten. Doch wann kam die volle Wahrheit an den Tag?
Mona mit geöffneten Schenkeln. Mona, seinem Blick ausgesetzt wie einer Dragonade. Mona vergewaltigt, geständig. Und Roselyne Magnin mit den umränderten Augen und dem heißen Mund. Und Marie-Françoise.
Und die stolze Béatrice ...
Es läutete.
Madame Magnin öffnete ein wenig die Tür, stapelte Akten auf den großen Tisch und schob Stöße von Briefen zum Signieren auf die Schreibunterlage; sie musterte Maître Mange mit sichtlicher Mißbilligung und zögerte, den Raum zu verlassen.
»Ist Ihnen etwas über die Leber gekrochen?« fragte Maître Mange ärgerlich.

»Ich könnte dasselbe fragen«, antwortete sie. »Doch wenn Sie gestatten, ich finde Sie sonderbar, Maître. Schon gestern nachmittag... Und wie zerstreut Sie heute morgen waren... Sind Sie vielleicht krank? Jedenfalls möchte ich Sie daran erinnern, daß Madame Olivieri schon im Wartezimmer weilt und daß sie nicht danach aussieht, als ob sie sich vergessen lassen möchte. Ein richtiger Drache. Ich hoffe, daß Sie sie empfangen werden.«
»Wollen Sie mir bitte das Dossier Berg geben?« entschied Maître Mange.
»Wie, Maître, das Dossier Berg? Dr. med. Berg? Die Photos?«
»Genau«, sagte der Anwalt.
»Aber die Sache ist doch schon seit mindestens zwei Jahren erledigt.«
»Unwichtig. Her damit.«
Madame Magnin ging achselzuckend aus dem Zimmer. Einen Augenblick später kam sie zurück mit einer großen Archivschachtel, auf derem Rücken zu lesen war:

FALL BERG
1970–1972

Sie deutete eine Bewegung Richtung Tür an.
»Bleiben Sie, Madame Magnin, ich bitte Sie.«
Überrascht kehrte sie sich um.
»Wollen Sie mir bitte die Photos geben?«
»Die Photos zum Fall Berg?«
»Ja, die mit dem Mädchen. Sie legen die Bilder auf den Tisch und schauen sie mit mir an.«
Diesmal warf ihm die Sekretärin einen wütenden Blick zu. Nichtsdestotrotz durchsuchte sie das Dossier und zog eine große Zellophanmappe hervor, der sie langsam zehn, zwölf Photos entnahm, die sie vor dem schweigenden Maître Mange aufreihte.
»Nun kommen Sie um den Tisch herum und schauen Sie.«
Sie tat wie geheißen, die Augen zum Himmel gehoben, herrlich erzürnt.
»Also«, lachte Maître Mange. »Nun sagen Sie mir, welches am aufreizendsten wirkt.«
Sie stand schweigend neben seinem Stuhl, er spürte den leichten Druck ihres Schenkels gegen seinen Ellbogen, ein

unmerkliches Zittern durchfuhr sie, das er jedoch genau wahrnahm, auch wenn es vielleicht nur ihrer Aufregung zuzuschreiben war. Doch er hätte gewettet: an ihrem hastigeren Atem, ihrem Schweigen, der gespielten Gleichgültigkeit erkannte er, daß sie verwirrt war, schon besiegt, und er staunte von neuem über die seltsame Macht dieser Bilder.
»Danke«, sagte er nach einer Weile. Der Schenkel hatte sich gegen seinen Arm gestemmt. »Legen Sie die Photos zurück, und klassieren Sie das Dossier. Und lassen Sie Madame Olivieri eintreten.«
Sie verließ das Zimmer ohne einen Blick. Was hatte sie sich erhofft? Eine neue Szene wie an jenem Abend vor Weihnachten, als er sie zu später Stunde noch bei der Arbeit überrascht hatte? Plötzlich, ganz ohne Überlegung, griff er zum Telephon und stellte Monas Nummer ein. Die Klingel ertönte am andern Ende des Drahtes, einmal, zweimal, dreimal ... Maître Mange war stets verwundert über das Geklingel eines Telephons in einem leeren Haus. Oder einer verlassenen Wohnung. Er stellte sich vor, wie es gebieterisch durch die Räume schrillte, zum zweiten-, dritten-, viertenmal, hartnäckig weiterschrillte – und auf einmal beengende, beängstigende Stille. Er legte den Hörer auf, als die Klientin hereingeführt wurde.

Den ganzen Tag verbrachten sie in Yvonand. Es schneite zum erstenmal im Jahr. Am Morgen war der Wagen durch bereits verschneite Felder gefahren, Krähen schwärmten schreiend und streitend in den grauen Himmel, an einigen Stellen war das Land schon wieder schneefrei. Mona fühlte sich in der kleinen Praxis von Yvonand wohl, die Sekretärin hieß sie als Mitarbeiterin freundlich willkommen: Mona brachte Briefe zur Post, erledigte Telephonanrufe, klassierte Karteikarten. Sie war rosig vor Kälte, als sie vom Postamt zurückkam, und strahlte vor Vergnügen, vom Schnee klebten ihr die Haare in Strähnen an der Stirn. Sie speisten im Hotel de la Gare zu Mittag, der Nachmittag ging schnell vorbei, und auf dem Heimweg kehrten sie in der Herberge von Donneloye ein, oben im Tal des Flüßchens Mentue, das vom Schnee glitzerte.
Sie saßen neben der Tür, tranken Weißwein und aßen dazu Schinken, der mit dem Bauernbrot unter den Zähnen knackte. Die Lampen waren noch nicht angezündet. An der Wand,

direkt über ihnen, reckte sich ein Rehkopf mit glänzenden Augen, in denen sich der orangefarbene Schimmer der Abenddämmerung widerspiegelte. Das schwarze Maul schien noch vom Speichel feucht zu sein, die Nüstern zitterten, der Kiefer bebte, jetzt würde sich das Tier aus der Wand herausreißen, die es für einen kurzen Augenblick neugierig mit dem Kopf durchstoßen hatte, und hoppla, schon war es wieder im zauberhaften Schneeland, in das sich mit dem Schrei des Käuzchens im letzten Licht des Tages der Winterwind verirrte. Der Rehkopf blieb starr, die Abendsonne glänzte in gläsernen Augen. Sie waren allein. Der Wirt war zum Nachtessen in die Küche gegangen. Die seltenen Autos hielten nie bei der Herberge am Kreuzweg. Ein gelbes Licht verkleisterte alles in seinen Phosphorglanz. Zu dieser Stunde war alles möglich, der Zauberer Merlin würde eintreten, sich an einen bernsteinfunkelnden Tisch setzen, ein Glas Honigseim bestellen und das Haus in ein Karpatenschloß verwandeln. Tröpfchen aus flüssigem Silber glitzerten an den Karaffen an der Theke. Die Rehgeweihe streckten ihre beinernen Dolche zur Decke.

Sie hatten den Schinken aufgegessen, dessen Fett am zersprungenen Tellerrand glänzte. Der Wein war frisch. Im salmfarbenen Himmel über den Tannen erglühten weiße Sterne. Ein Tolpatsch mit verschneiter Jacke schleppte sich in die Gaststube; als er seinen Wein bestellte, schmatzten die dicken Lippen. Ein Depp, der bei Vollmond im Herbst Pilze sammelte? Einer aus der Anstalt? Ein ältlicher Kaspar Hauser, der in seiner Umhängetasche Flechten und Schnecken für seine Zaubertränklein barg?

Eine Art Gedankenübertragung. Seit langem hatten sie nichts mehr zueinander gesagt.

»Lieben Sie Kräutertränklein?« erkundigte sich Mona.

»Ja«, sagte Maître Mange lachend. »Was bringt Sie darauf?«

»Der Alte dort drüben«, sagte sie leise. »Schauen Sie nur seine Tasche: sie ist voll von seltsamen Sachen, Baumrinde, Blumenstengel, gefrorenes Laub, getrocknete Blüten für den Aufguß im Teekessel. Und Insektenflügel, Hakenfüße und weiß Gott, was noch für seine Heiltränklein!«

Er bewunderte ihren heiteren Scharfblick. Das Mädchen war dichterisch veranlagt. Jede Bewegung ließ ihn etwas mehr von ihrer Macht erkennen. Der Alte trank gierig seinen Roten und leckte sich nach jedem Schluck den Mund ab. Die dik-

ken Lippen schnalzten und schmatzten. Und immer noch herrschte in der stillen Gaststube jener Märchenfriede, jener nachhaltige Eindruck für Maître Mange, er habe diese Szene vor langer Zeit schon einmal erlebt, in der Kindheit vielleicht oder im Traum, in einer alten Sage, die er in tiefster Erinnerung bergen mochte. Das Kräutermännlein, das glänzende Rehmaul, die niedere Zimmerdecke, das Fenster zur vereisten Straße: ein Gasthaus in Mitteleuropa, Knoblauchbündel an den Fensterläden, und bei hereinbrechender Nacht verschließt der Wirt die Hintertür, die zum Garten und zum dunklen Rauhreifwald führt.
Plötzlich ergriff der Gnom seinen Quersack, wühlte und entnahm daraus eine Handvoll dürrer Waldkirschen, die er zum Mund führte und kaute, wobei er die Kerne ausspuckte und schrie:
»Der Rest ist für Kirsch! Die Stare haben sie nicht erwischt, ha, meine Kirschen. Daraus gibt es Schnaps. Kirsch, Kreuzdonnerwetter!«
Eine Zeitlang jubelte er, und schließlich sank er auf den Tisch.
Auf der Heimreise wirkte der Zauber weiter. Maître Mange fuhr langsam, die Scheiben heruntergekurbelt, in der kalten Luft, sie hörten den Schneewind gegen den Wagen pfeifen und wildes Gekläff, wenn sie an verlassenen Höfen vorbeikamen. Maître Mange dachte an Gefangene in eisigkalten Verliesen, an verdammte Seelen, die sie als Kettengespenster heimsuchten.
An jenem Abend war er mit Mona in die Wohnung an der Avenue d'Ouchy gegangen, und erst spät in der Nacht war er in die Métairie heimgekehrt.

»Mutter ist meine älteste Frau«, sagte er sich eigenartigerweise auf der Eingangstreppe. »Mutter ist meine älteste Frau.« Und dieser Gedanke trübte die flüchtige Freude beim Eintritt in das Haus. Schon öffnete Mona die Lifttür und stöberte in ihrem Sack nach dem Schlüssel. Vierte Etage. Geruch von heißem Linoleum. Sie ging bis zum Ende des Ganges und steckte den Schlüssel in das Yaleschloß...
Er trat hinter ihr ein und fühlte eine bange Eifersucht erwachen, als er sich ausmalte, wie viele Männer sie hergebracht

haben mußte. »Mutter ist...« Er riß sich zusammen, um die Erinnerung zu verscheuchen.

»... meine älteste Frau. Die erste. Die einzige.«

»Was trinken Sie?« fragte Mona, vornübergebeugt, mit breiten Zähnen lächelnd wie eine Operettensoubrette.

»Nach Alkohol habe ich keine Lust mehr.«

»Kaffee? Coca-Cola?«

Sie ging in die Küche zurück, und er inspizierte gierig das Durcheinander im Zimmer, Stöße von Kriminalromanen und Magazinen auf der Kommode, Kleidungsstücke über die Lehne des einzigen Fauteuils geworfen, das verwühlte Bett, die schmutzigen Fenster, über die sie mit Reißnägeln Vorhangfetzen geheftet hatte.

»Was tun Sie gewöhnlich am Donnerstagabend?« rief sie aus der Küche.

Ihre Stimme tönte fröhlich, fast übermütig.

»Ich gehe mit meiner Frau ins Theater. Wir haben ein Abonnement im Stadttheater.«

»Ist das nicht mühselig, wenn man sich alle Stücke anschauen muß?«

»Nein«, sagte Maître Mange. »Man kann leicht auskneifen, sehen Sie.«

»Und dann geht Ihre Frau allein?«

»Sie lädt meine Tochter ein.«

»Und was wird so gespielt?«

»Meist Karsenty-Gastspiele. Edelkitsch, doch mehr Kitsch als edel. Abgedroschenes Zeug. Doch das Publikum müßten Sie sehen, die Pelze der Damen und den Smoking der Berufskollegen! Ich gestehe, daß ich mich über meine Feigheit etwas schäme. Ich beginne, mich über die Soirées lustigzumachen, und mache immerhin seit zwei Jahrzehnten mit. Doch hier bei Ihnen ist es zufriedener.«

»Und uns hindert niemand daran, unser eigenes Theater loszulassen«, sagte Mona augenzwinkernd.

Maître Mange betrachtete sie erstaunt.

Leise drängte sie: »Hören Sie, Maître, so ein kleines Theater, sagt Ihnen das nichts? Heute abend entblättere ich mich gratis. Zuzeiten habe ich Lust dazu.«

Er schaute sie bewundernd an: sie war frech und richtig aufgekratzt.

»Mutter... Mutter ist meine älteste Frau.« An das Knuspermädchen mußte man sich binden, man mußte es hätscheln, um es nie wieder zu verlieren. Mußte man? Hatte sie ihn nicht längst unterjocht? Sie kam zurück mit Kaffee und richtete ihn an.

»Wissen Sie, daß ich die Übung mit dem Tisch wieder durchexerzieren möchte?«

»Weshalb das?« fragte Mange. »Könnten Sie es mir genau erklären?«

»Schwer zu sagen«, meinte Mona. »Ich war so sehr erregt.«

»Und wovon genau?«

»Weiß nicht. Oder, verflixt und zugenäht, ich weiß es.« Sie senkte ihren Blick in denjenigen des Rechtsanwalts: »Die Befehle waren es. Ja, die Befehle. Gehorchen. ›Leg dich hin! Kehr dich um! Beine auf!‹ Das ist so direkt, wissen Sie. Und Sie haben so eine Art zu befehlen... Wenn ich nur schon daran denke, schaudert mich.«

Sie strich mit beiden Händen über Schenkel und Bauch.

»Ich kann es Ihnen ja gestehen, seit einer Woche denke ich nur noch an jenen Tisch. Die Vorhänge, die Stille, das Kanapee, auf dem Sie saßen.«

Sie schwieg, und nach einer Weile meinte sie:

»Der heiße Scheinwerfer zwischen den Beinen.«

Zögernd. Dann mit leiser Stimme:

»Warum haben Sie mich nicht liebkost? Nicht gefickt? Ich hätte mich auch selbst liebkost, wissen Sie. Ich hatte so Lust darauf.«

Sie setzte sich auf die Armlehne des Fauteuils.

»Gehorchen Sie gern?« fragte er.

»Ja«, flüsterte sie. »Schrecklich gern.«

»Was gefällt Ihnen am Gehorsam?«

»Weiß nicht. Alles tun, was man mir sagt. Nicht mehr mir gehören. Die Unterwerfung.«

Sie wiederholte, wie zu sich selbst:

»Völlig unterworfen sein, hörig sein... Das ist eine Lust... fast unerträglich.«

Sie gab sich hin. Sie gestand. Fasziniert hörte Maître Mange die Beichte des verwirrten Mädchens, das beim Geständnis keuchte. Hatte wohl auch Marie-Françoise diese Lüsternheit gekannt? Würde sie ihm je gestehen? Die Frau vor ihm öffnete sich ihm, Maître Mange spürte das erregende Gefühl, in ihre Tollheiten einzudringen.

»Sklavin«, sagte er.

»Ja, Sklavin.«

»Sind Sie bei einem andern Sklavin gewesen?«
»Ja«, sagte sie. »Beim ersten. Sergio. Ich glaube, bei ihm habe ich Geschmack daran gefunden.«
»Hat er Sie geschlagen?«
»Nein, nie. Doch es war wie bei Ihnen – wie auf dem Tisch: ›Umkehren! Abbiegen! Schenkel spreizen!‹...«
Maître Mange stellte seine Tasse ab.
»Und die andern?« fragte er.
»Nein, die andern gaben keine Befehle. Einige versuchten mich zu peitschen, doch das war dumm und langweilig. In der Sauna traf ich einen Typ, der zusehen wollte, wenn ich es mit einem andern trieb.«
»Und du hast es getan?«
»Er hat gut bezahlt. Und ich war pleite.«
»Und der Junge?«
»Er war Hilfsangestellter in der Sauna.«
»Jung?«
»Ziemlich jung. Fünfundzwanzig, dreißig.«
»Und der Kerl war im selben Zimmer?«
»Es war in der Sauna, in einem Massageraum nach Betriebsschluß. Nicht besonders lustig. Wir haben damit aufgehört, weil sich der Kunde allzusehr einmischte.«
Sie neigte sich über Maître Mange und legte ihre Lippen auf seine Stirn. Er spürte die Wärme ihres Mundes, den Atem, die Schneiden der Zähne. Mit einer Hand berührte sie ihm zärtlich den Nacken.
»All das schmerzt dich«, sagte sie sanft. »Genügt es dir nicht, daß ich die Hure machte, willst du noch, daß ich davon erzähle?«
»Mich schmerzt es nicht«, sagte Maître Mange. »Mir gefällt es, wenn du von dir sprichst. Deshalb auch habe ich die Annonce aufgegeben. Um dich zu befragen. Dir zuzuhören. Du darfst mir nichts verbergen, Mona. Du hast nicht nötig, daß man mir alles auf einmal sagt, doch du darfst die Wahrheit nicht verheimlichen, wenn ich es verlange. Lügen würden mich verletzen, verstehst du? Ich möchte dich enträtseln, Mona. In dich hineinsehen wie in helles Licht. In deinen Leib, deine Seele, deine Ängste, Lüste, Träume, Tollheiten, einfach in alles, wie du siehst, ob unmöglich oder möglich, schlimmer oder besser, traurig oder lustig. Fröhlich sein ... und deine Schamspalte sehen. Dein Geschlecht. Dich nackt. Du bist schön, Mona, schön bist du. Unbegreiflich ist die Schönheit,

sie erschießt uns, verbrennt uns die Augen. Ich will sie verstehen, an den Tag bringen; ich will dich nach Lust und Laune zusammenfügen, auseinandernehmen, öffnen und wieder schließen, Mona. Ich will dich sehen.«
»Mein Voyeur«, flüsterte ihm Mona ins Ohr. »Mein Voyeur, mein fünfundfünfzigjähriger Galan. Nie habe ich so alte Liebhaber gehabt, doch mir scheint, du seist der jüngste von allen. Am neugierigsten. Am unruhigsten.«
Schweigen. Dann fuhr sie fort:
»Die andern glaubten zwar, alles zu wissen. Machten große Sprüche. ›Ich kenne die Technik‹, sagten sie. Läppisch, Hornochsen, Schlappschwänze, hätten sie nur gewußt, wie wenig mich ihr Affentheater scherte. Du stellst Fragen, ich sehe dich träumen, phantasieren, meine innersten Winkel durchstöbern. Ich spüre, ich bin für was da, für dich da. Nicht einfach nur Loch und Haut. Ja, genau das ist es: in deinen Augen bin ich jemand. Ich atme, trinke, spreche, ich wühle in meinen Erinnerungen, nichts lenkt dich ab. Ich war erstaunt in Yvonand: den ganzen Tag hast du deine Arbeit gemacht und mich trotzdem nie aus den Augen gelassen. Ich war glücklich. Froh, in deinem Büro zu sein, deiner Sekretärin zu helfen, dir zu dienen, dir zu folgen. Ich glaube, ich liebe dich, Raymond.«
Schweigen. Dann wiederholte sie:
»Ja, ich liebe dich.«
Nachher geschah alles schnell und verwirrlich. Sie ließ sich auf ihn fallen, umarmte ihn, überschüttete ihn mit Küssen, und er war mit seinem Körper unter dem Nylon. Dann fielen sie schräg über das zerknüllte Bett, eine ungestüme Zärtlichkeit überfiel sie, und lange schrie Mona unter dem keuchenden Maître Mange. Jetzt lagen sie da, bestürzt, erstarrt, nach Luft ringend unter der bleichen Lampe, die zu löschen sie vergessen hatten.
Maître Mange war spät gegangen. Und als er das Tor der Métairie geöffnet hatte, als er die Treppe hinaufstieg, sich entkleidete und ins Bett neben den Leib der schlafenden Frau legte, sagte er sich mit einer Art von Schrecken, daß plötzlich Freude sein Herz entflammt hatte und daß er nie mehr ohne dieses Feuer leben konnte.

Maître Mange war fünfundfünfzig, und wohl hatte er einige Schweinereien begangen, die er sich immer noch vorwarf, doch feige war er nicht, im Gegenteil: der bevorstehende Kampf schärfte seine Sinne. Was ihn die Schwächen um so schmerzlicher spüren ließ. Eine Zusammenarbeit mit einem seiner ehemaligen Kommilitonen hatte er von Anfang an ablehnen müssen: jener Puoillot stand weit links, er hatte Pazifisten verteidigt, Militärdienstverweigerer, er war Kommunisten in Händeln mit der Eidgenossenschaft beigestanden, und seine Plädoyers hatten seinerzeit Anstoß erregt. Die Loge hatte sich mit Maître Perrin in Verbindung gesetzt, als sie vom Plan einer Assoziierung des Schwiegersohns mit Pouillot vernommen hatte, und Maître Mange hatte bald aufgeben müssen. Pouillot, schweizerisch-französischer Doppelbürger, war in seine zweite Heimat zurückgekehrt und beim Zusammenbruch von 1940 umgekommen. Heute noch, trotz all der guten Ausreden, fühlte sich Maître Mange durch diesen Tod belastet.
Noch etwas anderes quälte ihn. Die Lügen, mit denen er einer diebischen Angestellten den Kopf gerettet hatte.
Das Spielchen hatte schon Monate gedauert, als es Maître Mange endlich merkte. Zwei- oder dreimal hatte er mit dem Mädchen geschlafen. Er war damals frisch verheiratet. Schwiegersohn von Maître Perrin. Ein ganzes Jahr lang hatte er der Diebin geholfen die Buchhaltung zu fälschen, um die Angelegenheit wieder in Ordnung zu bringen, wobei er aus seinen ersten Anwaltshonoraren die Diebereien der Sekretärin beglich. Sie hatte ihn fest im Griff. Er hatte sie nicht anzuzeigen gewagt, da damit sein eigener Fehltritt bekanntgeworden wäre. Sie blieb noch zwei Jahre in der Anwaltskanzlei ... Er war in der Zange. Schlimme Sache.
Doch jetzt hatte Maître Mange kein Bedürfnis nach einem Versteckenspiel. Er liebte Mona, Mona liebte ihn, er konnte sich nicht einen Augenblick denken ohne ihre Nähe. Er wußte, es war etwas pubertär, denn nur zuviele Affären dieser Art hatte er behandelt, um nicht den falschen Schein von Unschuld zu erkennen. Ich hab' dich lieb, du hast mich lieb, ich werfe den Bettel weg, wir leben zusammen auf Zusehen hin. Dumm. Maître Mange lächelte schon beim Gedanken an das Gesicht, das er machen würde. Er mußte Schwierigkeiten mit der Loge bekommen. An der Avenue de Beaulieu hielt man nicht viel von Schürzenjägern und brenzligen Geschich-

ten. Am wenigsten, wenn der unternehmungslustige Logenbruder noch Abgeordneter im Großen Rat war. Denn die Partei mußte beschwichtigt, die Frotzeleien der Parlamentarier überhört werden. Scheiße auf die Armee. Aber die Anwaltskammer, das Gericht, die Ermahnung des Präsidenten der Advokatenschaft! Dieser übrigens ein geiler Bock, der in zehn Geschichten auf einmal verwickelt war – doch er verließ seine Frau nicht und wußte seine Affären säuberlich von der Ehe zu trennen, so daß sich niemand aufregte.
In den ersten Tagen seiner Liaison mit Mona Antoniazza war Raymond Mange wie verwandelt, berauscht von der köstlichen Wonne, die seine Adern durchströmte wie Feuer. Bisher ungekannte Zärtlichkeit und Gewalt erfaßten ihn. Seine Rede war klar und kraftvoll, wenn er vor Gericht auftrat oder in einer der vielen Versammlungen sprach. Tatsächlich verbrachte er jene Wochen in einer Art von Traum. Er achtete kaum auf seine Klienten, diktierte die Korrespondenz wie im Schlafwandel und plädierte wie ein Schauspieler, der seine Rolle zum hundertsten Mal spielt. Doch weder seine Gesprächspartner, weder Madame Magnin und die kleine Sekretärin, weder die Richter zu Montbenon noch die Parlamentarier und Kommissionsmitglieder im Großen Rat, die immerhin an einige Mätzchen gewohnt waren, hätten die Zerstreutheit ihres Sprechers oder Chefs bemerken können. Maître Mange ergötzte sich daran. Mit stillem Vergnügen genoß er sein Doppelleben und die Gewißheit, daß er, wenigstens als Berufsmann, die letzte Ruhe vor dem Sturm erlebte.
Doch was kümmern mich Schläge und Schrammen, sagte er sich. Ich liebe Mona. Sie ist eindeutig, wie nur Huren sein können. Eine unvergleichliche Art der Treue. Gradheraus mit Antworten. Und er gab sich ihrem Zauber hin. Das Tagesende erwartete er jedesmal mit wachsender Ungeduld; und sah er sie wieder, so überwältigte ihn das Glück. Sie speisten zusammen in kleinen Altstadtrestaurants, und dann gingen sie die Avenue d'Ouchy hinab. Sie überstürzten nichts, denn sie wußten, daß sie lange beisammen sein würden, und das abendliche Leben in den Bistros der Cité belustigte und entspannte sie. Das Café de la Barre gehörte einem ehemaligen Boxer, der in seinem überfüllten Spunten mit bärbeißigem Witz regierte. An manchen Abenden leierte ein Handorgelmann mit Sheriffhut Walzer und Tangos, Paare drehten sich zwischen den Tischen und äfften Tänzer aus alten Filmen

nach. Radau, Gerichte nach Hausmacherart: Linsen mit Speck, Bohneneintopf, Ragout, der Wein war auch gut, der Wirt sorgte sich um das Wohl aller; vielerlei Stammgäste, Journalisten, Theaterleute, kamen auf einen Sprung vorbei, um im Rauch und den Küchengerüchen den neuen Beaujolais und das Menü des Tages zu versuchen.
Gegen sechs Uhr legte sich ein sanftes Leuchten auf die großen Bäume, deren letzte Herbstblätter im Abendlicht wie Goldplättchen flitterten. Dann glühten die Laternen auf, der Wirt zog die Vorhänge der Vitrine zu, und bald kamen erste Gäste zum Abendessen. Maître Mange hatte längst solche Beizlein besuchen wollen, doch seit der Studentenzeit war er nie mehr hergekommen. Marie-Françoise hätte den Betrieb mit den Künstlern und dem vielen Volk nicht geliebt, während sich Mona darin heimisch fühlte. Er schaute sie gelüstig an: die Tierzähne, die Tunke auf den Lippen, das flinke Zünglein und die Augen, die im Kerzenlicht glänzten ... Manchmal vervielfachten die beiden Spiegel hinter ihr Rükken, Hals und Haare, wie ein Kaleidoskop die Splitter eines ebenmäßigen, einzigartigen Wunders teilt und verteilt, so daß sich die Bruchstücke drehen, fliehen und in einem Kinderreigen wiederfinden. Denn jene Augenblicke gehörten zur Kindheit. Im Café de la Barre und im ›Lapin vert‹ fand Maître Mange die Unschuld mit ihren Freuden und Erwartungen wieder, die er gekannt hatte, wenn seine Eltern sonntags auf dem Land einkehrten, man war zu Fuß oder mit dem Rad gekommen und nahm mit geröteten Wangen Platz, er durfte ein Bierchen versuchen, das er langsam schlürfte und den herben Geschmack auf der Zunge kostete, wobei er zu seiner Belustigung die Nase in den kalten Schaum tauchte. Am Morgen war die ganze Familie zur Kirche gegangen, auch die große Schwester Martine, die nicht auswärts schlafen durfte, Maître Mange erinnerte sich an das Glockengeläut, Mutter setzte sich zwanzigmal den Hut neu auf und bürstete sich den Mantelkragen, Vater war ungeduldig und mußte sich überwinden: gern hätte er einen Stumpen angezündet, doch so etwas tut man nicht vor der Predigt, man wird doch nicht dem lieben Gott mit einem Nikotinmaul begegnen wollen! Auf dem Weg zur Kirche hörte der Knabe, wie die Ledersandalen seiner Schwester knarrten und der Rock bei jedem Schritt raschelte.
»Gnade und Friede mögen euch werden von unserm Herrn

Jesus Christus«, dröhnte die Stimme des Pfarrers von der Kanzel, und Maître Mange wurde beim Gedanken an diese Worte wieder von der Erregung seiner Kindheit erfaßt: er fühlte Verwirrung und Freude, er bedauerte, nicht erwachsen zu sein, und bestaunte die blondbraune Schönheit seiner Schwester, die Brüste im straffen Büstenhalter, die bei jeder Bewegung wippten.

Am Tag nach einer gemeinsamen Mahlzeit traf Maître Mange einen Beamten der Sicherheitspolizei an der Tür der Métairie. Es läutete sehr früh – um Viertel nach sieben –, er war vor allen andern aufgestanden, um noch einmal Akten nachzulesen, ein ziemlich verwirrter Fall, der am selben Vormittag vor Gericht zur Sprache kommen sollte. Er ging in Pantoffeln die Treppe hinab, ohne Krawatte, öffnete die Tür, und da stand der Inspektor.

»Sicherheitspolizei«, sagte der Mann und zeigte seinen Ausweis. »Inspektor Renard. Guten Tag, Maître. Es tut mir leid, daß ich Sie zu dieser Stunde und zu Hause stören muß. Aber es ist dringend. Haben Sie einen Augenblick Zeit?«

Er ließ den Polizisten in den großen Salon im Parterre eintreten, und jetzt saßen sich die beiden Männer im Fauteuil gegenüber, Aug' in Aug'. Durch ein seltsames Spiel des Zufalls hatte Inspektor Renard – schon der Name erinnerte an einen Fuchs – rote Haare und gelbe Schnüffleraugen. Der Polizist war vom Luxus der weiten Räume keineswegs eingeschüchtert.

»Maître«, begann er, »ich will keine Umstände machen. Ich führe eine heikle Untersuchung, und Sie könnten als Komplize, oder jedenfalls als Zeuge, darein verwickelt werden.«

Hier machte er eine Pause; man hörte, wie er den Speichel schluckte.

»Maître, kennen Sie eine italienische Staatsangehörige namens Mona Antoniazza, wohnhaft an der Avenue d'Ouchy, Nummer 60, in Lausanne?«

Maître Mange fuhr auf, als hätte man ihn im Innersten berührt. Diese Frage hatte er nicht erwartet. Er hatte dem Besuch keinerlei Bedeutung beigemessen. Manchmal verlangte er bei der Polizei Auskünfte über die eine oder andere Angelegenheit, und außerdem waren ihm mehrere Beamte der Kriminal- und Sicherheitspolizei von Begegnungen im

Gerichtssaal her persönlich bekannt. Jetzt perlte der Schweiß an Stirn und Händen, das Herz hämmerte, er schlug die gekreuzten Beine auseinander, zwang sich zu einem Lächeln und blickte dem Inspektor fest in die Augen.
»Wenn Sie wirklich die Person jenes Namens meinen, ja, dann kenne ich sie«, hörte er sich mit gleichgültiger Stimme sagen. »Doch weshalb könnte sie die Polizei interessieren?«
Inspektor Renard lächelte einen Moment.
»Es ist ziemlich ernst«, sagte er endlich. »Maître, wissen Sie, wovon Fräulein Antoniazza lebt?«
»Nein«, sagte Maître Mange.
»Wissen Sie, ob sie beruflich tätig ist?«
»Warten Sie, ich erinnere mich nicht recht ... Ich glaube, sie ist Mannequin oder so was.«
»Oder Modell?« fiel der Polizist ein.
Maître Mange ging nicht ins Garn. Nichts verriet ihn. Er bemühte sich, ruhig zu atmen, und schaute Renard in die Augen.
»Ziemlich unerfreuliche Geschichte«, fuhr der Polizist fort, ohne eine Antwort abzuwarten. »Als italienische Staatsangehörige kann die junge Dame nicht bei uns leben, ohne einen Beruf auszuüben.« Und mit Nachdruck fügte er bei: »Wenigstens einen bestimmten Beruf.«
Maître Mange haßte seine Ironie.
»Es dürfte Ihnen nicht unbekannt sein, Maître, daß wir die Aufenthaltsbewilligung nicht verlängern können, wenn jemand nicht erwiesenermaßen eine berufliche Erwerbstätigkeit ausübt. Doch Fräulein Antoniazza hat weder Vermögen noch Einkommen. Folglich ...«
Er schwieg und zündete eine Gauloise an, deren Rauch Maître Mange alsbald belästigte.
»Aber der Fall ist noch ernster«, fuhr er fort.
Maître Mange hielt den Atem an. »Wie das?« fragte er und war sich dabei bewußt, daß seine Stimme jene fahle Tönung angenommen hatte, die er verabscheute. Sein Magen war noch leer, nicht einmal einen Kaffee hatte er zu sich genommen.
»Drogen«, sagte Renard.
»Aber ...« würgte Maître Mange mühsam hervor. Dann riß er sich zusammen: »Rauschgift soll sie nehmen? Unglaubhaft.«
Und er sah wieder Monas schönes Gesicht, die lauteren Augen, den bebenden Mund ...

»Handel«, antwortete der Inspektor. »Oh, sie muß hie und da gehascht und gefixt haben, aber darum kümmere ich mich nicht. Was ich sagen will, ist viel schlimmer. Drogenhandel, verstehen Sie. Heroin!«

»Heroin!«

Maître Mange war bestürzt. Er fuhr unaufhörlich mit der Hand über die Stirn und strich eine Haarsträhne zurecht; die langen Hände zitterten, ohne daß er es versteckte; das Gesicht war verstört.

Bestürzung. Heroin. Die übelsten Geschichten waren möglich. Er hatte genug Drogensüchtige verteidigt, um die Reaktionen der Polizei und das Strafmaß der Gerichte zu kennen. Hasch, Joints, die man sich in den Schulhöfen und Kaffeebars zusteckt, das waren Lappalien, man strafte, drohte, doch niemand machte viel Aufsehen. Verkaufen, aus Tanger oder sonstwo herholen, das zählte schon mehr. Und viel schwerwiegender wurde es mit Opium und Morphium. Für Fixer und Dealer. Aber Heroin, das war das letzte, der Abgrund, der Satan, und wer beim Dealen erwischt wurde, kassierte mehrere Jahre Zuchthaus.

Inspektor Renard strich nun seinerseits über die Schläfen und die orangen Backenbärtchen, die sein schlaues Gesicht umrahmten. Er kratzte in den dichten Strähnen und tippte an die spitze Nase.

»Es ist mir furchtbar peinlich, Maître. Wir beschatten die junge Dame seit langem ergebnislos. Fast auf den Tag genau seit einem Monat wissen wir, daß Sie sie häufig begleiten. Ich will natürlich damit keineswegs andeuten, daß Sie sie irgendwie dazu ermuntert hätten, doch stellen Sie sich vor, was passieren würde, wenn wir Fräulein Antoniazza auf frischer Tat ertappten und Sie zufällig in der Nähe wären.«

»Aber ich weiß von nichts!« rief Maître Mange. »Ich habe nicht einmal je etwas geahnt.«

»Doch«, fuhr der Inspektor fort, »können Sie sich ausdenken, wenn Sie bei ihrer Festnahme dabei wären, sagen wir, ich weiß nicht, mit ihr im Bett zum Beispiel?«

»Aber Sie haben gar keinen Grund, sie festzunehmen. Mona hat nichts getan. Ich bin sicher.«

Er sagte: Mona, ohne die Liaison zu verbergen.

»... Seit einem Monat, seit ich sie kenne, hat sie sich absolut nichts vorzuwerfen. Ich lege die Hand ins Feuer. Ich bürge dafür.«

»Seien Sie nicht allzu waghalsig«, sagte der Inspektor, der nun seine Favoris in Ruhe ließ. »Vielleicht hat sie Ihnen nicht alles gesagt. Wissen Sie, was sie den Tag über treibt?«
»Nein, ich meine: nicht immer. Aber ich bin gewiß, daß sie allfällige Dummheiten nur unter Zwang, unter Drohungen begangen hat, und zwar schon vor langer Zeit. Ich kann mir sie nicht beim Drogenschmuggel an der Grenze vorstellen, bei Verhandlungen mit Gangstern ...«
»Sie wissen nicht alles«, sagte Renard mit verkniffener Miene, und in seinem Schweigen lag eine spöttische Drohung, die Maître Mange wieder nicht ausstehen konnte.
Er läutete, um abzulenken.
»Eine Tasse Kaffee, Inspektor?«
»Gern.«
Renard heiterte sich auf.
Das Dienstmädchen kam, ganz entgeistert, zu so früher Stunde in den Salon gerufen zu werden.
»Bringen Sie uns Kaffee, Consuelo, und Toasts.«
Der Polizist erhob die Hand zum Protest.
»Doch, doch«, beschwichtigte Maître Mange. »Sie knabbern doch gewiß noch einen Toast, bevor Sie gehen. Übrigens kann ich Sie mitnehmen, ich muß sehr früh in Lausanne sein, um die Akten im Fall Keller durchzusehen.«
Renard lächelte. Jetzt waren sie wieder auf demselben Terrain, auf derselben Seite der Schranke, und Maître Mange haßte diesen Einklang. Aber es war nun nicht der Augenblick, die Abscheu zu zeigen. Kaffee und Toasts kamen, Consuelo stellte die Tassen und die gebutterten Brötchen auf den Tisch. Inspektor Renard nahm eine Scheibe, und der Toast knackte in seinem Mund.
»Ausgezeichnet«, sagte er lachend. »Wie mich das an die Grippetage als kleiner Knirps erinnert! Mutter brachte uns ganze Platten voll, ich kann nicht in geröstetes Brot hineinbeißen, ohne unwillkürlich an das Krankenbett zu denken, mit dem Thermometer und einem Krug voll Schokolade auf dem Nachttisch!«
Maître Mange hatte genau dieselben Erinnerungen, und er schmunzelte über die Bemerkung des Polizisten. Wie schwer war es doch, jemandem böse zu sein. Weil Menschen Erinnerungen gleichen Ursprungs haben. Und dieser Polizist, jene seltsame Tarnmaske, jener Rotschopf mit grauen Flechten, mit der Nase, die in den Wind witterte! Eine Art von Zunei-

gung brachte ihn dem Manne vor ihm näher. Maître Mange bekam Lust, über die Befürchtungen von vorhin zu lachen. Ein schwaches Morgenlicht begann das Zimmer zu erhellen. Plötzlich war das Bild Monas vor seinen Augen, er sah deutlich die edle Stirn und den tiefgeschwungenen Brauenbogen, die strahlenden Augen, den glänzenden Mund. Mona. Mona Lisa. Meine Liebe. Eine unsägliche Traurigkeit übermannte ihn. Er sah ihre Kindheit im Elend, all die Verhältnisse, die sie erlebt hatte, all die Fallen, in die sie gehen mußte als ein sich selbst überlassenes kleines Mädchen, und jetzt, da sie endlich auf ihn zählen konnte, den Rechtsanwalt, die solide Stütze, da sie dem Schlamassel entrinnen konnte, ging sie der Polizei ins Garn. Zum Kotzen.
Der Inspektor mußte Maître Manges Gedanken gelesen haben.
»Wenn Sie jetzt zur Stadt hinauf wollen, Maître?«
Maître Mange entriß sich mit Mühe seinen Träumereien. Ja, in der letzten Zeit konnte Mona gewiß wieder aufleben. Oder überleben! Es war keine Illusion, noch weniger Eitelkeit: Maître Mange täuschte sich nicht, er wußte, daß sie ihr Glück, die strahlende Freude in diesem langen und doch so kurzen Monat nicht geheuchelt hatte.
Einen Augenblick ließ er den Inspektor allein, er zog sich im obern Stock an, und im Mercedes fuhren sie zur Stadt hinauf. Die Sonne rötete den unbewegten See, und der General Guisan-Avenue entlang glitzerten die Gärten im Rauhreif.
Seit einigen Minuten bedrängte eine Frage Maître Mange. Das Modell. Wie konnte die Polizei...? Wußte sie vom Schlupfwinkel an der Rue de l'Ale, von der kleinen Wohnung, dem niedrigen Tisch, dem Scheinwerfer? Wut erregte ihn. Die Zufluchtsstätte gehörte ihm. Und ihm auch die Aktszenen, die gespreizten Schenkel, die Brüste, die Schamhaare, die ganze blendende Schau.
Sie kamen in der Stadt an. Der Polizist neben ihm fiel ihm lästig.
»Sagen Sie, Inspektor, was ist das für eine Geschichte mit dem Modell?«
Es war ihm gelungen, den ungezwungenen Ton beizubehalten. Die Sonne ließ die Fensterscheiben aufleuchten, über den Dächern verfolgten sich schreiende Möwen.
»Entschuldigen Sie, Maître«, antwortete der Polizist mit ge-

reizter Stimme, »aber darüber kann ich Ihnen nichts aussagen.«
Haß verkrampfte Maître Manges Herz. Wollten sie sich schlagen? Auch er konnte kämpfen. Und noch einmal verdeckte er sein Spiel.
»Ich verstehe Ihre Bedenken vollkommen«, sagte er höflich. »Wir haben schwierige Berufe. Behutsam vorgehen, mit Geduld!«
Doch er konnte nicht verhindern, daß seine Worte etwas salbungsvoll klangen und dem Inspektor wie eine Bedrohung vorkommen mußten.
Sie trennten sich bei der Parkgarage Montbenon, in der Maître Mange seinen reservierten Parkplatz hatte, und stellte fest, daß Renard nicht unterlassen konnte, einen raschen Blick auf das Geldstück in der Hand des Angestellten zu werfen, der den Mercedes zum Parken übernahm. Von jetzt an hieß es furchtlos spielen. Die Schläge kommen sehen, den Feind aufstöbern, die Spuren entwirren, dem für Mona bestimmten Fangeisen die Zähne brechen. Sie war in eine dumme Geschichte verwickelt, Maître Mange zweifelte keinen Moment daran. Die Sicherheitspolizei hätte sich nicht grundlos bemüht. Doch seit einem Monat gehörte sie ihm, er würde sie nicht allein kämpfen lassen. Nicht jetzt. Nicht in dem Augenblick, da er zum erstenmal in seinem Leben das Gefühl hatte, eine Welt zu entdecken, von der er bisher ausgeschlossen war, wegen der Dummheit, Gleichgültigkeit oder Bosheit der Lebenden. Und weil das Geheimnis so dicht war. Und er zu ungeschickt, um einzudringen ... Es war belanglos. Er hatte Mona, ihre Zärtlichkeit, ihre Einsamkeit, ihre besessene Hingabe in der Liebe. Da waren der Tisch und der Scheinwerfer in der Rue de l'Ale, die Ausflüge über Land nach Yvonand und die abendliche Heimfahrt, die Einkehr in den Landherbergen, die Umarmungen zu später Stunde, die Geständnisse, die Geschichten aus der Kindheit, das Warten und die Freude des Sichwiederfindens. Glückseligkeit. Und Lachen. Lachen. Denn seit einiger Zeit stellte Maître Mange mit frohem Erstaunen fest: sie lachten häufig, Mona und er, und das Lachen versöhnte ihn mit sich selbst wie Müdigkeit und Schlaf vor fünfzig Jahren.

Der Winter nahte. Schon mehrmals hatte es geschneit, doch der Schnee war nicht geblieben, der Föhn oder kurze Sonnennachmittage hatten ihn in einigen Stunden geschmolzen. Maître Mange fühlte die Erregung, die ihn alljährlich zur Festzeit erfaßte: Sankt Nikolaus, Weihnachten, Silvester, die heimlich-unheimliche Freude am Weihnachtsbaum, im Bergwinter, in den girlandengeschmückten Skipinten, in denen Burschen mit roten Wollsocken und Maiden mit Quastenmützen sich Papierschlangen von Tisch zu Tisch zuwarfen und in markerschütternde Spielzeugtrompeten pusteten, während sich Konfettihäufchen langsam im erkalteten Fondue verkrusteten. Doch Mona würde dabei sein. Er würde ihr eine Pelzjacke kaufen oder einen Lammfellmantel, mit der Bergbahn würden sie nach Les Diablerets fahren, ins glitzernde Tal. Madame Magnin hätte rechtzeitig im Hotel des Alpes das Zimmer reserviert, von dem aus man die rötlichen Lärchen im Schnee sieht. Er durfte nicht vergessen es ihr zu sagen. Zimmer 17, Maître Mange war dort oft mit Marie-Françoise gewesen: wie manche Stunde hatte er bedauert, daß seine Frau schlief, schwieg und sich in undurchdringliche Wolken des Glücks einmummte. Er fühlte seine Seelenwunde schmerzen, wenn das deutsche Paar im Nachbarzimmer in der Nacht zu keuchen und schreien begann. Besonders am Morgen war es seltsam. Maître Mange hatte endlich Schlaf gefunden, er lag starr wie eine Mumie in den verschwitzten Leintüchern, plötzlich ein Schrei jenseits der Wand. Dieter! ach, Dieter! ja, ja! und ein entsetzliches Gewimmer, dann ein Fauchen, dazwischen leises Hecheln, endlos, und wieder ein Winseln, das sich, so schien es, wie in sich selbst einkuschelte, pappig, klebrig, vom Speichel und vom Schleim der Kehle, dem es entsprang; dann das Schnaufen und Schnobern vor dem Ermatten der letzten Opferung. Seit einigen Minuten hatte er seine feuchte Hand auf den Bauch geschoben. Marie-Françoise rührte sich nicht. Maître Mange hörte ihren regelmäßigen Atem. Es war genau wie heute, Marie-Françoise lebte für sich, schloß sich in sich ein, stieß ihn von sich. Mit ihr sprechen? Sie um Hilfe anrufen? Sie wäre lachend wieder eingeschlafen. Ein leiser Schimmer des Morgenlichts ging vom Fenster aus und ließ ein Stück Wand im Spiegel auftauchen. Ein Milchcamion fuhr auf der Straße vorbei, die Schneekette eines Rades schien sich gelöst zu haben und klatschte auf den vom Salz der Wegknechte aufgeweichten Schnee. Die Nachbarn waren wieder eingeschlafen. Um neun Uhr begann das Gejaule von neuem wie jeden Tag nach dem Orangengelee

und den Frühstücksgipfeln. Was sie wohl taten? Der Bursche kniete vielleicht jetzt vor der Frau im weißen Licht des Fensters. Der helle Wintertag brach an, man konnte sich aus den Federn, der weichen Wiege erheben und sich in die Sonne stellen, die vom Gletscher herunterstach und die Hänge hinter den kahlen Lärchenstämmen bläulich färbte!
Nun erhob sich Maître Mange ohne Geräusch und ließ leise die Dusche fließen, die Badezimmertür stand offen, und er lauschte auf die Schreie von nebenan, bis ein Röcheln und Japsen zum Schluß Dieter und ihn erlösten. Dann kleidete er sich hastig an, denn er kannte die Gewohnheiten seiner Nachbarn. Er mußte unbedingt gleichzeitig mit ihnen im Gang sein, wenn sie im Skitenue aus dem Zimmer kamen, die Frau voraus, der Mann zur Tür gebeugt, den langen Schlüssel mit der Kugel in der Hand. Aus seiner Lauerstellung horchte Maître Mange auf vertraute Morgengeräusche: Summen des Elektrorasierers, Zähneputzen, blockierter Reißverschluß, fallender Schuh, und in alles vermischte Rufe und einzelne deutsche Wörter, die er aus dem Gemurmel des lässigen Gesprächs heraushörte, das von der Mauer gedämpft wurde. Nun sind sie fertig. Der Mann muß etwas vergessen haben, seine Brieftasche? die Zigaretten? Er kommt zurück. Maître Mange hört die schweren Schritte der Skischuhe, jetzt durchqueren sie das Zimmer, und hoppla! Beide Türen öffnen sich zur gleichen Zeit.
Ein Blick.
Ein gieriger, verzweifelter Blick.
Blick quittiert.
»Guten Tag, meine Herrschaften!«
»Guten Tag.«
Sie hat ein strahlend gebräuntes Gesicht, grüne Augen, sie ist großgewachsen, blond, ihre Haare fließen aus einer orangen Wollmütze wie die Marmelade von vorhin. Um die dreißig, blendend. Voll Lauterkeit. Eine sportliche Jungfrau, strotzend gesund. Greta oder Gerda, Maître Mange hatte nicht genau verstanden. Dieters Lust rieselt noch in ihrem Höschen. Dieter ist um weniges kleiner, massig, mit grauem Gesicht, schwarzer Windjacke und rotgemusterten Socken. Das ist der glückliche Mann, der sie zum Schreien bringt, die Blonde, die jetzt durch den Gang davongeht, wobei unter dem Spannteppich der getäferte Boden aus Waadtländer Bergtanne knarrt. Die reine Unschuld. Nichts, nichts ist

passiert. Ein goldlauteres Mädchen. Und viermal in der vergangenen Nacht ... Doch weshalb geht Maître Mange gleichzeitig mit ihnen aus dem Zimmer? Er will sie sehen, denn er war mit ihnen beim Liebesakt. Er will es ihnen mit dem Blick andeuten. Er will die Spuren seiner eigenen Gesten auf ihren Körpern entdecken, und ihre Gesichter, Kleider, Bewegungen sollen ihm immer noch die Lust verraten. Er will ihnen sagen, daß er nach ihnen verlangt, daß er sie beneidet, sie haßt; er will, daß sie ihm aus Einverständnis oder Ärger etwas von ihrer Freude überlassen. Nichts ereignet sich. Ihr Schritt hallt auf der Treppe. Maître Mange geht hinunter, liest die Zeitungen in der Gaststube, und tagsüber wächst seine Ungeduld, bis in der Nacht wieder das ersten Stöhnen ertönt, während sich Marie-Françoise, erschöpft von der Schlittenfahrt oder der Skilektion, ihm zukehrt und dazu die Worte eines Traums flüstert, in den er, wie er seit zwanzig Jahren weiß, nie eindringen kann.

Im Dezember war im Palais de Rumine eine Ausstellung eröffnet worden, die Maître Mange faszinierte und auch Mona beeindruckte, mehr als er geglaubt hätte. Ein großes schwarzes Plakat machte darauf aufmerksam: Louis Soutter, ein Geächteter, Verdammter, den seine Familie für Jahre in ein Altersasyl einweisen ließ. An einem Freitagabend gingen sie zum Palais de Rumine, und schon auf den Stufen der riesigen Freitreppe spürte Maître Mange wieder die Erregung, die ihn als Student jeweils erfaßte hatte, wenn er sich zur Arbeit in die Bibliothek im ersten Stock begab oder zu einer Vorlesung in einem der Hörsäle im Parterre. Denn das Rumine-Museum war eine architektonische Monstrosität unter den klassischen Bauten der Cité: als venezianisches Wahnbild und surrealistische Schmähung stapelte sich ein Gewirr von Säulen und Sphinxen, von Giebeln, Schnörkeln und Scheindächern, Balustraden, Scheinfenstern, blinden Luken, nie gelesenen Wahlsprüchen, nie betrachteten Fresken und Statuen, seit einem halben Jahrhundert verlassenen Balkonen, von Galerien und von Rundwegen, die nirgendhin führten. Der protzige Wahnwitz lastete in düsterer Majestät. Ein närrisches Schreckbild. Und die Laternen auf dem Platz davor brachten die vielfältigen Ansichten in Bewegung wie in einem Trickfilm. Im Innern fanden sich weitere Treppen und

Balkönchen, eine Glasvitrine, riesige Portale, ein Wasserbekken mit Goldfischen, Palmen, der Formolgeruch aus dem Anatomiemuseum ... Das Mysterium blieb.
Sie wendeten sich nach links, einen Moment blieben sie vor dem Bassin stehen, in dem die Fische reglos, wie eingefroren, im kalten Wasser lagen, auf dem ebenso reglos Zigarettenstummel und Kaugummi-Papierchen schwammen. Sie betraten die Ausstellung und wurden sofort ergriffen. Schwarz war vorherrschend. Schwarzweiß die Zeichnungen, schwarz und rot oder blau oder manchmal gelb die Gemälde aus den letzten Lebensjahren, doch immer dominierte schwarz, schaudernd, grollend, erhaben über dem Weiß, das zur Geburt strebte und doch gefangen blieb in der schuldhaften Nacht: schwarz waren die verbrannten Knochen der Märtyrer, schwarz der im Feuer zugespitzte Pfahl, der im Fleisch wühlte, schwarz die Kerker und Verliese in der Tiefe der Türme, schwarz die Angst und der stumme Schrei des Nachtmahrs, schwarz die Schatten der Verdammten in der Hölle des Alltags! Ein Grausen berauschte Maître Mange. Hunderte von kohlschwarzen Zeichnungen verfielfachten die Stunden der Folter des Verdammten. Photos zeigten ihn: die Augen tief eingefallen unter einer verbeulten Melone, die erschrekkende Magerkeit eines hohlen, irren Gesichts, in das der Tod bleiche Schatten eingefurcht zu haben schien und die Spalte eines Mundes, der spöttisch auf das schreckliche Gespensterdasein pfeift. Mona konnte sich von den großen Gemälden nicht lösen: Totentänze, Wirbel von Gemarterten, Schatten von Frauen im roten Flammenkreis – und der Maler hatte selbstvergessen in eine Ecke des Gemäldes das Wort ›Anmut‹ geschnörkelt – Kreuzigungen, gehetzte Sprünge Gepeinigter, ein schauriger Wind hat sich erhoben, der ihre Haare zu Berge stehen läßt; Bluttropfen schießen auf den Boden, der wie ein Leopardenfell wild gefleckt wird, und unter der erhobenen Hand einer der Gestalten liest man: ›Sonne der Angst‹.
Welch finsteres Geheimnis hatte Soutter in sein Grab mitgenommen? Welche Ängste, welche mystischen Blitzschläge hatten den bestürzten Mann, den Heiligen, zerrissen und zerschmettert?
Betroffen von der Schönheit der Dramen, ergriffen von Mitleid, als er die Angaben über den Lebenslauf las, stellte sich Maître Mange das Entsetzen Soutters unter den alten Vergessenen des Asyls vor, in das man ihn verbannt hatte. Die

schlaflosen Nächte, der Ekel, die Strafen, das Geschmatze im Speisesaal, und auf all den Verletzungen die größten Wunden, die Selbstenteignung, die Verzweiflung und der Wahnsinn am Rande von Abgründen!
Ein Schwindelgefühl packte Maître Mange. Er schwitzte. Und wenn er jetzt Marie-Françoise anrief? Wenn er sie um Hilfe bäte? Ob die Rückkehr zu ihr, zu den Kindern noch möglich war? Doch gestern hatte er von ihr ein gleichgültiges, nichtssagendes Briefchen erhalten ›Mir ist wohl so, weißt du. Mach, was du willst...‹ Er hatte sich wieder den Bildern zugekehrt. Er wußte Mona Dank, daß sie nicht redete und dasselbe Mitleid fühlte wie er, dasselbe erschrockene Staunen vor der Grube des Wahnsinns. Schreckliches Leben, dachte er. Wie die Schicksale der alten Weiber bei Baudelaire, der Lotterdirnen, der Besessenen, Sterbenskranken, die seine Gedichte bevölkern. Unser Antlitz. Mein eigenes Gesicht.
Spät in der Nacht, als er mit der Hand den straffen Jungmädchenleib streichelte, sah Maître Mange wieder die Brüste, die Hintern, die abgezehrten Schenkel, die schreienden Kiefer der Ausstellung. Und der lebendige Atem Monas, die sanfte Wärme ihrer Haut, wie Wunder, die ihn heilen konnten von seiner Armut, seiner einstigen Einsamkeit und von der seltsamen Plage des Menschseins.

2

Es war nun etwas weniger kalt. Der Wagen hielt auf dem Paß, das weiße Land glitzerte in der Elfuhrsonne, beidseitig der vereisten Straße waren die Böschungen mit blauen Schneewächten bedeckt.
»Steigen wir aus, willst du?« sagte Maître Mange mit einer Stimme, die seine Erregung verriet (doch er fürchtete sich nicht davor, daß es Mona merken würde).
Er schloß den Mercedes, und sie gingen in der Sonne. Vor ihnen funkelte eine Bergkette. Links ein Hügelland, niedrige Höcker, weiße Buckel, besteckt mit Büschen von Silberweiden, und nahe bei der Straße stachen Disteln aus dem Schnee, erstarrt und gelb wie Erinnerungen an den Sommer, an die Schwärme der Fliegen und zuckrigen Bienen. Rechts stand die Herberge von Rutannes, eine lange Bretterbude, und verschroben wie ein Western-Saloon. Vom Dach hingen tropfende Eiszapfen. Hinter der Herberge schloß sich der dunkelglänzende Wald; Schneehaufen verwehrten den Zugang.
Maître Mange tritt etwas zurück und betrachtet Mona. Sie weiß es. Sie hat sich nicht bewegt.
»Zieh deinen Rock aus«, sagt er.
Der Mantel steht schon offen.
Die Hände zögern nicht einen Augenblick, sie gleiten hinter die Taille, öffnen einen Reißverschluß, der Rock fällt in den Schnee, der Slip ist weiß auf den nackten braunen Schenkeln, unter dem Nylon zeichnet sich das gekräuselte Dreieck ab, die Beine in den Wildlederstiefeln sind seidenglatt.
Sie steht reglos, den Kopf ihm zugekehrt.
»Den Mantel«, sagt er sanft.
Das Schaffell sinkt knitternd in den Schnee.
»Den Pullover«, sagt Maître Mange. Seine Stimme tönt lauter.
Die Arme heben sich über den Kopf, der glatte Bauch kommt zum Vorschein, dann der Nabel, die Rippen, der Büstenhalter, das dunkle Haarbüschel in den Achseln, der Pullover fällt auf den Mantel wie ein schwarzer Vogel mit ausgestreckten Flügeln auf die noch lebende Beute.
Die Arme kommen dem Körper nach zurück.

»Raymond, ich liebe dich«, sagt Mona.
»Ich liebe dich«, sagt er. »Zeige dich.«
Sie krümmt sich. Die Brustspitze ist im Jungmädchen-Büstenhalter gut sichtbar. Weiß mit roten Blümchen, der Büstenhalter. Aus Baumwolle. Béatrice hat genau denselben, manchmal wusch sie ihn am Abend und hängte ihn an die Handtuchstange des Waschbeckens zum Trocknen.
»Den Büstenhalter«, sagt Maître Mange.
Flinke Hände fahren hinter die Schultern, der Baumwollstoff fällt auf den Pullover, wie ein Stern, wie blutbespritzter weißer Schaum auf dem schwarzen Vogel und dem Pelz.
Maître Mange schaut noch nicht auf die Brust. Noch nicht. Er sieht den weißen Fleck, den dunklen Vogel, den Schnee und das gekreuzigte Tintentier auf dem Schnee.
Mindestens zwei Minuten gehen vorbei. Jetzt kann er die Augen heben.
Alsbald blenden ihn Monas Brüste im vollen Licht. Runde Brüste. Von einem Gewicht, das auf dem schlanken Körper überrascht. Schwer und straff unter den kupfernden Schultern, italienische Brüste, denkt er wie jedesmal, gekörnt mit einem braunroten Warzenhof, dessen Narbung von so weit weg nicht deutlich zu erkennen ist, doch die Sonne läßt bereits Höckerchen wie auf Orangenhaut erahnen. Mona dreht sich leicht, die Hüften zittern, die Brüste federn, die Spitze wippt auf und ab, Zitzchen mit Haut wie Mandarinen, wie Erdbeeren, wie Kinderlippen, so kehrt sich das Mädchen der Sonne zu, und der Schatten flieht aus der Furche zwischen den beiden glänzenden Kugeln.
»Entfliehe mir nicht, du junger Leib«, schreit eine Stimme in Maîtres Schädel. »Fliehe nicht, du Erscheinung, strahle, verweile, gehöre meinem Blick wie die Bäume, die Strünke.« Denn schon verwirrt sich der Blick, der mit einem Mal Gesicht, Haare, Hals, Schulter, Kehle, Arme, Bauch und den Kleinmädchennabel umfassen möchte, die Schamhaare unter dem Slip, die Schenkel, die Beine, die tierhaften Stiefel im Schnee, schon erkennt er sein Unvermögen. Teile eines Zusammensetzspiels. Kann er sie vereinen? Die Szenen verbinden? Die Einzelbilder zum lichten Gesamtkörper zusammenfügen?
»Sprich, Mona«, sagt Maître Mange, um der Drohung zu entgehen. Und sogleich ist der Körper wieder da, das Weib in offener Schönheit.

»Ich liebe dich Raymond«, sagt Mona.
»Dir ist doch nicht kalt, Mona?«
»Es ist warm wie im Frühling. Schau nur, ich glaube, die Sonne bräunt mich!«
»Schau...« Eben hat er die Szene wieder aus dem Blick verloren. In den letzten Wochen hatte sich ihm Mona zwar oft in der Wohnung an der Rue de l'Ale gezeigt, bei Tageslicht und Kunstlicht, und den ganzen Dezember lang nutzten sie das milde Wetter nach dem Novemberregen und spielten in den Wäldern und auf den Höhen unter der bleichen Wintersonne: Modell und Betrachter.
»Bist du sicher, daß dir nicht kalt ist?«
Statt einer Antwort lacht sie mit den Augen und krümmt sich in ihren Stiefeln, den Bauch nach vorn gestreckt, und durch den Nylonslip schimmert die helle Haut.
Dann nimmt Maître Mange die Kleider auf, legt Pullover und Büstenhalter auf einen Baumstrunk und spannt den Mantel über einen Haufen Rundholz. Mona nähert sich ihm, mit der Hand wischt sie Maître Mange leicht über den Mund, einen Moment lehnt sie sich an ihn, stellt sich auf die Fußspitzen, ihre Wange legt sich zärtlich an die seine. Sie atmet rasch. Maître Mange sieht: Sie ist verwirrt. Sie spricht nicht, sie verlangt nichts, doch wie vertraut sind ihm Kuß und stilles Anschmiegen! Er hilft ihr, sich auf dem Schaffell hinzulegen. Nacken und Arme flach auf der Wolle, die Arme brav den Hüften entlang, die Augen geschlossen, mit geschlossenem Mund. Er selber sitzt auf den Trämeln, über sie geneigt, er kann sie wiegen, streicheln, vergewaltigen, sie wartet, Mona, sie hat sich ausgeliefert, glückselig im Sonnenlicht, das sie wie ein schillerndes Gespinst überdeckt.
Jetzt, da sie liegt, sind ihre Brüste flacher, nur die Spitzen ragen auf, narbig und rosig, der Bauch höhlt sich, der Nabel wird schmäler und länger. Die Rippen treten bei jedem Atemzug hervor, die Knie sind abgewinkelt, die Stiefel stützen sich in den schmelzenden Schnee. Die Haut an Schultern und Brüsten kräuselt sich, als Maître Mange seine Hand auf den zart durchsichtigen Slip legt. Lange befühlt er das Nylongewebe, wobei sich jeder seiner Finger auf dem Höschen kreisend in das straffe Fleisch einpreßt.
Mona wendet den Kopf, streckt sich. Maître Mange zieht langsam am Slip und läßt ihn über die Schenkel gleiten. Ein Stiefel hebt sich und schon liegt das Höschen im Schnee,

Maître Mange liest es auf und legt es auf das Schaffell. Nackt. Monas Atem geht schneller.
Hinter dem Paar bringt ein Vogel erneut Schnee in Bewegung; er rutscht vom Baum ab mit einem Geräusch wie Zucker, der in die Untertasse fällt. Auch weiter hinten im Wald stürzen Schneemassen von den Ästen, dumpfer Knall, wie nach geheimer Absprache.
Mona keucht. Maître Mange krault sie sacht. Nun stöhnt Mona wie die Deutsche in Les Diablerets. Sie krallt sich in das Holz unter dem Schaffell. Der Himmel ist unerträglich blau. Als sie später wieder durch den Wald gehen, bleibt Mona plötzlich stehen und legt ihren Kopf an Raymond Manges Brust. Einfach so. Dann wandern sie weiter, finden den Weg der Holzfäller, Hufspuren von Pferden, Wagenspuren, und schon glänzt der Mercedes auf dem durchweichten Parkplatz bei der Paßhöhe.

Sie saßen Aug' in Aug' an einem langen Wirtshaustisch, tranken ruhig einen Pastis und betrachteten die Gäste. Arbeiter aus den Nachbardörfern, Wegknechte in orangem Überkleid, einige Alte, die beim Weinschlürfen in die Sonne blinzelten. Eine ruhige, gemütliche Gaststube. Die Wirtin bediente selbst; die Tochter saß am hintersten Tisch gemächlich beim Essen, wobei ihre Lippen vom Salatöl glänzten. Der Wirt, ebenfalls im Überkleid, war an einem Ecktisch beim Kartenspiel. Ein Geruch von Schweinsfüßen drang aus der Küche, deren Tür hinter der Theke offen stand. Halb eins. Was für eine Sonne! Wie fühlt man sich als Lausejunge? Wie nach dem Alter der Vernunft ein neues Leben beginnt. Wie man sich begeistert, ausflippt, in die Luft springt, entbrennt. Sich die Schnauze vollhaut. Maître Mange war zu Possen aufgelegt. Während er in der Paßherberge von Rutannes Anisette trank, vor sich das schönste Mädchen Europas (auf den Fingern und dem Mund lag noch die milchige Sanftheit und das Brennen des Schnees), nahm in seiner Anwaltskanzlei alles seinen Lauf, die Mädchen eilten von einem Büro zum andern, das Telephon läutete unaufhörlich, Verabredungen wurden notiert, Gerichtsaudienzen in die Agenda eingetragen. Prozesse wurden gewonnen, und die Gewinne ließen das Bankkonto wachsen. Das System lief wie eine Registrierkasse. Er lächelte über die lumpige Alltags-Corrida. Inspektor Renard mochte kommen: die Kanzlei war in Ordnung.

Und das Privatleben? Die Métairie hatte sich gar nicht so schlecht eingespielt, seit er sie ohne viel Aufhebens in der Woche vor Weihnachten verlassen hatte. Marie-Françoise war ruhig wie immer. Herr Martial spielte sich beim Wintersport in Gstaad groß auf. Die schöne Béatrice bereitete zwischen zwei Pokerpartien ihr Abitur vor. Einen unangenehmen Moment hatte er eines Morgens zwei oder drei Tage vor Weihnachten an der Place de la Palud erlebt. Maître Mange hatte sich eben im Hotel Suisse einquartiert, gegen neun ging er über den Platz, um sich zur Arbeit zu begeben, und auf einmal gewahrte er eine herzbewegende Szene. Arbeiter auf Bockleitern spritzten Farbe an die Weihnachtsbäume, die die Stadtverwaltung auf den Trottoirs und rund um den Brunnen aufgestellt hatte. Die weiße Farbe flitzte aus der Pistole mit einem regelmäßigen Zischen, der Baum bedeckte sich mit Mattsilber, phosphoreszierend im leichten Nebel, durch den die Rathausglocken tönten. An der Rue du Pont hatte eine Bläsergruppe der Heilsarmee einen Psalm angestimmt, Soldatinnen mit Hütchen sammelten Geld mit einem großen Kochtopf. Weihnachten! Weihnachten! Die Musik hallte von den Fassaden des kleinen Platzes.
Maître Mange blieb ergriffen stehen, ein unterdrückter Schluchzer drang aus seiner Kehle, und er fragte sich, ob er nicht vom Schwindel erfaßt und umfallen werde, die wunderliche Stimmung entblößte, quälte, verwundete ihn bis ins Mark. Das Gesicht seiner Tochter stand vor ihm. Béatrice. Mein Kleines. Sag, Béatrice, weißt du noch, wie wir vor Weihnachten in die Läden gingen, um Geschenke auszulesen, du hattest deine kleine Hand in der meinen, Béatrice, ich fühle noch den rauhen Wollhandschuh, du zogst ihn in den Läden nicht ab, und am Spätnachmittag bestellten wir eine Ovomaltine im Innovation-Restaurant. Das Geschenk für Mama, das Geschenk für Martial, und das Eselchen und die Blockflöte und die Puppe in Blue jeans für Béatrice, komm mein Engel, da hast du schon die Puppe, aber sag niemandem etwas. Maître Mange war weitergegangen. Jetzt waren alle Bäume beim Brunnen weiß, ein seltsamer Kinderwald unter den schmucken Hausfassaden, die Maler trugen ihre Leitern auf die andere Seite des Platzes, das Ensemble stimmte ein neues Kirchenlied an, die Sammlerinnen sangen zum Bläserklang. Unangenehmer Augenblick. Maître Mange war eben von Mona weggegangen, die noch schlafend im Bett eingekuschelt

war. Doch die Bäume, die Erinnerungen ... Sentimental, der große Rechtsanwalt! Er spottete über sich selbst und litt dabei. Er trat ins Café du Pont ein und stärkte sich mit zwei Cognacs, die er hastig hinunterstürzte. Schließlich hatte nur Consuelo etwas Kummer gezeigt. Zu sagen war, daß sie ihm geholfen hatte, die Koffer zum Auto zu tragen; Hemden, Mantel, Pullover, seine Bücher und Gemälde hatte er in Pully gelassen – wozu wohl könnten Romane und Malereien dienen, wenn man das richtige Leben beginnt und all das findet, was bislang nur für andere da zu sein schien? Als Renard wiedergekommen war, Mitte letzten Monats, hatte ihn Maître Mange an der Nase herumgeführt. Nicht belogen natürlich, doch er hatte sich gestattet, ihn anzuschreien, trotz den Drohungen, mit denen der Inspektor seine Anspielungen spickte. Gut. Maître Mange hatte ihn zum besten gehalten. Einige Tage darauf hatte Renard einen Besuch bei Mona gemacht, er hatte neue Erkundigungen angestellt, eine neue Drohung in der Stimme, einige Zusatzfragen über Aufenthaltsbewilligung und ausländische Staatsangehörige ohne Beruf, eine kleine Anspielung auf Drogen ... Sonst nichts. Maître Mange kannte die Polizei zur Genüge, um zu merken, daß der Inspektor nicht grundlos eine vierundzwanzigjährige Italienerin aufsuchte. Doch was war los? Sie schienen im Kreis zu gehen; Maître Mange war wachsam ...
Er hatte mit Mona nicht wieder von den Recherchen gesprochen. Am Tag nach Renards Besuch hatte er ihr die Andeutungen des Inspektors erklärt, und Mona hatte die Gefahr sofort erfaßt. »Das ist alles wahr«, hatte sie gesagt. »Ich war die Maitresse eines der Typen. Des wichtigsten.«
»Und hast du selber mit Drogen gehandelt?«
»Nein. Nie. Doch du verstehst, in dieser Art von Geschäften weiß man allerhand, man reist, man merkt sich Gesichter. Auch wenn man sie sofort vergessen und nichts von den Reisen und Etappenorten behalten will, so kann man doch nicht vermeiden, sich alles zu merken, es ist, als ob man sich um so besser erinnerte, wenn man sich alles aus dem Kopf schlagen will.«
»Hattest du nicht Angst vor Geschichten?«
»Doch, gewiß. Ich geriet in Panik, als ich wußte, daß sie Mario Vittone und seiner Bande auf der Spur waren. Ich hatte mich schon in allerhand andere Dinge eingelassen. Doch noch nie in so was. Ich konnte nicht mehr schlafen.«

»Warum hast du nicht zu fliehen versucht?«
»Es war zu spät. Ich wußte schon zuviel. Sie hätten mich zurückgeholt und erpreßt. Ich mußte die Auflösung der Bande abwarten, nach mehreren Passagen in Vallorbe. Wir fuhren zwischen Paris und Mailand hin und her, im TEE, du kannst dir nicht vorstellen, wie mir das alles stank, der Cisalpin und seine Bar. Und Vittone hatte mich seit langem ersetzt ...«
»... und an einen seiner Spießgesellen abgetreten.«
»Einem andern abgetreten, wie du sagst.«
»Sei nicht böse. Entschuldige. Hast du seither nichts mehr gehört?«
»Nein, kein einziges Mal. Sie wissen, daß ich sie nicht verpfeife. Und hätte ich auch Lust dazu: Die Angst vor ihnen wäre so groß, daß ich lieber schwiege. Sie sind gar nicht lustig, wenn sie losschlagen. Mit dem Stoff werden sie zu so hohen Strafen verurteilt, wenn man sie erwischt, daß sie bei Repressalien nicht knickerig sind.«
Sie hatte es mit einer Art komplizenhafter Freude gesagt, die Maître Mange etwas ärgerte.
»Und wann war das genau, die ganze Geschichte?«
»Genau vor einem Jahr. Im Januar. Ich hatte Mario Ende Dezember im Château d'Ouchy kennengelernt.«
»Im Dancing?«
»Es war am Nachmittag. An der Bar.«
Sie hatte geschwiegen und dabei waren sie verblieben. Was hätten sie auch beizufügen gehabt?
Hier umfängt die Sonne alles, die Tische, die Stühle, sie läßt die Haltung der Leute erstarren, vor dem dampfenden Teller, bei Flaschen und Gläsern, die im Honiglicht glänzen. Klapperndes Geschirr, Küchengeräusche, die Wirtin kommt und geht wie in einer längst vergangenen geträumten Szene oder in einem starren Blitzbild.
Auch sie hatten nun Schinken und Lattich gegessen, dazu Rotwein getrunken und Kirsch zum Kaffee. Die Alpen leuchteten im Blau hinter dem Fenster, mit den Nüssen im Meisensäckchen, die manchmal über den Rand fielen, worauf Vögel die Beute erhaschten und mit ihr ins Blau des Himmels flogen, bis sie sich wieder am Säcklein festkrallten und mit dem Schnabel eifrig drausfloshackten. Ein zauberhafter Tag. Sie trafen Gnomen wie in Donneloye, Holzfäller mit Gesichtern wie Franzäpfel, mit Sägen wie die Waffen im Wald des

Zauberers Merlin, und eine Art von bärtigem Wolf, der wie ein Sturmwind hereinkam; die Wirtin wollte ihn nicht bedienen, und Mona sagte: »Tu doch was.« Maître Mange ließ ihm Wein bringen, den der Kerl in einem Zug trank, und beim Gehen blieb er vor ihrem Tisch stehen und murmelte ein »Danke, schöne Dame«, mit tiefer, belustigter Stimme, denn er hatte die ganze Szene erfaßt.
Als sie am Nachmittag die Wirtsstube verließen, im klirrenden Frost, sah Maître Mange Monas Atem schimmern wie einen Federbusch, und er dachte seltsamerweise an den Spiegel, den man den Toten vor die Lippen hält, um zu sehen, ob der Atem noch einmal die glatte Fläche belegt oder am Ende ist.

Doch Maître Mange ist nicht traurig, ganz im Gegenteil. Wenn er an das Sterben denkt und an den Spiegel vor dem Mund der Sterbenden, dann darum, weil der Tod einen bestimmten Platz in seinen Gedanken einnimmt. Doch ohne allzuviel Unrast. Er selbst hat zwar schon mit Hunderten verstörter Männer und Frauen darüber gesprochen und weiß, daß die Leute selten an den Tod denken, daß sie sich vielmehr die Krankheit vorstellen, ihre Krankheit, und daß sie fortwährend nach erhöhten Leistungen der Krankenkasse trachten, um ihre Unruhe zu beschwichtigen. Maître Mange hatte, bis er Mona traf, nicht Zeit, sich seine Krankheiten vorzustellen. Übrigens ist er nie krank gewesen, auch Marie-Françoise und die Kinder nicht, und wenn er dereinst an Altersschwäche stirbt ... Und der Tod: wie die Maler des Mittelalters (und Maître Mange reagiert oft wie ein Maler), so sieht er den Tod in Verletzten, Gefolterten. Mehr noch im Sensenmann auf alten Gemälden und in bronzenen Knochengerippen, den Devisen wie ›Alles ist eitel‹, den Fratzen, Mahnrufen, Memento mori und Grabdenkmälern der Münster Deutschlands und der alten Schweiz, den Berner und Basler Totentänzen, den Schlachtenbildern eines Niklaus Manuel, den Orgien eines Urs Graf, den jungen Paaren und Reigen des älteren und jüngeren Holbein, auf denen grinsende Totengerippe mit krummen Fingern nach den Brüsten schöner Bürgersfrauen grapschen.
An einem Wintermorgen, als er mit Marie-Françoise die Kathedrale Sainte-Gudule in Brüssel besuchte, blieb er ergrif-

fen stehen vor einer riesigen Kanzel aus schwarzer Bronze, umfaßt von einem graugrünen Flammenkranz: schauerlich der Ringeltanz verschlungener Skelette in natürlicher Größe, die den Nachen des Predigers stützen, und mitten im Getümmel der Monster hatten die praktisch gesinnten Belgier als einstige Kongo-Besitzer Schädel ausgestopfter Büffel mit weißen Hörnern aufgepflanzt. Der Tod. Zweifach war der Tod da, barock und afrikanisch, der Tod der erschauernden Menschen und jener des ausgerotteten Wildtiers, das Gepränge des 17. Jahrhunderts mit der Furcht vor der Verderbnis des Fleisches, und der Wiederkäuer, belauert von Westmalle-Bierbrauern in Ledergamaschen und Tropenhelm!

In Brüssel hatte Maître Mange Marie-Françoise verlassen, um ein bestimmtes Haus an der Rue du Renard (sieh mal: Renard, wie der Inspektor) aufzusuchen, in dem Mädchen in Fauteuils aus rosa Samt geräkelt ihre Gäste empfangen. Auch hier spürte er den Tod. Wie nach Beerdigungen, Trauervisiten, Abdankungen, Gottesdiensten im Krematorium, an denen er endlos der Devise am Giebel nachsann:

PER IGNEM AD PACEM

Maître Mange verbindet die Präsenz des Todes und das Denken unmittelbar mit dem vergänglichen Fleisch der Frauen. Noch heute, wenn er in Monas Armen liegt, sieht er die Kinnbacken aus Sainte-Gudule wiederauftauchen, und gleichzeitig kostet er den herbfrischen Geschmack des Biers an der Maas und der Rötelzeichnungen im Basler Museum. Die Bilder haften ihm im Gedächtnis. Doch der Tod bedrückt und schreckt ihn nicht. Ein Schauspiel ist er ihm: Zerfall, Auflösung, und oft, wenn er sich den Tod seiner Nächsten vorstellt, denkt er an Dracula, der sich, in den Boden gespießt, unter Geheul in Sekundenschnelle wie im Säurebad auflöst, zum unförmigen Balg wird, zum versengten Strang, und dann Staub unter dem Kruzifix des Gegners oder im ersten Strahl des Morgenlichts, das durch das Fenster fällt.

Auf der Heimfahrt über Les Rutannes dachte Maître Mange an jene Bilder. Mona saß schweigend neben ihm, manchmal, ergriffen von der Schönheit der Landschaft, legte sie ihre Hand auf sein Knie, und Maître Mange fühlte das leichte Zucken der Finger durch den Hosenstoff hindurch. Vor einigen Stunden noch war sie nackt inmitten einer Lichtung. Und eines Tages wird das Gerippe ... »Erinnere dich erschauter Dinge, meine Seele...« Dreckkerl von Baudelaire. Seit Jahren hatte Maître Mange die *Blumen des Bösen* nicht mehr gelesen, doch er konnte *Das Aas* nicht vergessen: Das Gedicht kam ihm in den Sinn, wenn er eine Leiche betrachtete, oder auch dann, wenn er in der Nacht die Gefährtin streichelte und mit der Hand das weiche Land des Körpers nach allen Seiten durchwanderte wie ein entzückter Pilger. Und als sich Mona entkleidete, niederkniete, kauerte, die Schenkel spreizte und sich erhob in der kleinen Kammer an der Rue de l'Ale, wie oft hatte er sie da, geblendet wie der Geliebte im Gedicht, in seinem Innern seinen »Augenstern« genannt, verzweifelt darüber, daß ihm das Fleisch zweifach entfloh, heute im Spiel, und dereinst morgen im Tod.

Sie fuhren durch ein schönes Land. Von Les Rutannes aus senkt sich die Straße in Serpentinen durch weiße Wälder, Schluchten, wilde Reviere, über denen der Bussard kreist wie eine rostbraune Sichel im eisigen Blau. An den Molassefelsen hängen Reihen von Eiszapfen wie Orgelpfeifen. Plötzlich die Ebene, der Fluß, Moudon.

»Und wenn wir nicht heimkehrten«, sagt Mona. Da parken sie das Auto auf der Place Saint-Etienne und gehen durch die Straßen. Ob man Maître Mange kennt? Und wenn schon. Klienten, die sich aufregen? Pfeifen wir drauf! Wird die Loge von Moudon davon erfahren, wird ihn ein Großrat seiner Fraktion in einer Wirtschaft anreden? Um so besser. In der Loge war er seit drei Monaten nicht mehr, und seinetwegen konnte der Abgeordnete vor Neid platzen, wenn er Monas Herrlichkeit sah. Nur schon der Gedanke an den Tempel zu Beaulieu mit den Zirkeln und Schürzen, die Versammlung der albernen Brüder, und das goldene Gefasel des Rituals und die Pyramide der Ehren vom Lehrling zum Gesellen und den Hochgraden bis zum ehrwürdigen Meister vom Stuhl – dem Ehrwürdigen! – die ganze Maskerade, die er ein Vierteljahrhundert lang mitgemacht hatte, scheint ihm nun plötzlich so komisch, daß er mitten in der Hauptgasse von Moudon mit Lachen herausplatzt und sich krümmt und immer noch lacht unter den gespenstischen Bäumchen am Marktplatz. Mona an seiner Seite bleibt ruhig, mit fragendem Blick. Soll er es ihr sagen? Sie ist seit einiger Zeit an solche Szenen gewöhnt, doch sie regt sich nicht auf; wenn Raymond Mange lacht, dann tut er recht daran, sonst ist er so ernst, so tiefsinnig, wie sie sagt, sie ist froh, wenn er auf närrisch oder übermütig macht, da hat

er etwas Ursprüngliches, Spontanes, das von den Ränken und Anzüglichkeiten anderer Männer absticht. Sogar Sergio scheint im Vergleich zu ihm fad und kleinlich. Sogar Sergio. Der erste. Auch Raymond Mange ist als Kind bescheidener Handwerker zur Welt gekommen, und er hat sich unermüdlich hinaufgearbeitet zu dem, was er ist. Was ist er schon? Zweifellos wird sie es nie richtig wissen. Aber sie weiß, daß er alle Menschen, denen er begegnet, mit feinem Gespür erkennt. Auch Landschaften, Tiere und sie, Mona, die diesen Mann seit drei Monaten liebt.
»Auch du bist Maler«, sagt sie oft zu ihm. »Du schaust mich an, als ob ich wirklich dein Modell wäre.«
Tatsächlich betrachtete er sie unaufhörlich, als ob er alsbald ihr Bild auf die Leinwand bannen wollte. Auch die Landschaften. Er trank sie, verschlang sie mit den Augen, nahm sie wieder vor, zeichnete sie in der Erinnerung.
»Denk an die kleine Anzeige«, antwortete er ihr belustigt.
»Leg dich hin, Mona, Geliebte. Nein, nicht auf dem Fauteuil, nicht heute. Auf das Bett. Leg den Kopf auf das Halstuch. So. Die Haare ganz offen. Schwarzer Strahlenkranz. Medusenhaupt. Ruhmesgöttin. Die Krone.«
Im Hotel Suisse hatte Maître Mange ans Kopfende des Bettes einen roten Kaschmirschal gelegt, den sie zusammen im Dorfbazar gekauft hatten. Man hätte sich das Tuch am Hals einer Zigeunerin denken können oder auf den Schultern des Feldmausers. Knallrot, und in der Blutfarbe strudelten und verschwanden Blumen, Blätter und ein Gewirr purpurleuchtender Vogelschwingen. Mona legte den Kopf auf das Tuch, die Blutlache breitete sich um ihren Haarkranz aus, sie schloß die Augen, und Maître Mange dachte: Nun ist sie tot, der Lastwagen hält nach dreißig Metern, der Chauffeur will eilends der Polizei telephonieren, das Blut fließt immer noch aus dem Schädel und beginnt sich zu verkrusten, während sich die Sonne im schwarzen Glanze spiegelt ... Er trat näher. Doch nein, du lebst ja, meine Liebe. Er streckte sich neben ihr aus, und legte seinen eigenen Kopf auf das Tuch, dicht an die Wange des Mädchens.
»Du riechst gut«, sagte er, und wirklich dufteten Monas Wangen und Nacken sanft nach Kindheit, leicht zuckrig, als ob sie eben in einem Holzfeuer Äpfel gebraten hätte, und rundherum hebt sich der Nebel über das Land, ein Nieselregen fällt, man hört die Kühe im Nebel klönen und das dumpfe

Geräusch, mit dem sie an der Böschung große Büschel nasses Gras abrupfen.

»Ja, du riechst gut«, sagte er, und in den schlichten Worten schien ein ganzes Leben zu liegen, die anderswo verlorene Zeit war wiedergewonnen in der Nähe des lauteren Mädchens. »Du riechst gut.« »Trinken wir ein Glas.« »Wenn wir erst morgen heimkehrten.« Alltägliche Worte wurden sinnerfüllt. Ein froher Schreck bewegte beide. Die Narrheit eines Tiers, das freigelassen wird, in die Luft oder in die Felder, eine Innigkeit und der Ruf aus dem Mark des wahren Lebens. »Ist dir kalt?« Man konnte nicht zwanzig Leben auf einmal leben, wie es sich Maître Mange manchmal gewünscht hatte, man konnte sich nicht unter hundert Masken vervielfachen, um die Einsamkeit und Reue zu täuschen. Doch Mona ließ die Zeit stillstehen. Mona ließ den ruhigen Atem hören, und ihr Kindergeruch stieg aus dem Kissen, den Leintüchern, den Kleidern auf dem Stuhl, aus ihrem Schweiß und der Haut, die in Maître Manges Hauch erglühte. Achselhöhlen. Schultern. Süß ätzend. Kräuselhaar am Bauch. Mund, Finger, Zunge fanden die sanfte Milch des Ursprünglichen wieder.

Am 15. Januar plädierte Maître Mange in einem Prozeß, der allerhand Aufsehen erregte. Im Dezember und zu Beginn des Monats hatte er seine Waffen geschärft: Er studierte die Akten, besprach sich mit dem Angeschuldigten und überlegte sich, welche Argumente bei dem eben konstituierten Gerichtshof am wirksamsten wären. Er war als amtlicher Verteidiger bezeichnet worden. Sein Klient: ein Kranker, ein Krüppel, der seine Mutter mit Holzkohlengas erstickt, dann mit Benzin übergossen hatte, im Waldgebiet des Jorat, wo die halbverkohlte Leiche einige Wochen später von Spaziergängern entdeckt wurde. Schon am zweiten Prozeßtag war die Anklagerede schonungslos. Staatsanwalt Goldmann gab sich hin aus voller Seele. Brillant und bissig zeichnete er ein Horrorbild des Mörders, wobei er das Vertrauen und die Gutmütigkeit der Mutter hervorhob, das scheußliche Verbrechen, die Grausamkeit und niedrige Gesinnung bei den Weiterungen: der leblose Körper im Kofferraum des Wagens, die Fahrt in den Wald von La Râpe, der Kanister, das Besprenkeln mit Benzin, das Zündholz, das Verlassen der brennenden Leiche, die Heimfahrt nach Lausanne und die Rückkehr ins Büro am kommenden Tag, so, als ob nichts geschehen wäre... Kampf der Experten und Psychiater. Polemiken in mehreren Zeitungen. So wurde Maître Manges Verteidigungsrede mit Ungeduld erwartet. Er war überzeugend. So sehr, daß der Täter, statt wie vom Staatsanwalt verlangt, zu zwanzig Jahren Zuchthaus verurteilt, in eine Anstalt eingewiesen wurde, in der man ihn als den Geisteskranken, der er war, behandelte. Prachtvoller Sieg für Maître Mange zu einer Zeit, da die meisten Berufskollegen, die Richter und Zeitungen nicht mehr übersehen konnten, daß er die Métairie verlassen hatte, um sich mit einem Mädchen in einem Hotel an der Place de la Palud einzunisten. Am Abend nach dem Urteil gab es einen Imbiß im ›Lapin vert‹: Maître Mange, seine Angestellten, auch das Büro Yvonand, und zum erstenmal Mona, argwöhnisch beäugt von Madame Magnin und neugierig beobachtet von der jungen Lehrtochter. Man denke sich: das Weibchen des Chefs! Maître Mange lächelte über die Blicke, mit denen die beiden Frauenzimmer Mona durchforschten und verzehrten wie Wölfinnen. Diese Besessenheit störte ihn nicht. Glücklich und entspannt nach dem Kampf und den Tagen der Ungewißheit vor dem Urteil betrachtete Maître Mange seinerseits während der ganzen Mahlzeit die beiden Frauen. Seit Wochen nahm er seine Mahlzeiten mit Mona, und die lebhafte kleine Schar belustigte ihn mehr als er gedacht hätte. Vorerst stellte er sich wieder die Szene vor, die er an jenem Abend mit Madame Magnin erlebt hatte. Er betrachtete selbstzufrieden ihren üppigen Mund. Die Frau war schön und unersättlich. Sprungbereit. Gespannt. Das blaue Kleid ließ sie kleiner scheinen, die Zähne waren breit und gutmütig. Die Lehrtochter hatte violette Augensäcke: ein Geliebter? Oder Blutungen? Maître Mange betrachtete neugierig die Finger des Mädchens. Die Nägel waren ganz kurz geschnitten. Das Bauernmädchen aus Yvonand strotzte vor Gesundheit. Hell und blond. Ihr Mann war von liebenswürdigem Witz, ein geselliger Junge, zweifellos künftiger Bürgermeister, nach Avancement in der Armee und gleichzeitig in der Loge des Nordwaadtlands trachtend. Rot, mit blauen Augen, der Kopf eines Waadtländer Oberleutnants mit Traktor und weißem Opel. Unter diesen Leuten herrschte Mona wie ein Stern, ein dunkler Stern, ein Stern mit goldener Aprikosenhaut, mit ungestümen Samtaugen, bläulichen Nüstern wie ein Tier, kleinen Ohren, gewölbter hoher Stirn unter dem perlmutterbeschlagenen Diadem, das ihr Maître Mange am Morgen vor der letzten Gerichtsverhandlung als

Glücksbringer für sich gekauft hatte. Sie begleitete ihn über die Place Saint-François, und gab ihm den Arm, während er selber eine dicke Aktenmappe trug. Plötzlich hatte er das Schmuckstück in der Auslage eines Goldschmieds bemerkt, sie waren eingetreten, er hatte das Diadem verlangt und es ihr aufgesetzt. Alsbald hatten sich die Augen des Mädchens mit Tränen gefüllt, Maître Mange hatte sie verlassen und war mit großen Schritten auf das Gerichtsgebäude zugegangen. Gott, wie er sie liebte! Und an jenem Abend im ›Lapin vert‹ war seine Freude besonders ausgeprägt, weil er tags darauf mit Marie-Françoise die Verhältnisse für die kommenden Monate zu regeln hatte. Nicht, daß er sie erniedrigen wollte. Das würde er, wie er wußte, niemals tun. Doch die Nähe der vier Frauen feuerte ihn an, der liebenswerte Idiot amüsierte ihn, der Wein war gut, die Tunke würzig, und was wird Marie-Françoise wohl sagen, dachte er, wird sie mich verwirren, werde ich sprechen können? Das Treffen war enttäuschend verlaufen. Marie-Françoise hatte ihn teilnahmslos empfangen, ohne zu fragen oder zu tadeln. Ihm schien sogar, daß sie über die neue Lage, über das ruhige Leben in der Métairie froh war. So mußte es sein: Nachdem er weg war, konnte sich seine Frau in aller Muße einrichten, nur an ihre Annehmlichkeiten denken und schlafen. Er war ungebärdig darüber, daß sie sich so eindeutig verriet. Als ob er ihren Charakter nicht schon längst gekannt hätte! Am Schluß der Unterredung, als sie die Scheidung in großen Zügen abgesprochen hatten, hatte Marie-Françoise etwas gesagt, was ihn seither unaufhörlich beunruhigte.

»Béatrice geht es nicht sehr gut«, hatte sie mit gleichmütiger Stimme bemerkt.

»Béatrice! Was ist mit ihr?«

»Keine Ahnung. Ich weiß nichts Genaues.«

»Doch woran merkst du, daß es ihr schlecht geht?«

»An allem und nichts. Sie starrt stundenlang ins Leere... Geht so häufig aus... Ißt nicht mehr...«

»Und was tust du, um ihr zu helfen?«

»Was soll ich schon tun? Ich weiß ja nicht einmal, wohin sie geht. Und wenn sie heimkommt, spricht sie nicht, träumt mit offenen Augen und ist todmüde.«

»Glaubst du, daß sie Drogen nimmt?«

»Drogen, was für Drogen?«

»Daß sie hascht, daß sie fixt, daß sie auf einen Trip geht,

verstehst du, was ich sagen will, Rauschgift, Amphetamin... Daran fehlt es heute nicht.«
»Wie soll ich das wissen? Doch ich glaube nicht. Sie hat oft von Freundinnen gesprochen, die Drogen nehmen. Sie macht sich nichts draus. Sie hätte zwar Gelegenheit gehabt. Aber nein, es ist nicht das.«
Maître Mange war trotzdem nicht überzeugt. Béatrice, seine Béatrice...
Sie hatten sich getrennt, ohne daß sich seine Besorgnis zerstreut hätte, und seither nahm er sich vor, seine Tochter zu treffen, am Wochenende, um zu verstehen, woher die Betrübnis kam.

Moudon brannte im roten Abendlicht. Der Schnee glänzte im orangenfarbenen Dämmer; die Eiszapfen an den Dachrinnen glitzerten wie blutige Schwerter. Die Stadt schien erstarrt in dieser Pracht: die Straßen waren leer, die Läden ferienhalber geschlossen, die Bäume voll Rauhreif mit steifen Blättern aus rosigem Gold, die wundersam leuchteten wie Laternchen. Rund um die Stephanskirche schrien die Dohlen in den Platanen auf dem Platz, es war, als ob eine Schar Geächteter zurückgekommen wäre, die letzten Verirrten in der verlassenen Stadt zu mahnen.
»Hast du in deiner Praxis angerufen?« fragte Mona, als sie über die Broyebrücke fuhren und die reglosen Forellen im dunklen Wasser sahen.
Er hatte nicht angerufen. Er hatte keine Lust mehr, an irgend etwas zu denken. Wenn Mona und er noch am selben Abend nach Lausanne zurückkehrten, so würde er, wie er wußte, jedenfalls nicht in seinem Büro vorbeigehen. An die Rue de l'Ale würden sie sich begeben, er würde sich auf das Kanapee setzen, Mona ihm gegenüber, wie eine Meduse sich öffnend. Oder sie würden auf ihr Zimmer im Hotel Suisse zurückkehren, etwas verwirrt beim Gedanken an die Paare, die vor ihnen da gewohnt hatten, und auf die dumpfen Geräusche aus den andern Zimmer der Etage lauschend, den Lärm aus dem Restaurant, die Katzen im Hinterhof, die Schritte nächtlicher Bummelanten auf der Suche nach einem Dirnchen in den Gassen unter der Place de la Palud. Die Irrgänge bezauberten Mona. Stets wenn sie durch die Rue de la Louve gingen und einen lauernden Schatten vor einer Tür bemerkten, zog sie ihn am Arm, sie näherten sich dem Mädchen, verlangsamten den

Schritt, und Mona blickte in das Gesicht der Prostituierten unter der blonden oder roten Perücke. Dann drehte sie sich wieder Maître Mange zu.
»Raymond, hat du Lust gespürt?«
Er merkte, daß sie Gefallen fand, stets von neuem sprach sie davon.
»Weißt du, wenn du Lust hast, bin ich gar nicht etwa eifersüchtig. Willst du mal versuchen?«
Maître Mange antwortete nicht.
»Du erzählst's mir nachher«, fügte sie bei.
»Sie sind nicht besonders schön«, sagte Maître Mange.
»Oh, du irrst dich. Wir haben eine oder zwei erspäht, die gar nicht übel sind. Die Blonde von vorhin ist gut gebaut. Bist du sicher, daß du sie nicht willst?«
Weshalb dachte er an die Gemälde von Soutter in den Gäßchen im Schatten? Wegen der Huren, die im Gegenlicht vor den moosbewachsenen, löchrigen Türen standen wie auf den Bildern des verrückten Malers? Wegen der flüchtigen Wirtshausgäste und andern Nachtschwärmern, die um die Laternen herumstrichen? Oder hatten die Frauengestalten mit den kolossalen Brüsten, den Mantel über dem halbnackten Bauch geöffnet, den bloßen Beinen in den prallen Stiefeln eine ironische Beziehung mit den geilen Tänzerinnen auf Soutters Gemälden?
Maître Mange amüsierte sich über Monas Umtriebe. Erregt von Lüsternheit forschte sie ihn aus, provozierte ihn, und mit ihrer List entschleierte sie sich ebensosehr wie beim Entkleiden für die Aktposen. Sie erregte sich wie vor Doktor Bergs Pornobildern und Louis Soutters Gemälden: Sie war berauscht von derselben Besessenheit. Das Mädchen auf der Folter beim Arzt und die schwarzen Leiber auf den Gemälden weckten in Mona dieselbe ängstliche Erwartung der Lust, von der sie Befreiung von den Schreckbildern erhoffte.
Sie hatte ihn gebeten, ihr von seiner Frau zu erzählen, den Maitressen oder Dirnen, die er in den letzten Jahren gehabt hatte. Was sollte er antworten? Wie schwer zu durchdringen das Geheimnis des Mitmenschen ist, erkannte er, wenn er sich ohne Selbstgefälligkeit darstellen wollte, wobei er auf Bewegungen, Düfte und Worte hinwies, die, wie er beim Erzählen verwundert bemerkte, nicht all ihre Macht verloren hatten.
»Madame Magnin?« fragte sie.
Er erinnerte sich, wie die Sekretärin ihren Mund gierig run-

dete und ihn mit matten Augen ansah, während sie schmachtend den Ellbogen auf die elektrische Olivetti stützte.
»Sag doch«, drängte Mona, »und das hat sich nur einmal ereignet?«
Sie war nicht eifersüchtig, sondern entzückt, sie drückte den Mund an seinen Hals, und Maître Mange fühlte den Jungmädchenleib an seinem zittern. Er versuchte die genauen Umstände zu beschreiben. Es war einfacher, von den Nachtbars zu erzählen, mit dem Gewoge der Nixen ohne Slip unter dem Minirock. Fast unmöglich war es hingegen, die Biertrinkerin auf der Terrasse des Hotels de la Paux zu schildern und das Zimmer im Hotel des Alpes. Doch die Neugier brachte sie beide einander näher. Mona spürte im Innersten eine Leidenschaft, die sie unablässig quälte. Maître Mange staunte manchmal, daß ihm eine solche Frau treu blieb: doch er begann zu verstehen, daß seine eigenen Ängste sie anlockten und mehr als jede andere Macht an ihn fesselten. Die andern Männer waren mit ihr ins Bett und hatten sie weggeschickt – oder dann, wer weiß, war sie von sich aus gegangen. Für ihn, Maître Mange, war sie Schau geworden, Bezauberung, Mysterium, Ziel von Zärtlichkeit und Verlangen, immer erneuert durch Schönheit, Anmut, Glanz und ein fast unerträglich lustvolles Lachen. Sie war unerschöpflich wie eine unendliche Goldmine, wie ein aus den Wassern tiefster Klüfte gespeister Quell. Aus ihr wogte eine ungestüme, drängende, wilde und zärtliche Flut, die Maître Manges Lust anstachelte und ihn auf immer an sie band. Er wußte, daß er alles hingeben würde, um sie zu behalten, um an ihrer Seite Glück und Bedrängnis zu erleben, jene Stunden mit Entdeckungen von Landschaften, Speisen, Erinnerungen.
Als sie im Abendlicht das eisige Städtchen Moudon durchwandert hatten, waren sie in der Altstadt oben im Café du Nord eingekehrt. Tischchen mit rotweiß karierten Tüchern, eine Schranke aus drei hölzernen Wagenrädern trennte das Restaurant von der Trinkstube, hinter der Theke ein gutmütiges Ungeheuer von Weib mit einem Chignon über dem doppelzentnerigen Leib. An der Wand hingen Stadtansichten von Freiburg, vergilbte Photos einer Brücke über die Saaneschlucht, die dem Cañon des Colorado glich, ein schwärzliches Münster und eine Klausenfeier vor fünfzig Jahren mit Fackelglanz im schwefligen Nebel. Welcher Passant, welcher Gast, der wohl längst schon tot und begraben war, hatte die

Bilder aus einer andern Welt aufgenommen? Es schien, die Zeit stehe still, und die Gaststube, das Weibsbild, die stummen Gäste, die Aufnahmen an der Wand, die Gläser und Flaschen auf einem Tisch, ja, alles sei eingebettet in eine glückselige Ewigkeit, in der sich das Herz wohlig öffnet und nichts das Geheimnis der Menschen ritzt. Von Zeit zu Zeit brach die Wirtin in ein Lachen aus, das hallte wie ein Donnerwetter und die Halbtoten an den karierten Tischen aufweckte. Alles war gut. Die Gebeine des Photographen versanken wohl nach und nach im lehmigen Friedhöfchen an der Saane, die Hängebrücke war seit Jahrzehnten abgebrochen, am Klaustag rauchten immer noch die Fackeln im gelben Nebel, und jedes Jahr stand der zackige Münsterturm etwas düsterer auf den Felshängen unter den Wolken und Krähenschwärmen. Da war der gute Friede. Plötzlich hatte Maître Mange mit Entsetzen an seine Kanzlei gedacht, an die Verabredungen für die kommenden Wochen, die er bereits im Kalender notiert hatte. Unmöglich. Unsinnig. Er würde sich krankschreiben lassen und alle Abmachungen bis Februar annullieren. Bestimmt. Schließlich nahmen alle seine Standesgenossen lange Ferien, reisten weg und schlossen ihre Anwaltspraxis nach Belieben.

Er war aufgestanden und zum Telephon gegangen: sieben Uhr, Madame Magnin mußte noch im Büro sein, er wollte ihr seine Anweisungen geben.

»Maître, Béatrice suchte Sie, ich glaube, es ist ziemlich ernst.«

»Béatrice? Was ist los?«

Ein Schwindelgefühl ließ ihn schwanken, er riß sich auf, lehnte sich an die Wand.

»Ich weiß nicht, sie kam heute nachmittag in der Praxis vorbei, ganz verwirrt, wie es schien. Sie wollte mir nichts sagen. Sie möchte Sie sehen.«

»Bestellen Sie sie auf morgen mittag ins Hotel Suisse. Telephonieren Sie ihr jetzt grad. Ist sie in der Métairie?«

»Sie wollte nach Hause gehen, ja. Ich werde anrufen.«

Im Apparat hörte er Madame Magnins Atem. Er diktierte Anweisungen, abgelenkt durch den Gedanken an seine Tochter, und erinnerte Madame Magnin noch einmal daran, daß sie unverzüglich für die Abmachung von morgen in der Métairie anrufen müsse.

Er war zu Mona zurückgekehrt.

»Béatrice. Etwas stimmt nicht.«
»Béatrice? Erzähl mir.«
Das junge Mädchen schaute ihn aus dunklen Augen forschend an: sie wußte, wie Maître Mange seine Tochter liebte, leidenschaftlich, ängstlich erregt... Oft hatte sie ihn gebeten, von Béatrice zu erzählen, und jedesmal war sie verwundert über die eifersüchtige Zärtlichkeit in seiner Stimme, wenn er von ihrer Kindheit oder Schulzeit erzählte. Mona liebte diese Schilderungen. Sie verglich Béatrices Kindheit mit ihrer eigenen. Sie verspürte weder Neid noch Gram, doch daß die beiden Lebensläufe so verschieden sein konnten, verwunderte sie. Sie staunte, fragte, lernte.
Und an jenem Abend, als Maître Mange mit ihr das Zimmer betrat, das er im Hotel du Chemin de Fer bestellt hatte, fesselte sie eine neue Lust aneinander, als ob das Gespräch von Béatrices Ungemach ein neues Tor in der Tiefe ihres Verlangens geöffnet hätte. Die Asche der Gauloise rieselte im Licht der Nachttischlampe wie blaues Mehl über die sanfte Brust, ach, die beiden Zwillingswärzchen, die straffen, runden Brüste, so ähnlich denjenigen der jungen Marie-Françoise, und der helle Stahlblick, der sich zu ihm hob, vergißmeinnichtblau, maihimmelblau, »was kommst du wie ein Verrückter in mein Zimmer, das ist doch sonst nicht deine Art«, dieser Blick des Nichtbegreifens, der die Verwirrung nicht versteht, die ein Vater angesichts der halbnackten Tochter spürt, die ärgerlich ihre Augen schließt, während Maître Mange eine Entschuldigung stammelt und sich auf den Fußspitzen entfernt. Da er seine Tochter im Bett sitzen gesehen, von ihr geträumt, erzählt und wieder erzählt hatte, schien sich beider Lust noch zu steigern zu einer gierigen Verschwörung, die sie täglich mit größerer Macht aneinander fesselte. Kindheit neben Kindheit entdeckten sie, als sie mit Mona zurückblickten in die noch so nahen Kinderjahre, die ihnen neue Bilder, neues Weh und neue Träumereien weckten. Und wenn sie von Béatrice sprachen, weilten sie gleichzeitig in Gedanken bei der kleinen Italienerin aus Renens, sie fanden ihre Ängste und Dreistigkeiten, Mona lachte ohne Groll, selber erstaunt über all das, was sie in jenen Jahren erlebt hatte. Seltsame Begegnungen zweier Leben, die Tochter des Advokaten und jene des Handlangers und Saisonniers. Sie ergingen sich in Erinnerungen, und an jenem Abend im Hotel du Chemin de Fer in Moudon, während rundherum eisige Kälte die Rinde der

Platanen knacken ließ und unter den weißen Straßenlaternen kristallen schillerte, waren sie mehrmals zum Fenster gegangen, hatten es geöffnet und es dann fröstelnd wieder geschlossen, um in die Wärme zurückzukehren und mit der unterbrochenen Geschichte weiterzufahren.

»Darf ich mich setzen?« fragte Béatrice schnippisch vor ihrem Tisch im Hotel Suisse.
Sie saßen zuhinterst im Nebensaal in einer Nische mit Blick auf alte Höfe und verwitterte Fassaden, einen Hausgang, in dem Katzen aus Metalltellerchen fraßen; der Speisesaal war überflutet von goldbraunem Licht, das durch den gezogenen Vorhang drang.
Maître Mange hatte sofort die kummervollen Augen seiner Tochter bemerkt, die Ringe, das bleiche Gesicht. Er stand auf und stellte sie Mona vor.
»Ich habe dich nicht so früh erwartet«, sagte er, »wir nehmen den Aperitif...«
Béatrice beobachtete Mona. Versöhnlich lächelnd schaute Mona sie an und streckte ihr das Pastisglas entgegen.
»Probieren Sie das Gesöff, wollen Sie?«
Béatrice leerte ihren Pastis fast in einem Zug, und als sie das Glas abstellte, sah man, daß das Hellblau ihrer Augen in den violetten Ringen, die sich in die Wangen gruben, noch etwas bleicher wurde.
»Wie schön sie ist«, dachte Maître Mange. »Wer sie wohl quält?«
Und er sah Marie-Françoises Gesicht in diesem Gesicht wieder und wunderte sich nicht, daß er erbebte vor den Zügen seiner Frau, die hier wieder aufgenommen, vergrößert, verdeutlicht waren, offener und vertrauter...
Sie aßen ohne Hast. Béatrice hatte sich gelöst, er sah, wie sie Mona betrachtete, und er fühlte, daß sie sie schön fand, intelligent, und daß sie ihn verstand, ihn, Maître Mange, daß er jetzt mit Mona lebte. Faszinierend, die beiden Frauen Aug' in Aug', die aßen, tranken, sich anschauten und wiedererkannten. Mona mit der hohen Stirn, dem großen Brauenbogen, den kohlschwarzen Augen unter dem Schwarz der Haare. Béatrice mit dem blauen Metallblick, den Ringen, die die Klarheit der Augen betonten, und dem breiten Mund mit den kleinen Zähnen. Mona mit den feingliedrigen Schultern,

der schmalen Taille, die erstaunlich runden Brüste in all dieser Zartheit. Die kraftvolle Béatrice: groß, braun, sportlich wie Marie-Françoise; beim Essen bekam sie allmählich wieder Farbe, begann zu lachen und freute sich an der Mahlzeit im rötlichen Licht und im Lärm der Pensionsgäste.
»Ich lasse euch zusammen reden«, sagte Mona beim Kaffee, doch Béatrice hielt sie zurück.
»Nein, bleiben Sie, ich bitte Sie, ich habe keine Geheimnisse vor Ihnen. Übrigens können Sie mir vielleicht besser raten als ein Mann, auch wenn er ein großer Anwalt ist!«
Sie sprach deutlich und schaute ihnen gerade in die Augen, einem nach dem andern, als ob sie sich selber überzeugen wollte, daß sie in beide Vertrauen habe. Einundzwanzig in diesem Jahr. Am 7. Mai. Ein richtiger Stier. Maiaugen, ein Blick wie Vergißmeinnicht, wie Lavendel, wie herbsüße Sumpfminze unter dem Gewitterhimmel, wenn der Sommer eine Fülle von Laub und Gras bringt und ein warmer Wind weht. Béatrice. Erinnerst du dich an den Garten damals, mein Kleines, ein blonder Schopf bewegte sich vor den Büschen, zwischen den Sträuchern, du liefst eilig die Allee hinauf, du warfst dich mir in die Arme, mein Liebes, und ich küßte lange das zahnlose Lächeln deiner sieben Jahre, mein Stierchen, meine Béatrice, später warst du weg, aber ich habe dich nie verloren.
Béatrice hatte die Hände mit einer vertrauten Geste flach auf den Tisch gelegt.
»Hatte ich eine Plackerei den ganzen Herbst über«, sagte sie. »und im Winter wurde es noch schlimmer.«
Maître Mange und Mona schwiegen. Man mußte sie ausreden lassen.
»Dumme Geschichte«, fuhr sie fort. »Zum Kotzen. Ich hätte bald nicht mehr lange mitgemacht.«
Sie hielt von neuem inne und starrte bange vor sich, verloren im Geschehen der letzten Monate. Maître Mange wollte eine Frage an sie richten, damit sie sich von der bedrückenden Last befreien konnte. Mona regte sich nicht. Ihr Blick hatte sich auf Maître Mange gelegt und bat ihn, nichts zu sagen.
Béatrice fuhr fort:
»Im Sommer habe ich jemanden kennengelernt, etwas älter als ich. Schöne Sache! An jenem Abend wäre ich gescheiter nicht ausgegangen. Also, Sonja und ich waren nach dem Baden im ›Voile d'Or‹, wir waren im Strandbad Bellerive gewesen und

starben vor Hunger, wir setzten uns zum Essen, die Leute tanzten, und da war auch so ein Kerl, der mich ständig anschaute, und dann kommt er und lädt mich ein, und schon werde ich schwach. Welche Gans.«

Sie lachte bitter, und der Kirsch ließ sie eine Grimasse schneiden. Aus ihrer Stimme klang Enttäuschung, sie sprach mit einer Ausgelassenheit, die nicht recht zu ihr passen wollte.

»Ernstlich verletzt«, dachte Maître Mange, als er sich mit der Serviette Stirn und Schläfen abtupfte.

»Am Anfang ging alles wie geölt«, fuhr Béatrice mit einer etwas natürlicheren Stimme fort. »Ein Unternehmer ist jemand Normales ...«

»Ein Unternehmer?« Maître Mange hatte sich nicht zurückhalten können.

»Ja, doch nicht so alt. Bernard Morel. Er hat ein Bauunternehmen in Aubonne. Holz, Fenster, Zimmermannsarbeiten. Zusammen mit seinem Vater. Heuer geht die Bauerei schlecht, er hatte mehr Zeit als sonst. Um so schlimmer für mich.« Sie lachte gereizt.

»Aber ich kenne doch diesen Morel«, warf Maître Mange ein. »Der Vater ist in der Loge von Aubonne ...«

»Der Sohn auch«, warf Béatrice wütend ein. »Wie übrigens die ganze Familie. Die Morels, Allamands, Freymonds ... Der Großonkel war Bürgermeister. Der Großvater Präfekt. Die Crème des Juras. Unglücklicherweise war er verheiratet. Und ist es heute noch!«

»Kinder?« fragte Maître Mange, der die alten professionellen Reflexe wiederfand.

»Drei Kinder, ein Kindermädchen, ein Hund, ein roter Alfa Romeo 73. Und natürlich eine Frau. Die ich bald vergessen hätte. Aus einer der reichsten Familien der Côte. Eine Allamand wie zufällig.«

»Und?« fragte Mona.

Es war das erstemal, daß sie das Wort ergriff, sie schaute Béatrice wißbegierig an.

»Eben. Zuerst habe ich auf den Klimbim gepfiffen. Frau, Kinder, Hund, Auto und all den Plunder, ich hatte nichts damit zu tun. Übrigens waren wir auch nie in Aubonne. Wir fuhren gegen Montreux, badeten, spazierten. Und dann ...«

Ihre Stimme wurde ernst.

»Und dann?« half Maître Mange nach.

»Dann habe ich ihn zu lieben begonnen.«
Sie schwieg. Maître Mange war bewegt, er löste seinen Blick nicht mehr vom Gesicht seiner Tochter und ihren blauen Augen, die in Erinnerungen versunken waren.
»Wollt ihr noch Kaffee?« fragte er, um abzulenken.
»Jean-Daniel, drei Kaffee, und selbstverständlich drei Kirsch dazu. Oder wollt ihr zur Abwechslung lieber den Marc versuchen?«
Béatrice fuhr mit der Geschichte fort.
»Als ich Bernard zu lieben begann, wußte ich, daß es schiefgehen würde. Ich war nicht eifersüchtig. Ich liebte ihn einfach. Ich hatte ihn nötig. Es paßte so zum Herbst. Manchmal am Wochenende blieben wir in Montreux, im Hotel Angleterre, alte Möbel, Blick auf den See ...«
»Und Mama? Bist du nicht heimgekehrt?«
»Mama wurde nicht klug aus der Sache. Sie hat einen schweren Schlaf, weißt du. Und ich glaube, es paßte ihr gar nicht schlecht, daß sie das Haus für sich hatte, keine Mahlzeiten, Ausspannen im Liegestuhl, Siesta nach Belieben.«
»Und Martial?« fragte Maître Mange.
Erstaunt stellte er fest, daß dies seit langem das erstemal war, daß er an seinen Sohn dachte.
»Martial ist nie mehr zu Hause. Und jedenfalls hat er genug mit sich selber zu schaffen.«
»Wie alt ist Bernard Morel?« fragte Mona leise.
»Fünfunddreißig. Und seit zwanzig Jahren macht er den großen Qualm. Ich kümmerte mich nicht darum. Ich habe ihn geliebt.«
»Wie ist das mit den zwanzig Jahren?« sagte Maître Mange.
»Ja, zwanzig Jahre Budenzauber, Bumserei mit Weibern und jungen Gören, ach, er konnte sich immer herausreden, nur keine Angst für Monsieur Morel, niemand ist gerissener als er, um sich aus der Patsche zu ziehen. Er hat noch nie Federn gelassen.«
Ihre Stimme war wütend geworden, beladen mit Groll.
»Als ich schwanger wurde ...«
»Schwanger?« Maître Mange erbleichte, seine Hand mit dem Kirschgläschen zitterte.
»Er hat sich ganz schön gedrückt. Er lachte und wollte nicht daran glauben. Ende Dezember endlich gab er mir Geld und schickte mich zu einem befreundeten Arzt, der in der Klinik Petit-Chêne operiert. Es ging alles im Nu. Ich blieb zwei

Tage. Tausendfünfhundert Franken. Fröhliche Weihnachten. So konnte Herr Morel das Fest sorglos im Familienkreis feiern. Dann hatte ich zehn Tage lang kein Zeichen von ihm. Und als er zurückkam, fiel ich ihm wie eine Verlorene in die Arme!«

Als sie sich trennten, etwa eine Stunde danach, schaute Maître Mange, wie Béatrice im Getümmel des frühen Nachmittags über den Platz ging, die Sonne schien gelb wie im Frühling, es herrschte eine beschwingte Stimmung, ein leichtes Lüftlein wehte über die Stadt. »Ich wollte nur erklären, warum ich in der letzten Zeit das Maul hängen ließ«, hatte sie im Gehen gescherzt. Ihr Blondschopf leuchtete über den Platz wie einst der Mädchenkopf, wenn zur Ferienzeit Blütenstaub die Sträucher und Blumen umwölkte wie ein Kranz ewiger Zärtlichkeit.

Am Abend vor der Dorfherberge zeichnete sich auf rosigem Himmel im dunklen Umriß ein Nußbaum ab, daneben ein schüchterner Apfelbaum, ein Pfirsichbaum, noch wunderlich belaubt mit Asiatenblättchen, drei Bäume, auf immer erstarrt, rein und vollkommen als Silhouetten zwischen Weiher und Kreuzweg, und tintenschwarze Fledermäuse flatterten um das Gezweig wie Seelen verstorbener Ahnen.

Sie waren nach Donneloye zurückgekehrt, hoch über dem Tal. Die Bergkulissen flammten im Abendlicht. Tausend Bläschen prickelten in ihrem Bierglas. Wie stets glänzten die Glasaugen des Rehs an der Wand zwischen Fenster und Lampe, und der Blumenstrauß aus Neujahrspapier verstaubte auf dem Regal über der Theke hinter den Zigarrenkistchen.

Eine blaurote Stille erfrischte Leib und Seele. Der Dämmerschein lag wie Gold auf dem Tisch, den Wänden und auf den Fensterscheiben, an denen die Vorhänge hingen wie phosphoreszierende Eiszapfen, während die Rehaugen, die Gläser und die Spiegel im Feuer aufblitzten, wenn einer der schiefmäuligen lächelnden Schwadroneure oder der rote Wirt an der Theke ein Zündholz entflammte und es zitternd einem vom Greisenspeichel getränkten Stumpen näherte.

Über den Ecktisch gebeugt wackelten drei grinsende Stammgäste mit dem kahlen Runzelkopf in froher Erwartung der Schnäpse, die noch zu genehmigen waren wie an jedem Abend, den Gott ins Land schickte.

Plötzlich hatte Maître Mange begriffen, daß das Leben nie

schöner sein konnte als gerade an diesen Tagen und in dieser Minute. Nein, niemals und nirgends auf der Welt konnte der Friede strahlender sein, die Freude zarter, das Denken klarer, das Land weiter und voller, das Essen köstlicher. Nie konnte für ihn Monas Zärtlichkeit wahrer sein. Nie ihre Lust heißer brennen. Sie kannten sich seit fünf Monaten. In fünf Monaten hatte Maître Mange Monas Mysterium erfühlt und ihr Reich voll Furcht und Schmerz durchwandert. Doch hier nun öffnete sich ihm eine Zeit, schöner als jede andere Epoche. Er mußte es wissen und sich würdig zeigen. Ein dringliches Gebot verlangte es: das gelobte Land begann hier, beim Dorf, dessen Silhouette sich in der malvenfarbenen Schummerung abzeichnete, und beim Bach, in dem Forellen aus kupferglühenden Wogen aufflitzten. Es war die Stunde, da die ersten Gespenster zwischen Quellen und Eichbaum irrlichterten. Ja, hier tat sich das gelobte Land auf: Waldhänge, Kastanienhügel, Obstgärten, Weiden, Höfe mit mächtigen Dächern über der Wohnung, den warmen Ställen und Gestüten, wo in Pferdemäulern blumiges Heu knitterte.
Erforscher der Wunderdinge!
Er hatte sich Mona zugekehrt, die ihn mit glänzenden Augen anschaute. Er hatte seine Hand auf die ihre gelegt, und vorsichtig, wie man ein unschuldiges Schoßtier streichelt, fuhr er mit den Fingern über die geschmeidige Mädchenhaut und dachte dabei ohne Ungeduld an die Brüste im knisternden Nylon, an ihre Scham, von der keine List und keine Hexerei ihm mehr offenbaren konnten als das, was ihm die letzte Nacht, durchbrochen von den Scheinwerfern eines einsamen Autos, gezeigt hatte. Er dachte an ihre wilde Kindheit, ihre Irrungen ... Doch in dieser Nacht konnte ihn kein Gedanke mehr ängstigen. Mit der Hand auf Monas Hand dachte er an Bilder des Schlaraffenlands mit Bierkrügen, Würsten, Speck und Eierkörben, mit Leckereien am Rad des Masts, unter dem Bäuerinnen mit entblößter Brust und Bauern mit offenem Hosenlatz schlafen. Die Wangen gerötet, die Haare zerzaust, Reste der Mahlzeit liegen in dem von gefräßigen Leibern zerdrückten Gras. In der Ferne steigt der Rauch aus dem glücklichen Dorf in der Erntezeit, noch weiter weg verlieren sich Wälder und Hügel unter dem Himmel. Und Maître Mange war dankbar, daß er das Bild gefunden hatte, während friedlicher Schatten sich wie frühlingshafte Patina über die weiten Horizonte legte.

3

Am nächsten Tag wartete Inspektor Renard im Korridor des Hotels Suisse.
Maître Mange hatte zerstreut sein Zimmer verlassen, um sich in die Anwaltskanzlei zu begeben. Als er den Besucher im Halbdunkel bemerkte, wurde ihm übel.
»Guten Tag, Maître«, sagte Renard leise. »Schöne Ferien?«
Maître Mange haßte den salbungsvollen Ton.
»Freut mich ...« bellte er wütend und spürte alsbald eine Wut auf sich selbst. Im Zimmer hinter ihm hielt Mona beim Ankleiden inne. Kein Geräusch von Kasten und Koffern, die geschlossen wurden. Sie lauschte gewiß mit angehaltenem Atem.
»Ich wollte Sie nicht in Moudon belästigen«, fuhr der Inspektor fort. »Ich möchte nur wissen, ob Fräulein Antoniazza zu treffen ist.«
Schweigen.
»Und auch mit Ihnen, Maître, etwas plaudern«, fügte er im Ton des Unbeteiligten bei.
»Fräulein Antoniazza? Schon wieder?«
Maître Mange war bleich geworden. Zum Glück war der Korridor schlecht beleuchtet, Renard konnte das kreideweiße Gesicht im Halbdunkel nicht sehen.
»Oh, nur eine kleine Auskunft. Wegen der Papiere. Die Aufenthaltsbewilligung wurde für dieses Jahr nicht verlängert, und wenn Fräulein Antoniazza ihre Angelegenheiten in Ordnung bringen will, muß sie sich zu einem Gespräch bequemen ...«
»Im Polizeilokal?«
»Wie es ihr beliebt. Wegen der Papiere ...« Er tat, als ob er zögerte.
Maître Mange nahm sich unverzüglich vor, noch am selben Vormittag den Präfekten von Lausanne anzurufen. Der Präfekt würde die Angelegenheit mit den Papieren in Ordnung bringen. Es lag in seiner Kompetenz. Ebenfalls ein Logenbruder. Doch sofort hatte er sich den Gedanken vorgeworfen.
»Kann ich Fräulein Antoniazza sehen?« drängte der Polizeibeamte.
Maître Mange versuchte, Zeit zu gewinnen.

»Gewiß, Inspektor, Sie können sie sehen. Heute noch, wenn Sie wollen. Heute nachmittag, die Zeit bestimmen Sie.«
Er mußte mit Mona sprechen, bevor sie Renard traf, um sie auf Fallen aufmerksam zu machen, die sie unbedingt meiden mußte.
»Es liegt in ihrem eigenen Interesse«, fügte Renard bei, bedrohlich trotz der scheinbaren Teilnahmslosigkeit.
Maître Mange betrachtete das schlaue Gesicht, die gelblichen Augen des Inspektors, die rötlichen Favoris, die lange Nase, die man sich stets beim Schnüffeln vorstellen mußte, und es gelang ihm nicht, ihn abstoßend zu finden. Seltsam, gewiß. Da bringt ein Kerl nichts als Schwierigkeiten, stöbert in Privatangelegenheiten herum, führt zweifellos gefährliche Telephongespräche, macht unangenehme Besuche, leitet die Jagd auf Mona, sammelt Auskünfte über ihre Vergangenheit, und trotzdem hegt man keine Abneigung gegen ihn, er tut seine Pflicht, wühlt, scharrt, lauert, fragt...
»Inspektor«, sagte Maître Mange, »ich wollte gerade in der Gaststube unten mein Frühstück nehmen. Machen Sie mit? Da hätten wir noch einige Minuten, um uns zu unterhalten!«
»Einverstanden«, sagte Inspektor Renard. »Ich habe eine Menge Zeit heute morgen. Wie in den Geschäften ist der Februar bei uns ein flauer Monat.«
Sie setzten sich im engen Bistro einander gegenüber wie im Salon der Métairie zweieinhalb Monate zuvor, der Polizist fixierte Maître Mange unter den roten Haaren hervor mit versteinertem Blick.
Auf dem Tisch hatte es hartgekochte Eier, und Maître Mange verzichtete auf den Kaffee und die Toastbrötchen, die der Kellner bereits in der Küche zubereitete, um mit dem Polizisten ein Ei zu essen und dazu ein Schöpplein Bier zu trinken.
Keiner der beiden sprach. Sie aßen, tranken ihr Bier ohne Hast. Maître Mange hatte immer gern Eier gehabt. Dieses hier machte ihm besonderes Vergnügen, es war fest und frisch, und das Eigelb schmeckte würzig auf der Zunge. Er hatte ein zweites aufgeschlagen und beim Genießen hörte er zerstreut auf die Radionachrichten.
Seltsam, statt daß er an die Fallen dachte, in die ihn Inspektor Renard locken mochte, befaßte sich Maître Mange im Geist nur mit dem Bild des Eis. Der Dotter war goldgelb und

orangefarben, eine leuchtende Sonne im reinen Weiß wie an einem der langen Sommertage, an denen sie heiß brennt, bevor sie sich abkühlt und beruhigt, um am nächsten Tag um so heißer zu erglühen. Und das Ei-Bett: oft dachte er, wenn er neben Mona lag, daß die Leintücher einer Schale gleichen, die im Dunkel den Schlaf umschließt. Das Ei, in dem sich Leben jeglicher Art konzentriert, verhüllte Wildheit, Aufwallung aus mütterlichem Schoß, zum voraus bestimmt für Fell und Gefieder, Hunger und ungestüme Gewalt. Das Tier-Ei. Das Erd-Ei. Das Ei, das Mutter in die Bratpfanne schlug unter der Lampe in der alten Küche, der Dotter erstarrte im weißen Fladen, Mitternachtssonne im brennenden Packeis, und dann stach man das Eigelb mit der Gabel auf, tauchte ein Stück Brot hinein, das süß wurde in der dicken Flüssigkeit, dann salzig, schweflig ... Ei aus Blut und Lymphe. Eigelb der Maler. Gelber Fleck mitten im Schneehimmel. Sonnenkugel, Apfelsine im Deckweiß oder im bläulichen Öl.
Weshalb verfolgten ihn immer wieder Details von Gemälden, die ihm im Museum gefielen oder in großen Kunstbüchern? Träumerisch dachte er an das Hermelin von Leonardo da Vinci, das feingliedrige Tier mit Augen wie Harztränen, und der Betrachter weiß, daß sein Blick dieselbe Färbung hat wie derjenige der jungen Frau, die das Tierchen an sich drückt, jener Frau, von der man nur die lange schmale Hand sieht, die das elfenbeinfarbene Wiesel hält und dessen Fell liebkost.
»Noch ein Bier, Maître?«
Maître Mange konnte ein Lächeln nicht unterdrücken. Es war derart spaßig an diesem frühen Vormittag, an dem man ihn in der Praxis erwartete: der Kaffeetisch unter dem unvermeidlichen Porträt des Generals, die Eier, das Bier und Inspektor Renard, der ihm den schäumenden Becher zum Anstoßen entgegenstreckte.
»Hören Sie, Inspektor, was ist das eigentlich für eine Geschichte mit den Papieren?«
»Sie haben mich ganz genau verstanden.«
»Ist doch für Sie bedeutungslos. Aber was sonst?«
»Einer der Typen der Bande ist verhaftet worden. Er beschuldigt Fräulein Antoniazza. Ich kann ihn nicht verhören. Sein Name steht im Rapport.«
»Ist es ernst?«
»Es ist immer ernst bei Drogengeschichten, das wissen Sie so gut wie ich. Ein Name muß nur einmal in ein Dossier geraten,

over, aus, Lochkarte, Name geht an alle Rauschgiftbrigaden...«
»Und an die Flughäfen und an die Bahnhöfe und an die Botschaften und an Interpol und an die Rauschgiftfahnder des sympathischen Schahs von Persien, eines der liberalsten Geister unserer Zeit. Befragungen, Folter, Tod durch Erhängen; Häftlinge begehen Selbstmord, indem sie sich aus dem Gefängnisfenster stürzen, und ein Viertel des Rauschgifts der Welt kommt aus diesem Dreieck, das sein Budget mit Mohn aufbessert.«
»Sie werden linksradikal, Maître. Das kann gefährlich sein in Ihrer Lage...«
Die Feststellung belustigte Maître Mange. Linksradikal, er! Gott weiß, was Martial dazu gesagt hätte. Doch er fand eine Art von Gefallen an Renards Gesellschaft. Der Mann verwirrte ihn. Er hatte außerordentlich rasch Karriere gemacht. Inspektor mit zwanzig, bald Unterbrigadier, seit mehreren Jahren Brigadier, und obwohl man ihn immer noch Inspektor nannte, wie es Brauch war, hatte dieser Renard eine große Zahl schwieriger Fälle gelöst. Wohlwollend betrachtete Maître Mange sein Gesicht, das zugleich gespannt und bestürzt war, wie von ständigem Entsetzen betroffen. Verkniffene Augen, wie man sie bei Berglern und Holzfällern sieht. Barbarisch weiße Zähne hinter den dicken Lippen.
»Und um welche Zeit kann ich Fräulein Antoniazza befragen?«
»Sie ist um drei auf dem Posten. Geht das für Sie, Inspektor?«
Mona ging also gegen drei in die Cité. Maître Mange wartete auf sie im ›Lapin vert‹. Zwei Stunden lang. Er wurde unruhig. Er vermochte seine Gedanken nicht zu ordnen. Die Polizei. Verbindungen und Hierarchien. Befragungen, Druck, Zwang, Geständnisse; Geheimnisse wurden zerpflückt, ins helle Licht gerissen. Eine Organisation von Dunkelmännern mit Aktenübermittlungen, Telephongesprächen, Auskünften an die Gerichte, Zeugenaussagen, Strafen. Wer konnte in all dem Grauen klarsehen? Wer verfolgte Mona? Was hatte sie getan, daß Renard sie noch einmal belästigte, bedrohte, ihr nachspürte?
Sie kam um fünf, eher entspannt und lächelnd.
»Es war nichts. Du kannst beruhigt sein. Nur eine Formalität.«

»Zwei Stunden?«
»Die Mausefalle war voll. Es ging der Reihe nach.«
»Und hat dich Renard befragt?«
»Er und ein anderer, dessen Name ich nicht kenne. Halt, er wurde am Gegensprechapparat verlangt. Regamey, glaube ich. Doch ich bin nicht sicher. Ein gewisser Manuel kam auch, über diesen Namen bin ich sicher, aber er hat nichts gefragt.«
Maître Mange schnitt eine Fratze. Jener Manuel war Spezialist für Drogenaffären. Er war durch das Büro gegangen, um sie zu identifizieren, um das Archivbild mit ihr zu vergleichen. Schlechte Nachricht.
»Und jener Regamey hat dich auch nichts gefragt?«
»Er zeigte mir ungefähr zehn Photos und fragte nach Namen. Doch ich kannte keinen der Kerle.«
»Niemand von Marios Bande?«
»Niemand.«
»Damit wollte er dich in Vertrauen wiegen.«
»Glaube ich nicht. Ich glaube, sie haben sich vorgestellt, daß ich viel mehr mit der Sache verhängt sei. Sie möchten, daß ich mich in der ganzen Gaunerwelt auskenne. Und ich war doch kaum zwei Monate dabei!«
»Weiß es Renard?«
»Ich habe es ihm mehrmals gesagt.«
»Und was meinte er?«
»Fast nichts. Er spricht nie. Er schaut. Er lauscht ... Es ist, als ob er Witterung aufnähme. Das gefällt mir gar nicht.«
»Hat er dir Fragen über mich gestellt?«
»Ob du die Praxis im Januar geschlossen hättest. Ich antwortete, er wisse es, da er ja die Place Saint-François angerufen hatte. Ich habe ihm erklärt, daß Madame Magnin jeweils am Nachmittag da war, um die Post zu klassieren, die Telephone abzunehmen und die Buchhaltung zu besorgen. Er wollte auch wissen, ob du dich scheiden läßt. Ich habe gesagt, ich wisse von nichts.«
Renard mußte Marie-Françoise angerufen haben unter dem Vorwand, daß er Erkundigungen zu einem Gerichtsfall einzuziehen habe. Dreckkerl. Doch das waren Kriegslisten. Maître Mange hatte das peinliche Gefühl, daß der Inspektor ihn ausspionierte.
»Er hat auch gefragt, ob du mich bezahlst.«
»Und?«

»Ich sagte natürlich nein. Aber er kennt die Sache mit dem Modell. Er deutete wenigstens an, sie zu kennen.«
»Doch wie sollten sie ...«
»Was weiß ich? Vielleicht haben sie an der Rue de l'Ale Photos aufgenommen, von gegenüber, am Nachmittag waren die Vorhänge nicht immer gezogen. Kinderleicht. Von einem Fenster auf der andern Seite, die Gasse ist eng, können sie in aller Ruhe filmen, was sie wollen.«
Der Gedanke überraschte Maître Mange. Aber ja, gewiß, sie hatten die Szene photographiert. Mona im Bild, gespreizt, nackt, auf dem Tisch am Fenster. Die Photos waren von Hand zu Hand gegangen, von Büro zu Büro, von Abteilung zu Abteilung, hatten Gelächter hervorgerufen, Begierden, Neid, dreckige Anspielungen. Maître Mange glaubte die grobschlächtigen Witze zu hören. Über Monas Körper. Ihre Haltung. Über ihn, Maître Mange, der sich mit solchen Schauspielen begeilen mußte. Ein Sonderfall. Umstandskrämer. Voyeur. Lüstern auf Seidenstrümpfe, Gummihauben, Taucherkombinationen. Welche Niedertracht! Doch was wollten sie eigentlich von ihm? Weshalb der Druck auf ihn? Stellten sie sich vor, er habe mit Drogenhandel zu tun, er habe Mona dabei kennengelernt und wolle nun ihre einstigen Komplizen decken? Er stellte sich die dicken Finger vor, die die Bilder seiner Maitresse befummelten, rote Nasen über den Photos, schwere Atemzüge und wollüstiges Gelächter beim Beschnüffeln der Beute. Unerträglich. Wut packte ihn. Nur nichts sich anmerken lassen! Keine Aufregung. Monas Vertrauen nicht erschüttern, nicht zeigen, daß ihn der Gedanke, verdächtig zu sein, in Verlegenheit brachte.
»Bist du sicher, meinst du, sie haben die Photos?« sagte er trotzdem, und warf sich sofort den Ton der Frage vor.
Mona schaute ihm in die Augen. Der dunkle Blick verwirrte ihn, die Spannung des Gesichts, voll von innerem Feuer, von Lust und Zärtlichkeit.
»Ja«, sagte sie, »sie müssen ihr System im Haus gegenüber auf derselben Etage eingerichtet haben. Wir können ja hingehen, wenn du willst. Ganz einfach. Im Parterre ein Schuhladen, daneben die kleine Kaffeebar, in der du deine Zeitungen liest. Doch die oberen Stockwerke kann man ohne weiteres mieten. Boutiquen von Kunsthandwerkern und eben auch Photo-Ateliers, außerdem ein Buchbinder ... Mit den Einschüchterungsmethoden der Polizei muß es nicht schwer gewesen

sein. Einmal, zweimal, wenn wir oben waren, und klick-klick hatten die Herren ihre Photos.«
Sie schwieg einen Moment und fügte dann bei:
»Doch mir ist das alles egal. Andere Leute haben mich auch schon gesehen und ich bin daran nicht gestorben. Noch nicht. Jetzt aber entkleide ich mich nur für dich, du weißt es, meinen einzigen Herrn und Meister, Raymond, ich liebe dich. Was sollten sie mir schon tun mit ihren Photos und Fragen? Ich weiß genau, woran ich bin. Ich bin ruhig. Reden wir von etwas anderem.«
»Ja«, sagte Maître Mange lachend, »einverstanden, Mona, sprechen wir von etwas anderem«, aber wieder war Gift in der Luft. Ein Unrat, der ihn quälte, den er atmete, trank und aß, überall um sich und in sich, wie ein Farbstoff, der den wahren Sinn jedes Denkens und Seins verdunkelte, verfälschte, vernichtete. Besonders das Bild der nackten Mona vor so vielen aufdringlichen Blicken plagte ihn. Doch nicht ohne ein gewisses Lustgefühl. Als ob die Schau eine geheime Komplizenschaft zwischen der Polizei und ihm hergestellt hätte. Als ob die Zurschaustellung diesem Fleisch einen höheren Wert gegeben hätte: die Lust anderer, die vernarrten Augen anderer, die Begeilung anderer ... Wollte er teilen? Nein, nicht das war es, sondern der Gedanke, daß Mona jene Männer erregt hatte und ihnen trotzdem nicht gehörte. Daß ihr Bild sie erschütterte, wie es ihn erschüttert hatte, doch nur er, Maître Mange, drang in das Fleisch ein, er schlürfte ihren Speichel, er biß in die Pfirsichhaut!
Er beruhigte sich.
Mona konnte man ihm nicht nehmen, er war unangreifbar. Er? Der Geliebte einer ehemaligen Prostituierten, die sich zwei Monate ihres Lebens mit Drogenhändlern herumgetrieben hatte. Doch ihm war nichts vorzuwerfen. Im Frühling würde er sich scheiden lassen. Er als sein eigener Parteivertreter, ein Freund würde Marie-Françoises Rechte verteidigen, nur der Form halber natürlich, denn Maître Mange würde seine Schuld zugeben und alle Vorteile der Frau überlassen. Auch die Sache mit Mona war zu regeln. Zuerst die Frage der Papiere mit dem Präfekten, dann würde er mit einem von Renards Vorgesetzten sprechen, Mona würde genau ihre Beziehungen zu Mario Vittone erläutern, wodurch sie ein für allemal weißgewaschen wäre, und sobald er könnte, je nach Urteil des Scheidungsgerichts, würde er sie heiraten. Als

kluger Mann würde er sie ehelichen und damit die Kindheit wiederfinden.
Von der Kathedrale schlug es sechs. Der ›Lapin vert‹ füllte sich mit Studenten und Staatsbeamten, die zu ihrem Jass kamen.
Plötzlich schien es Maître Mange, die Mädchen trügen schon Frühlingsblusen, ihre Gesichter seien schön geworden, die Metallketten an den gebräunten Hälsen glänzten, und sogar die Standardchronometer der Beamten des Militärdepartements leuchteten wie die Höhle Ali Babas.
Als Maître Mange etwas später hinter Mona aus der Wirtsstube ging, lachte er über seine Naivität. Aber er konnte nicht anders, als sich über die Dämmerzeit freuen, über das Spatzengeschrei in den Ulmen bei der Akademie, das Stimmengemurmel unter den Arkaden der Place de la Palud und die Unbeschwertheit, die wie ein Zaubertrank, wie frischer Wein, leicht und lustig wie gutmütige Magie in seinen Adern floß.

In jenem Jahr brach der Lenz schon sehr früh und mit wundersamer Macht an. Bereits im Februar ging in den Wiesen das junge Gras unter dem letzten Schnee vom Gelb ins Grün über. Mitte März trugen die Bäume schon Blättchen, die am Abend im Licht der Straßenlaternen wie grüner Nebel um die dunklen Äste schwebten. Man sah die Felder auf der andern Seite des Sees wie im Sommer, das blaue Savoyen, die Berge waren tagsüber violett, und orangerot am Abend, wenn der Sonnenweg im Wasser funkelte und das Schiff aus Evian nach Ouchy zurückkehrte, zu den Terrassen mit der fröhlichen Menschenmenge.
Die Weiden grünten und röteten sich. Der Sommerweizen stand schon hoch. Die Haselkätzchen überpuderten den Boden unter den Sträuchern, die Veilchen an den Böschungen machten finstere Augen, und am Abend zogen die Herden durch die Dörfer mit einem Glockengebimmel, das weit über die nebligen Matten tönte.
Jeden Donnerstag begleitete ihn Mona wie bisher nach Yvonand, manchmal fuhr sie an einem andern Tag mit der Bahn allein hin, um in der Praxis aufzuräumen.
Maître Mange hatte sich von der kleinen Sekretärin aus dem Ort getrennt, und nun stellte Mona die Akten zusammen, brachte die Buchhaltung ins reine und nahm die Telephon-

anrufe der Klienten ab. Die neue Beschäftigung hatte die Dinge beim Präfekten erleichtert: Fräulein Antoniazza arbeitete, sie übte eine regelmäßige Tätigkeit in einem Advokatenbüro aus, ihr Arbeitgeber hatte sie nötig, er drängte darauf, daß ihre Aufenthaltsbewilligung verlängert wurde. Alles ging bestens. Inspektor Renard zeigte sich nicht. Die Scheidung wurde auf einen Zeitpunkt kurz nach Ostern angesetzt.

Im März war Maître Mange oft nach Bois-Mermet gegangen, das Untersuchungsgefängnis von Lausanne in einem Quartier von Genossenschaftssiedlungen oberhalb der Stadt. Eine alte Kasematte, feucht, umgeben von glatten Mauern, eine fensterlose Burg, schweigend (und im eisigen Schweigen heult manchmal stundenlang ein Häftling, der in der Einsamkeit verrückt geworden ist), und dauernd schwebt in der Luft ein Geruch von aufgewärmten Kartoffeln, Schweineschmalz und ranzigem Milchkaffee. Maître Mange trat stets nur mit einem Ekelgefühl ein, doch er zwang sich, als amtlicher Verteidiger die Klienten zu besuchen, die man dort einsperrte: fiel die Klappe zu, so war sie nicht leicht wieder zu öffnen. Die armen Kerle warteten so lange es den Untersuchungsrichtern paßte, und das konnte monatelang dauern. Keine Zeitungen. Kein Radio. Für Lektüre nur die Gefängnisbibliothek, in der die übelsten Feuilletons des wohlmeinenden Protestantismus Nachbarschaft halten mit Gesundheitsschriften und Broschüren der Blaukreuz-Vereine. Wenn er einen Häftling besuchte, stopfte Maître Mange stets seine Mappe voll mit Zigarettenpaketen und Zeitschriften, und vom Traiteur ließ er sich Kirsch- und Whiskyfläschchen füllen, die er dem Häftling unter die Jacke schob.

Sein Klient im März war ein Mann namens Graf, der eingesperrt war als Verantwortlicher eines jener Soldatenkomitees, die den guten Gang der Armee behindern. »Ein Starrkopf«, hatte der Richter gesagt, und Maître Mange wußte, daß dies in der Sprache der Gerichte bedeutete, daß sich der Mann in eine Ideologie verbiß, die er nicht aufgab. Sympathisch und einfältig. Man konnte ihm nicht zureden, und so kam der gute Mann automatisch hinter schwedische Gardinen. Maître Mange hatte ihn zwar etwas weniger verbohrt gefunden als andere. Er hatte nach der Typographenlehre irgendwelche Studien angefangen, dann hatte er Flugblätter und Propagandazeitungen redigiert, mit denen er die Aufmerksamkeit der Polizei auf sich zog. Was den Rechtsanwalt verwunderte, war

der Kontrast zwischen dem schmächtigen Knaben mit den feuchten Händen und dem besessenen Ton seiner Schriften, den gehässigen Angriffen.
Im Schatten der engen Zelle blinzelte ihn Graf an. Er wußte, daß er verurteilt würde. Was ihm egal war. Er wollte von neuem beginnen. Hang zum Märtyrertum? Nicht einmal das. Überzeugung. Unbeugsamkeit. Zog man ihn aus dem Verkehr, so fuhren andere fort. In der ganzen Schweiz. In allen Rekrutenschulen. In den Kasernen und Zeughäusern. In den Wiederholungskursen. Bis in die Offiziersschulen, in denen man das Wort predigen würde, ohne Gnade, ohne Furcht, und in zehn oder zwanzig Jahren war die Partie gewonnen.
Maître Mange, der auf der Pritsche saß, blätterte in einigen von Grafs Zeitungen und wußte nicht recht, was sagen.
Amtlicher Verteidiger! Eklige Gerüche strichen unter der Türe herein, Urin, schmieriger Kohl, schäbiges Ragout, das Geschepper von Metallgefäßen, unaufhörliches Schellen des Telephons im Gang, auf das niemand antwortete. Das Gefängnis schloß sich um ihn. Er selbst fühlte sich angeklagt, er hatte Mona protegiert, der Polizei die Wahrheit vorenthalten, er selbst wurde nun vom brummigen Wärter geweckt, eine Häftlingsbluse wurde ihm angezogen, nun erhielt er den Besuch des Advokaten in der Zelle von Bois-Mermet. Ein paar hundert Mal war Maître Mange schon dagewesen, er war auch in die Strafkolonie in der Orbe-Ebene gegangen, er hatte Dutzende von Unglücklichen verteidigt und alle Gefängnisse des Landes besucht. Niemals hatte er diese Beklemmung gespürt, die Furcht, eingesperrt zu werden, in die vier Wände gezwungen durch Polizeiwillkür. Plötzlich fühlte er sich schuldig und beobachtet: Sein Klient schaute ihn merkwürdig an. Sollte er die Tür öffnen lassen? Der Wärter würde seine unruhige Miene bemerken, und die Besucher, denen er im Korridor begegnen würde, Advokaten seiner Zunft, Polizeibeamte, Wärter, Ärzte ... sogar der Abwart und dessen Familie, alle würden sehen, daß sich Maître Mange heute morgen sonderbar benahm und offenbar etwas zu verbergen hatte.
Er konnte kaum mehr atmen. Die Wände erdrückten ihn. Maître Mange schloß die Zeitschriften, faltete die Flugblätter, steckte sie zaudernd in die Mappe; dann zwang er sich zur Ruhe und verabschiedete sich vom Angeschuldigten, wobei er ihm versprach, mit seinem Fall vorwärts zu machen. Vor

der Zellentür, die der Wärter mit wichtiger Miene schloß, mußte er sich zurückhalten, damit er nicht rannte, um am Ausgang endlich tief einatmen zu können.
Er wagte das ärgerliche Erlebnis Mona nicht zu erzählen. Um sie nicht zu verängstigen. Um nicht ihre Widerstandskraft zu zerstören, ihr nicht zu zeigen, daß Inspektor Renards Untersuchung tiefere (und kaum erwartete) Auswirkungen haben könnte. Obschon das Wetter heiter war, obschon der Biswind durch das Land wehte, den Himmel reinfegte und die blühenden Bäume bläulich aufleuchten ließ, ging er am nächsten Tag nicht nach Yvonand, sondern schloß sich unter Madame Magnins mürrischem Blick in seiner Praxis ein und begnügte sich damit, Mona am Telephon die Briefe zu diktieren, die sie von Yvonand aus zu spedieren hatte. Am Abend traf er sie wieder im Hotel.
»Waren die Bäume schön heute? Die Wälder? Das Land?«
Er stellte sich die Landschaften vor, die sie durchfahren hatte, den Tag in Yvonand, das gemütliche Mittagessen im Café de la Gare, während er noch bedrückt war vom Besuch im Gefängnis und von Renards Nachforschungen.
Der Tag ohne Mona war wie eine Last: Er spürte die innere Unruhe wieder, die Gefahr ihrer Präsenz, die leutseligen Drohungen des Inspektors, die Schuldanerkennung im Scheidungsverfahren, die freundschaftlichen Ratschläge des Berufskollegen Maître Pittier, der Marie-Françoise verteidigte und sich ihn von oben herab zu behandeln erlaubte, obschon ihn Maître Mange gerufen, von sich aus alle Fehler auf sich genommen und die Métairie seiner Frau überlassen hatte, wobei er ihr sogar einen Teil der Einkünfte aus dem Advokaturbüro ließ, für den Unterhalt der Kinder aufkam und nicht einmal ihr Anrecht auf jene Teile des Vermögens von Maître Perrin bestritt, die eigentlich ihm zustanden. Im Gefängnis hatte er gestern plötzlich das Gefühl gehabt, auf der andern Seite der Schranke zu stehen, und noch hatte er sich von diesem seltsamen Gefühl nicht erholt. Er war sich selber böse. Verhöhnte sich. Ein neuer Zustand für Maître Mange. Nicht mehr Jäger, sondern Gejagter, nicht mehr Verteidiger, sondern selber Beute, selber Opfer, im Kampf gegen einen der verschlagensten Polizeiinspektoren. Er, Maître Mange, der so vorsichtig Stufe um Stufe erklommen hatte seit dem Progymnasium und Gymnasium. Maître Mange, Abgeordneter im Großen Rat. Maître Mange, Oberstleutnant im Generalstab.

Maître Mange, Mitglied des Verwaltungsrates der Nestlé AG in Vevey, der Kabelwerke Cossonay und der Zahnradbahn Lausanne-Ouchy. Bruder Raymond Mange, Geselle, vielleicht einst Meister vom Stuhl der Freimaurerloge ›Hoffnung und Herzlichkeit‹ zu Beaulieu. Maître Mange, der bei der Anwaltskammer als künftiger Präsident im Gespräch stand!
»Komm«, sagte sie schlicht.
Schweigen. Sie las klarer und klarer in seinen Gedanken.
»Willst du, daß wir aufs Zimmer gehen?«
»Nicht gleich jetzt. Ich möchte noch auf ein paar Schritte hinaus. Den ganzen Tag lang war ich nicht im Freien. Und am Wochenende habe ich wieder viel zu tun. Nach den Gerichtsferien im Januar geht's los wie wild. Anzeigen, Ehescheidungen, Vaterschaftsklagen, und ich bin wie ein Praktikant amtlicher Verteidiger für drei Klienten, dazu kommen zwei einstweilige Verfügungen und die ganze Geschichte mit der Erbschaft Rod, die immer verwickelter wird. Ich mußte sogar auf Samstagmorgen Besprechungen ansetzen. Das erstemal seit zehn Jahren.«
Er schwieg. Dann fügte er verträumt bei:
»Ohne an die Plackerei zu denken, die mir Maître Pittier bringt, Marie-Françoises Rechtsberater. Wenn man sich vorstellt, was ich für Zugeständnisse gemacht habe . . .«
Sie gingen über die Place de la Riponne. Zu ihrer Rechten drängten und verhaspelten sich die Wahngestalten am Palais de Rumine unter dem karminroten Himmel. Cassatagleißend flimmerten die Drachenflanken, die Säulenschäfte tauchten in blaue und zartgrüne Büsche der Esplanade. Auf der andern Seite des Platzes, über den Häusern am Tunnel, schien der Wald von Sauvabelin im Dämmer davonzufliegen wie eine buntfarbene Wolke.
»Schau mich an. Ich liebe es, wenn du mich anschaust«, sagte Mona kurz danach im Hotelzimmer.
Nach dem Getümmel des Tages fühlte er sich auf einem duftigen Berghang: Schweiß und Honig, würzige Kräuter, Minze, Lavendel, Blütenstaub, süßes Gekräusel der Blütenkelche auf heißem Felsgrund, über den die Eidechsen fliehen und Hasen mit knisterndem Fell; und dann wähnte er sich am Strand mit trockenen Grasbüscheln und Heckenrosen, mit milchigglänzenden Tränen, Monas lauteren Tränen, o du schöne Mona, mein Mädchen, meine Tote, meine so schreck-

lich lebendige Tote, auf der ich seimigsüße Blütentrauben zerdrücke und verschlinge.
Der nächste Tag brachte strenge Arbeit in der Kanzlei und einen abendlichen Besuch bei einem halbgelähmten Klienten, einem französischen Kriegsteilnehmer von 1914, der gegen die Regierung seines Landes einen Rechtsstreit wegen unbezahlter Renten führte. Der Greis mit all den Medaillen am distelblauen Pullover wollte, daß man sich vorerst einen Augenblick im Salon sammelte, vor einer Handvoll Erde vom Chemin des Dames, die er mit frommer Demut unter einer großen Käseglocke aufbewahrte. Maître Mange verabschiedete sich so rasch als möglich von dem Gebrechlichen, doch dessen heldisches Gebaren belustigte ihn, und er liebte den Korridor im alten Haus an der Rue Marterey, die nach Bäckerei, Hefe und Mehlsäcken roch. Kindheitserinnerungen: wenn man nach Ladenschluß den Hintereingang benützen mußte, nahm man das bestellte Brot und knabberte daran auf dem Heimweg, um seinen Hunger vor dem Nachtessen zu stillen.

Sie waren am Sonntag über Land gefahren, auf gut Glück, und als sie die Höhen des Jorat erreichten, gerieten sie am Eingang von Mézières in eine bunte Menge, die sich auf die Allmend am östlichen Dorfrand zu bewegte. Mona zeigte Maître Mange ein Plakat:

Pferdesporttage im Jorat.
Ab 15 Uhr Springen und Hindernisrennen.
Schöne Preise.
Beteiligung der Herren Dragoner.

Sie ließen den Wagen vor der Kirche stehen und gingen auf den Rennplatz hinaus. Die Wiesen prunkten in frischem Grün, und die blühenden Kirsch- und Apfelbäume reckten sich wie weiß und rosig schäumende Lichtkugeln in den knallblau-smaragdenen Himmel.
In der großen Halle waren Schranken als Hindernisse aufgestellt, und das Publikum stand auf der Brettertribüne, auf der zuvorderst Stuhlreihen für Damen und Ehrengäste mit dunklen Hüten reserviert waren. Fahnen flatterten, Spruchbänder leuchteten, Kavalleriestandarten klatschten im Wind. Junge Damen öffneten rote Sonnenschirme, durch die Menge drängten Kindergrüppchen, um an Schnüren aufgereihte Tombolalose anzubieten, die man abriß und sie dann öffnete.

Unter den Bäumen war die Wiese vom Schatten marmoriert. Zigarrenrauch stieg blau über die Köpfe hinaus. Hinter den Zuschauern hatte eine Blechmusik zu spielen begonnen, die Baßtuba unterstrich den Rhythmus der Trompeten und Klarinetten.

Plötzlich waren die Pferde, aus einem Schuppen ausgespien, auf der Piste, begrüßt von lautem Lärm: große Bauernstuten, schwarzbraun glänzend, mit nassen Nüstern, geritten von Reitern in Sportkleidung und behelmten Dragonern. Eine weißgefleckte Stute bäumte sich erregt auf und wandte sich gegen die Menge, wobei ihr Reiter in den Steigbügeln schwankte. Leute schrien. Im Lautsprecher wurden die Namen der Teilnehmer aufgezählt.

Einer nach dem andern paradierte vor dem Publikum, und schließlich stellten sich Roß und Reiter am Ende der Wiese auf, und fahnenbewehrte Schiedsrichter gesellten sich zu ihnen. Die Musik schwieg. Plötzlich senkten sich die zwei Fähnchen, und mit einem einzigen Sprung warf sich die lange Reihe der Tiere nach vorn, die Reiter auf den gestreckten Hälsen, immer rascher vorwärts im Lärm der Hufe, die auf das trockene Gras hämmerten.

Die rasenden Gäule fielen bald auseinander: voraus die Spitzengruppe der Dragoner, eine Länge zurück ein Junge mit gelbem Hemd, hinter ihm eine grüne Jacke und die gefleckte Stute, die, angetrieben vom Reiter über der Mähne, mächtig nach vorn stieß.

»Die Gefleckte! Die Gefleckte!« rief Mona, die ihre Fingernägel in Maître Manges Vorderarm gekrallt hatte. Die gefleckte Stute gewann an Terrain. Ihr Reiter war barhäuptig, entgegen dem Reglement, manchmal sah man sein Gesicht nicht mehr, weil es sich in den Kopf des Pferdes vergraben hatte. Schön, dieser Kampf der Muskeln, der Hufe, der wehenden Mähnen und der flammenden Schweife auf dem Smaragd des Rasens! Schließlich gewann ein Dragoner mit gelben Patten, die gefleckte Stute war als zweite angekommen; dann folgte das Hindernisrennen, die Pferde schnellten in die Höhe, flogen durch die Luft, landeten auf den Vorderhufen und rissen sich wieder auf, um über die grüne Fläche weiterzufedern.

Am Schluß des Wettkampfs stellten sich Roß und Reiter wieder in Reih und Glied auf, vor den Stühlen des Preisgerichts, zwei junge Damen in langen Kleidern befestigten Auszeichnungen an den Stirnen der Siegerpferde, Rosetten mit langen Schleifen flatterten im Wind, die Gäule schüttelten die Köpfe im Applaus der Menge, wenn sie die Trophäe erhielten. Die Musik begann wieder zu spielen.

Maître Mange und Mona ergötzten sich am Schauspiel: in der Sonne leuchteten die Pferde, die farbenfrohen Kleider der Reiter, die Fahnen, die dunklen Anzüge der Offiziellen, die Mousselineroben der Mädchen, deren Weiß von schillernden Obstbäumen auf grünem Grund überlief zur blendenden Flucht der Wolken auf blauviolettem Himmel.

Am Abend besannen sie sich wieder an das bewegte Bild: das Gewoge des Publikums mit Hüten und Sonnenschirmen im Vordergrund, dann die Graspiste, die Pferde, die Wiesen und die Hügel am Horizont... Maître Mange erinnerte sich nicht, je derartige Momente mit Marie-Françoise erlebt zu haben. Gewiß, in den Ferien oder auf Reisen hatte er allerhand erregende Szenen erhascht. Doch Marie-Françoise? Die erstaunlichsten Dinge schienen sie nicht zu berühren. Glitten von ihr ab »wie Wasser vom Gefieder einer Ente«, wie sie selber über ihre Gleichgültigkeit lachte. Nicht daß sie empfindungslos gewesen wäre, nein, doch Trägheit, Scham und vor allem Egoismus unterdrückten jeden Gefühlsausdruck. Wie in der Liebe. Wie bei seinen Angelegenheiten: eine entrückte, ermattete Art, die den andern unerträglich vereinsamte. Im Gegensatz dazu vibrierte Mona, plauderte, jubelte, staunte, Armut oder Trauer bedrückten sie, die Pracht des Geschauten begeisterte sie. Während des ganzen Rennens hielt sie Maître Manges Arm, schrie mit der Menge, klatschte, rief den Reiter der gefleckten Lieblingsstute mit Namen, freute sich über den guten Rang und über den Sieg des Dragoners und dessen schwarzbraunes Tier, das im Licht schillerte. Über die bläulichen Schatten im Gras unter den Vierbeinern. Über die schönen Gesichter der Mädchen. An jenem Abend verstand Maître Mange besser, warum er Mona liebte, warum er sie nötig hatte: ihr Blick strahlte in seinem eigenen Blick, ihr Herz pochte im selben beklemmten oder heiteren Takt wie das seine. Ihre Angst war seine Angst, und sie sagte es ihm; ihr Schlaf stand ihm offen, und er drang ein, wann immer er wollte; sie erzählte ihm die Träume und Ängste der Nacht, ihre Freude war die seine, wenn er sie glücklich sah; ihr Verlangen weckte sein Verlangen, die Lust vereinte sie, verschmolz sie und mischte ihre heißen Worte und Atemzüge...

Am nächsten Tag, als er seinen Widerwillen überwunden hatte und als Offizialverteidiger in das Gefängnis Bois-Mermet zurückkehrte, zur Besprechung mit seinem Klienten, dessen Prozeß bevorstand, traf Maître Mange im Erdgeschoß des Gebäudes Inspektor Renard, was ihn unangenehm berührte. Graf fand er eher ruhig, beim Kartenspiel mit einem andern Unglücksraben: auf Maître Manges Gesuch hin hatte man als Entgelt für gute Führung die kleine Zerstreuung während einer Stunde des Nachmittags zugestanden. Als sich der Partner in Begleitung eines Wärters zurückgezogen hatte, gab er Graf einige praktische Hinweise; er schilderte ihm den Verlauf der Gerichtssitzung und erklärte ihm, wie er unnötigen Zorn des Richters vermeiden könne. Diesmal hatte das Gefängnis nicht mehr die schreckliche Wirkung auf ihn wie beim letzten Besuch. Er ging leichten Schrittes durch die Eingangshalle, als er fast mit Renard zusammengestoßen wäre, der die Seitentreppe herunterkam.

»Ah, Maître Mange. Es scheint fast, daß wir uns nicht mehr trennen.«

Verpatzt. Alles beschmutzt. Die Pferde, die Landschaft, der Sonntag, alles verdunkelte sich unter der salbungsvollen Stimme, den hartnäckigen Wühleraugen. Und das Gefängnis schloß sich wieder. Mit einem Schlag waren die Gerüche wieder da: ranziger Kohl, säuerliche Milch, Abtritte, Schmierseife im Treppenhaus, abgestandene Luft, Schweiß, Angst – Renard. Die Polizei, Drohungen, Geständnisse, Renard. Der gutmütig dreinblickende Renard, leicht vornübergebeugt, mit rosiger Haut und spitzem Gesicht, umfaßt vom rötlichen Backenbärtchen. Seine Nähe, seine Stimme überdeckten die reinen Bilder der Zärtlichkeit mit einer schlammigen Schicht.

In diesem Moment haßte Maître Mange den Inspektor, wie er noch nie jemand gehaßt hatte. Sein schleicherisches Wesen. Sein schlaues Gesicht. Seine Art des Anbiederns. Es war, als hätte der Polizeimann die Gefängnisluft völlig vergiftet. Maître Mange vergaß seine Wißbegier gegenüber der Polizei und den Reiz, den ihre Hierarchie auf ihn ausüben mochte. Heute war er von ihr nicht im entferntesten bezaubert! Er haßte Renard, der seine Liebe zerstörte und die Reinheit der Stunden an Monas Seite beschmutzte. Er haßte seine Zweifel, das Mißtrauen, die Schnüfflerei in allen Einzelheiten des Lebens, mit der er alles untersuchen, verifizieren, vergleichen wollte. Nichts hielt dem Blick dieses Mannes stand: Leidenschaften zerschmolzen in Lächerlichkeit, Herzen erkalteten, Zungen wurden zu Verrätern, Hände signierten lügenhafte Erklärungen, die Leiber gaben sich hin aus schmutzigen Gründen, die Seelen welkten und starben.

»Aber, Maître, sind Sie schweigsam. Die Fahrt hierher hat Durst gemacht. Wie wäre es mit einem Bier?«

Maître Mange fühlte sich kleinmütig. Doch er mußte gute Miene zum bösen Spiel machen. Mit düsterem Zorn geleitete er Renard in das Café de la Blécherette dicht beim Flugfeld und ließ das ungezwungene Geplauder des Inspektors noch eine Stunde lang über sich ergehen, wobei er mit einem Seitenblick den kleinen Sportdoppeldeckern mit silbernen Tragflächen folgte, die auf dem Flugplatz landeten und gemächlich manövrierten.

Maître Mange beneidete die Piloten, die ohne Hast kamen und gingen. Einige Jahre zuvor hatte er einen Sportflieger verteidigt, einen gewissen Bertin, den er jetzt nicht auf dem Flugfeld bemerkte, in einem Scheidungsverfahren, erschwert durch eine Manie des Mannes: er schrieb Hunderte von Briefen an Ehevermittlungsinstitute und ›Erwachsenenklubs‹, die mit ›diskreter Gratisdokumentation‹ Partnerinnen versprachen. Er beantwortete massenhaft Heiratsanzeigen, gab selber in verschiedenen Zeitungen welche auf, führte Briefwechsel mit den Damen, bat um ihr Bild und forderte es per Eilboten, wenn sie es nicht gleich schickten, er erkundigte sich bald keck nach ihren Maßen und machte dann, zuweilen am Telephon, immer abwegigere Anträge. Im Grunde war Bertin eine bemerkenswerte Persönlichkeit: ein Kalvinist auf Abwegen; mit Wagemut am falschen Ort kompensierte er verdrängte Triebe, die in ihm fraßen, und vor allem wollte er das Gefühl der Einsamkeit überwinden, das ihn bei seinem armseligen Leben an der Seite seiner Gattin bedrückte. Maître Mange erinnerte sich, daß ihn Bertins Verhalten seinerzeit dermaßen verwirrte, weil er darin dieselbe ungestillte Sehnsucht wie in sich selbst entdeckte: den Drang zum andern, das Bedürfnis, umsorgt, umhegt, verstanden zu werden, sich zu berauschen am Rätsel der Menschen, vor allem der Frauen, das Verlangen nach Zärtlichkeit, nach verliebten Worten, ausgetauscht wie Schlüssel zu geheimen Gedanken des andern, zu Lüsten und Wirrungen, kurz: zum ganzen wundersamen Geheimnis des Geliebten. Stundenlang hatte er Bertin

ausgeforscht, gefragt, getröstet und sich in der Stille der Anwaltskanzlei das Vertrauen erworben. Und öfters sprach der Klient von ihm, Maître Mange, wenn er eigene Fehler einzugestehen glaubte. Gewiß, jener Bertin war schäbig, ungeschickt, ein wenig verrückt. Auch wenn er sich anders verhielt, so war es doch dieselbe Angst, dieselbe Einsamkeit, dieselbe Traurigkeit. Maître Mange hatte ihn nicht vergessen, und wenn ihn eine Holde ansprach, dachte er stets an ihn. Jedesmal, wenn ihn Einsamkeit und Neugier in ein Nachtlokal trieben. Und die Anzeige in *24 heures*, auch wenn sie geschickter und in ihrer Harmlosigkeit vorsichtiger war – schließlich hatte er die Rechte studiert! –, erinnerte ebenfalls an Bertins Stil.
Daran dachte er, als er sein Bier trank, während ihn Inspektor Renard niederträchtig anblickte. Noch am Spätnachmittag dachte er daran, als er seine Arbeit beendet, die Besprechungen erledigt sowie die Briefe diktiert und unterzeichnet hatte und er mit Mona über Land fuhr, in die Umgebung von Lausanne. Sie kamen in ein Dörfchen, das Maître Mange besonders gefiel, Saint-Barthélemy, inmitten von Wiesen und Wäldern, überragt von einem mittelalterlichen Märchenschloß. Es war sechs Uhr. Die Traktoren kamen von den Feldern, eine Kuhherde auf dem Weg zur Tränke durchquerte den Ort, die Hufe trappsten auf der Dorfstraße.
»Was ist das für ein Schloß?« fragte Mona.
»Keine Idee. Sieht uralt aus. Ein Bergfried, steile Dächer . . .«
»Mir läuft es kalt über den Rücken«, sagte Mona fröstelnd.
Tatsächlich, die Burg war eindrucksvoll in ihrer stolzen Waldeinsamkeit auf dem Hügel aus verwittertem Fels, benagt vom Alter, wie die Zuflucht Blaubarts oder die Behausung zwielichtiger Zauberer in den Kindergeschichten.
Die Sonne war noch nicht untergegangen.
»Gehen wir hin«, schlug Maître Mange vor. »Wir lassen das Auto im Dorf und klettern zur Ruine hinauf.«
Oben am Steilhang war zu ihrem Erstaunen alles anders, als sie sich vorgestellt hatten. Sie fanden eine Wiese, einen schönen Garten unter den hohen Mauern. Aus dem Wäldchen hinter dem Bergfried kam eine Kolonne von Kindern und jungen Burschen, händchenhaltend, mit wunderlichen Sennenkäpplein auf dem Kopf.
»Schau«, flüsterte Mona, »wie Schwachsinnige, Anormale,

komm, Raymond, gehen wir, der Anblick ist zu unerträglich!«
Zu spät. Ein etwas älterer, völlig gesunder Bursche hatte sich aus der Reihe gelöst und kam auf sie zu.
»Guten Abend, Madame, guten Abend, Monsieur. Sie sind wahrscheinlich Eltern und wollen Ihr Kind sehen?«
»Wir kamen nur zufällig vorbei«, sagte Maître Mange, der seine Sicherheit wiederfand. »Wir sind auf dem Rückweg ins Dorf.«
»Sie kannten unser Heim nicht?« fragte der Begleiter freundlich.
»Nein, gar nicht. Wir sehen es zum erstenmal.«
»Es ist eine Stiftung«, fuhr der Begleiter unentwegt fort. »Das Schloß Saint-Barthélemy ist ein Heim der Theosophen. Die Kinder wachsen hier in Gemeinschaft auf. Möchten Sie die Kolonie besuchen?«
Das Grüppchen Kranker war bis auf wenige Schritte nähergekommen und richtete stumpfsinnige Augen auf die Besucher. Fast alles waren Idioten oder schwer Debile: mit hängendem Kopf, triefenden Glotzaugen, platter Nase, dicken Lippen, schuppiger Scharlachhaut unter dem schütteren Haar, kurzgewachsen, dick, die Füße einwärtsgedreht...
Mona zog Maître Mange am Arm.
»Leider haben wir heute keine Zeit, entschuldigen Sie«, sagte er. »Wir kommen ein andermal vorbei. Auf Wiedersehen, Monsieur. Auf Wiedersehen, Kinder.« Der Begleiter kehrte sich der Gruppe zu und gab einen Wink:
»Auf Wiedersehen!« lallte die Schar lächelnder Tröpfe.
In diesem Augenblick ging ein sanfter Friede von ihnen aus, ihr Glück adelte die Gesichter. Ein Bursche von achtzehn Jahren mit Bartflaum am Kinn und Wangen zog eine Mundharmonika aus der Tasche und näherte sich den Besuchern. Er legte das Instrument an die Lippen, beugte sich noch weiter vor, als ob er sich sammeln und in sich hineinhorchen würde, und eine zittrige Melodie ertönte, sanft und kindlich, wie ein alter Marsch, der in Maître Mange rührselige Erinnerungen weckte.
Leise, leise, kleine Schar...
Die Kameraden des Musikanten tanzten beseligt auf ihren krummen Beinen und wiegten ihre dicken Köpfe im Takt. Sie waren ohne Arg. Welcher Friede erfüllte die Menschlein mit ursprünglicher Unschuld und Freude? Die Nacht senkte sich

nun herab, im Westen schimmerte ein letzter Glanz. Der Bursche wiederholte seinen Kehrreim und heftete seinen Blick auf Maître Mange:
Leise, leise, kleine Schar . . .
Eine weihevolle Stimmung, frei von Unverstand, Roheit und Lüge, verbreitete sich. Man spürte etwas wie Gnade.
Sie gingen schweigend, nachdem sie dem Erzieher die Hand geschüttelt und sich vom lächelnden Grüppchen verabschiedet hatten. Wulstlippen, gerötete Haut, kahle Schädel, Grunzen, Seifern, Röcheln und treuherziges Lächeln. Seltsamer Hort des Friedens. »Gott legt in unsere Seele den Zierat seines Reichs.« Maître Mange wiederholte den irgendwo gelesenen Satz Ruysbroeks, als sie ergriffen den Waldhang hinuntergingen, während sich das Schloß gespenstisch in den Himmel reckte. Den Zierat seines Reichs. Das war es. Wie in Monas Körper, ihren Gebärden und Worten: Zauber, verführerische Bilder, Zierat Gottes als Gleichnis auf allem Vergänglichen. Auf dem Leib des geliebten Mädchens, der früher oder später dem Grab zugedacht war, auf dem Körper voll wundersamer Pracht, voll schweigender Angst wie im Aufschrei Ruysbroeks. Einsamkeit und Verlangen, banges Erwarten, Nacht und Licht, Abgrund und blendender Glanz!
Das hatten ihn die glatzköpfigen Kinder gelehrt. Tagelang dachte Maître Mange daran, immer wieder sah er in seiner Erinnerung die kleine Schar zu Füßen der Burg, die ängstlichen, neugierigen, glückseligen Gesichter: wie Zeichen, daß inneres Glück die widrigsten Umstände überstrahlt. Ein Leuchten im abschreckenden Gefäß. Was konnte Inspektor Renard ausrichten gegenüber solcher Freude? Nach einiger Zeit jedoch begann ihn das Polizistengesicht wieder zu verfolgen, heimlich zuerst, zeitweise nur, und schließlich war es ständig da, in allen Begegnungen und Erinnerungen. Maître Mange suchte die Fallstricke ängstlich zu meiden. Mehrmals mußte er sich zwingen, um Mona nicht zu gestehen, was für eine Wirkung die Tricks und Schliche des Inspektors auf ihn ausübten. Bedrückendes Gefühl im grünen Frühling. Maître Mange fragte sich, ob er nicht Renards Macht aufbauschte, um das scheue Glück etwas zu dämpfen, das er in diesen Wochen in jeder mit Mona erlebten Minute verspürte.

4

Der Ehrwürdige Gerstein war ein großer, breiter, alter knochiger Mann, der sich beim Zuhören zum Gesprächspartner neigte und ihn mit dem Blick durchbohrte. Seine Augen waren schwarz unter buschigen Brauen. Das ganze Gesicht des Ehrwürdigen strömte eine ungewöhnliche Energie aus: eine Adlernase spannte sich über den dicken schwarzen Schnurrbart, dessen Farbe erstaunte, denn man verglich ihn unwillkürlich mit dem grauen Haupthaar, das sorgfältig nach hinten gekämmt war, das Kinn schnellte nach vorn, die dünnen, geraden Lippen waren zum Teil bedeckt vom drahtigen Schnauz, der Kopf zeugte von unumstrittener Autorität in der Loge zu Beaulieu wie in den unzähligen Räten, denen der Ehrwürdige angehörte. Er saß in einem Fauteuil vor dem großen Tisch, und Maître Mange schaute ihn verwundert an, wie man eine legendäre, in allen Einzelheiten vertraute Gestalt betrachtet, von der man rituelle Gesten erwartet. Der Ehrwürdige mit dem Ausdruck eines verbürgerlichten Kondottiere, mit Gilet und Uhrenkette, sah aus, als käme er aus einer andern Zeit. Maître Mange sah ihn in der Loge, feierlich, altväterisch, Winkel und Zirkel in der Hand, den Schurz umgebunden, unter der Sonne, dem Mond und dem Riesenwinkel an der Wand, die vom Ruhm des Großen Weltenbauers kündeten.

»Ich komme im Namen mehrerer Brüder«, sagte der Ehrwürdige mit einer tiefen Stimme von seltsamem Wohlklang.

»An unserer letzten Zusammenkunft war von Ihnen die Rede. Sie wissen, wie es das so geht. Freilich kommen Sie seit einiger Zeit kaum mehr zu unseren Sitzungen ...«

Maître Mange schwieg. Er spielte mit dem Kugelschreiber auf dem Tisch und betrachtete plötzlich etwas verschämt die Hand.

»Allerdings mache ich Ihnen keinen Vorwurf«, fuhr der Ehrwürdige Gerstein fort. »Sie können Ihre Absenzen durch die besondere Situation der letzten Zeit erklären.« Er holte tief Atem, Maître Mange sah, wie er beim Sprechen überlegte, um genau das zu sagen, was er sagen wollte, und zwar genau in der vorgesehenen Ordnung. »Vor allem müssen Sie wissen«, betonte er, »daß Sie ein von allen geliebter Bruder sind.

Wir respektieren Sie in hohem Maße, lieber Bruder. Wir wissen, wer Sie sind und was Sie für unsere Loge getan haben, und vor allem, was Sie in Ihrem Berufe leisten. Sie sind ein guter Rechtsanwalt, Maître Mange. Sie waren ein guter Offizier. Und wenn ich Ihre Arbeit als Politiker betrachte, so war Ihr Wirken in den beiden letzten Sessionen des Großen Rates für die von Ihnen präsidierten Kommissionen besonders wertvoll. Ich sage dies nur, um Ihnen zu zeigen, wie hoch wir Sie achten, lieber Bruder, und wie sehr ich Sie persönlich mag.«

Maître Mange lächelte und verbeugte sich leicht in seinem Fauteuil. Er mochte den Ehrwürdigen gern. Seine Gestalt, sein etwas altmodisches Gehabe, sein altväterischer Titel ließen ihn als Sagenfigur von liebenswürdiger Überspanntheit erscheinen.

»Sie haben eine schöne Familie, lieber Bruder. Ich erinnere mich an Ihren Schwiegervater, Maître Perrin, er war Offizier unserer Loge zur Zeit, als wir uns noch im Tempel an der Avenue Ruchonnet versammelten. Auch Ihre Frau ist mir bekannt, lieber Bruder. Ihre Kinder sind im Studium ... eine wohlgeratene Familie, gewiß. Sie werden sie doch nicht aufgeben?«

Verstellung war zwecklos. Die Brüder hatten genügend Informationen in den verschiedenen Ämtern, die sie besetzten. In der Anwaltskammer, im Gericht, zur Loge gehörte auch der Vorsteher der Gerichtskanzlei von Montbenon ... Und übrigens stellte der Ehrwürdige Gerstein auch keine Fragen. Er konstatierte, forderte. Er richtete auf Maître Mange einen klugen Blick, der ihm das Aussehen eines Dogen im Fernsehen gab.

»Ich lasse mich scheiden«, sagte Maître Mange ruhig. »Meine Frau ist durchaus einverstanden. Ihr Berater ist Maître Pittier, der liberale Großrat. Die Verhandlung findet am 15. Mai statt. Zur Versöhnungssitzung wurde bereits im Februar aufgeboten. Natürlich ohne Resultat.« Der Ehrwürdige Gerstein nahm eine betrübte Miene an. Er seufzte, schwieg dann lange und fuhr mit der Hand über die Stirn.

»Und es ist endgültig, mein Bruder?«

»Endgültig.«

»Weshalb haben Sie nicht in der Loge davon gesprochen? Wir hätten Ihnen Rat und Beistand gegeben und die Absurdität verhindern können. Gewiß, lieber Freund, wie ich Sie zu nennen wage. Warum haben Sie sich nicht Ihren Brüdern anvertraut? Wenigstens mir ...«

Seit einem Moment hatte Maître Mange den Eindruck, in eine andere Welt geworfen zu sein, in der alle Ereignisse verschoben und verschroben waren, und die närrisch-verzweifelte Situation war ihm unbehaglich. Was wollte der alte Narr? Daß er Mona aufgab? Daß er sein einsames Leben in der Métairie wiederaufnahm? Es gab nichts zu erklären. Der Ehrwürdige hätte ihn nicht verstanden. Mit seinem Titel, dem feierlichen Gebaren, den hochfliegenden Gedanken ... Er mußte früher Ingenieur gewesen sein, lange vor den Zeremonien und Ritualen, in denen er heute lebte. Wäre er vor dreißig oder vierzig Jahren fähig gewesen, etwas von der ganzen Sache zu verstehen? Der Loge Rapport abzulegen? Sonderbare Idee. Maître Mange stellte sich die Versammlung vor, die strengen Mienen, die Vorwürfe und die verlegenen Ratschläge der Herren. Die Loge war ihm egal. Er war Mitglied geworden, weil es dem Schwiegervater nötig schien. Doch der Schwiegervater war tot. Sich entschuldigen? Zu erklären versuchen? Auch seine Eltern, die ärmsten, waren tot. Der Sattler-Tapezierer von Echallens und seine Frau. Sie waren nicht Freimaurer gewesen. Niemand hatte ihnen Beistand geleistet. Beide waren nun lächerliche Gerippe tief unter der Erde. Ja, arme alte Leute, einsam bis in den Tod, sie waren verwest seit Jahren, und ihr Gebein grinste im Dreck. Und Maître Mange dachte an die Verdammten auf den Bildern Soutters, die Verworfenen, Geächteten, deren Schicksal der Ehrwürdige Gerstein niemals verstehen konnte. Was hatte sich der alte Narr in alles einzumischen und ihm noch in seinem eigenen Büro Moral zu predigen?

Er schob die Hand auf dem Tisch nach vorn und drückte auf einen Klingelknopf. Alsbald öffnete Madame Magnin ein wenig die Tür.

»Sagen Sie dem Klienten, daß ich ihn in fünf Minuten empfange. Ich bin mit Monsieur fertig.«

Der Ehrwürdige wurde nicht verwirrt.

»Ich sehe, daß ich keinen Erfolg hatte«, sagte er langsam. »Ich wußte, daß meine Mission unnütz sein würde, aber ich mußte sie zu Ende führen. Jedenfalls, mein lieber Bruder, falls Sie sich doch noch überlegen, ob Sie auf Ihren Entschluß zurückkommen wollen, falls Sie Probleme haben, Schwierigkeiten, dann geben Sie mir einen Wink. Ich stehe Ihnen gerne bei. Ich

werde einige Brüder bezeichnen, die unverzüglich mit Ihnen Kontakt aufnehmen.«
Und nachdenklich meinte er:
»Man weiß nie, wenn sich die Polizei einmischt.«
Maître Mange mußte sich zurückhalten, um nicht vom Stuhl aufzuspringen. Die Polizei. Sie wußten also? Es wurde alles viel schlimmer. Maître Manges Maitresse konnte in eine Drogengeschichte verwickelt sein oder war es bereits. Woher kam die Auskunft? Von Renard? Von seinen Vorgesetzten bei der Sicherheitspolizei? Es war ja normal, daß Informationen durchsickerten: von der Polizei ins Gericht, vom Gericht in die Loge. Aber die Sache mit Mona. Die Anwaltskammer? Von der Anwaltskammer zum Präsidenten, vom Präsidenten nach Beaulieu? Katastrophal für Maître Mange. Doch nur keine Aufregung. Schließlich wußten viele Leute von seinem Verhältnis, man schwatzte, man übertrieb. Schließlich machte er kein Hehl aus seinen Scheidungsabsichten. Doch die Polizei? Wie konnte der Ehrwürdige Gerstein davon wissen? Hatte er die andern Brüder verständigt? Wahrscheinlich. Wie es seine Pflicht war.
»Was meinten Sie mit der Polizei?« fragte Maître Mange mit jener blassen Stimme, die er so sehr haßte.
»Ich habe den Besuch eines Inspektors Renard bekommen, der mich über Sie befragte. Ob Sie häufig im Tempel seien, was Sie mit Ihrem Geld machten, ob Sie unser Vertrauen hätten. Ich habe ihm natürlich von unseren Tätigkeiten nichts verraten. Hingegen habe ich ihm gesagt, daß Sie unser Vertrauen jetzt und in Zukunft hätten. Nur ruhig. Wir sind Freunde, lieber Bruder.«
Die Stimme des Ehrwürdigen war herzlich und heiter, doch Maître Mange schwitzte, als er ihn in den Flur der Anwaltskanzlei zurückbegleitete.

Das Prozeßdatum rückte näher, und Maître Mange war ungeduldig darauf, daß mit seinem Berufskollegen Maître Pettier für Marie-Françoise und für die Kinder alles geregelt wurde. Pittier war ein brillanter, zugriffiger Anwalt, der eines der meistbeschäftigten Advokaturbüros am Ort leitete. Er war mit zwei älteren Berufskollegen assoziiert, und die Praxis Jaccottet-Aguet-Pittier befaßte sich mit einem guten Teil der vom Gerichshof Montbenon behandelten Scheidungsfälle. Deshalb hatte sich Maître Mange an François Pittier gewen-

det: er hatte Gewicht. Er war bekannt. Marie-Françoise war bei ihm gut beraten, niemand konnte sagen, Maître Mange habe alle Chancen auf seine Seite gebracht.
Pittier war erst vierzig, schön, er gefiel den Leuten. Gewiß hätte er sich nicht scheiden lassen, um irgendeine Nutte zu heiraten! Maître Pittier verärgerte Maître Mange: er war zu selbstsicher, zu weltgewandt, und seit einiger Zeit hatte er eine für Maître Mange verdrießliche Färbung in der Stimme. Als hätte er über sein Verhalten und seine Absichten zu Gericht zu sitzen. Maître Mange machte die Faust im Sack und erinnerte sich, daß die bissige Herablassung zu François Pittiers Wesen gehörte: unter dem Äußern eines Dandys verbarg er Wolfszähne und eine eiserne Ausdauer. Gleich nach Abschluß des Praktikums hatte er die beiden älteren Praxisinhaber zur Seite geschoben und sich zum Haupt ihrer Gemeinschaft aufgeschwungen. Er hatte dem Großen Rat präsidiert. Nächstes Jahr würde er Vorsitzender der Anwaltskammer, in drei Jahren Kantonsrichter, da die liberaldemokratische Partei dann an der Reihe wäre.
Maître Pittier rief Ende März an. Die Verhandlung war angesetzt, es ging um die Bereinigung der Zeugenliste.
»Ich hoffe, Herr Kollege, Sie haben nichts einzuwenden, wenn wir Ihre Maitresse aufbieten, es scheint uns unerläßlich.«
Maître Mange verlor den Atem. Welche Vermessenheit von diesem François Pittier. Mona vorzuladen widersprach allen Anstandsregeln, die die Mitglieder der Anwaltskammer einander gegenüber peinlich genau beachteten.
»Sie aufbieten? Ich sehe die Notwendigkeit dazu nicht ein, da ich meine Schuld ausdrücklich anerkannt habe.«
»Möglich, möglich, lieber Herr Kollege, doch die Klägerin und ihr Beistand legen Gewicht darauf, daß alles ordnungsgemäß verläuft.«
Die Klägerin? Er zweifelte daran. Marie-Françoise war zu anteillos, um auf die Befragung Monas zu drängen. Sie kümmerte sich nicht darum. Das war einer von Pittiers Tricks. Er mußte sich erkundigt und herausgefunden haben, daß Mona sehr schön war, er kalkulierte damit, daß sie das Gericht irritieren und damit der Sache der Klientin dienlich sein konnte. Der Krieg war erklärt. Maître Mange hielt mit der Antwort zurück.
»Aber, Herr Kollege, entscheiden Sie sich. Ich werde natür-

lich nichts ohne Ihr Einverständnis unternehmen. Aber ich wiederhole, daß wir Fräulein Antoniazzas Zeugenaussage nötig haben.«
Fräulein Antoniazza. Noch einer, der sich genau erkundigt hatte. Maître Mange hatte keinen Namen angegeben. Er hatte die Fakten anerkannt, mehr nicht. Pittier hatte eine eigene Untersuchung geführt. Oder hatte auch er Inspektor Renards Besuch erhalten?
Und Mona wurde als Zeugin vorgeladen, was Maître Mange bedrückte, weil er Marie-Françoise die Demütigung vermeiden wollte, zu der es trotz ihrer Gleichgültigkeit kommen mußte, wenn das junge Mädchen in aller Keckheit aufkreuzte.
Als er Mona am gleichen Abend wiedersah, schien sie ihm größer, reicher, undurchsichtiger, als ob sie mysteriöser geworden wäre durch den Gedanken an ihren Auftritt vor dem Gericht von Montbenon, vor seiner Frau und den Richtern, die er alle kannte; sie schien offener und zugleich weiter zurückgezogen in einem Raum, in dem er sie erst noch kennenlernen mußte. Maître Mange stand in der Tür des Zimmers im Hotel Suisse und wagte nicht einzutreten, da er einen Zauber zu zerstören fürchtete. Er sah das rötliche Licht. Die vertraute Unordnung.
»Hast du gegessen?« fragte Mona. »Ich habe auf dich gewartet. Ich sterbe vor Hunger, weißt du. Was ist das auch für eine Art, sich so im Büro zu vergraben?«
Maître Mange lachte. Das Geheimnis! Die rötliche Magie des Zimmers! Mona hatte Hunger. Gewöhnliches Brot, Milch dazu. Salat. Eine Omelette. Eine Karaffe Wein auf dem karierten Tischtuch, im Glas der Karaffe glänzt auf dem dunklen Wein ein Lichtflecken, die Widerspiegelung der Diamantlampe. Die Rede kam auf die Kanzlei, die Scheidung, Maître Pittier, die enttäuschte und aufgeregte Klientel, die zu ihm ins Büro kam!
Sie nahmen den Wagen und fuhren wieder nach Donneloye. Dort fanden sie ihren Platz unter dem Rehkopf zwischen den Fenstern; die Silhouetten der Bäume am Kreuzweg zeichneten sich auf dem orangefarbenen Himmel ab, und wackelköpfige Gnome schlückelten an ihren Gläschen und träumten vom Fruchtfleisch der Weichselkirschen, die an den sommerlichen Zweigen in blauenden, grünenden Tälern glänzten wie Tropfen roter Sonne.

Maître Mange schaute Mona in die dunklen Augen; ihre verhaltene Wärme erfüllte ihn mit Wonne. Sie liebte ihn. Er wußte es. Es ließ sich leben auf der Welt. Das Blut pochte in den Adern zweier Lebender, die bei heranbrechender Nacht am selben Tisch saßen. Er hörte auf beider Atem, er dachte an den Schlaf im Rhythmus des Ein- und Ausatmens, dann ging sein Gedanke zu den Tieren im Wald; sie fliehen, lauern, verkriechen sich in ihre Höhlen, vergraben die Nase im Pelz; und der Regen fällt, der Schnee; der Frost läßt die Wege und alles erstarren bis an den Horizont, wo man in einem goldenen Strahlenbündel das gelobte Land aufglänzen sieht.
Maître Mange stand auf und ging durch die Gaststube zu einem Bild hinter der Theke. Es war ein alter Stich, dreifarbig, rot, gelb und himmelblau koloriert, der aus den Ateliers von Pellerin stammen mußte. In großen Lettern stand in einem freien Raum über der Szene der Titel *Der Sommer.* Zwei sensenbewehrte Schnitter – ein hemdsärmliger Bursche in kurzen Hosen und ein junges Mädchen mit offener Bluse – hatten sich einen Weg durch das hohe Korn gebahnt. Hinter ihnen lagen die gemähten Ähren am Boden. Doch der Bursche und das Mädchen waren auf ein Rebhuhnnest gestoßen, die Vögel hüpften und flatterten kläglich piepsend um ihre zerstörte Behausung. Etwas weiter weg sah man eine dritte Gestalt, ein barbusiges Mädchen, das die Schürze vorstreckte, um die verstörten Vögelchen aufzunehmen. Unter dem Bild war ein Vers zu lesen:

Federvölklein auf dem Feld
Ward aus seinem Nest vertrieben.
Doch ein Mädchen auf der Welt
Wartet dein und will dich lieben.

Maître Mange dachte über die naive Weisheit des Bildes nach. Über die symbolischen Sensen, die das Leben abschneiden wie Kornhalme und zerstören wie das Vogelnestchen. Über den Sommer und die Andeutung des neuen Obdachs an der runden Mädchenbrust, das auch neue Gefahr brachte. Über das Leben der Vertriebenen und das Kornfeld in der Sommerhitze. Doch die Irrungen an den sanften Brüsten waren trügerischer als das Strohnest. Anstelle der Sensenmesser trat der falsche Friede des Busens, der warmen Rundungen, der heißen Falten, der Selbstbetrug mit der Rückkehr in den

Mutterschoß. Das Leben der Vertriebenen! Und Maître Mange dachte an hilflose Bettler, hagere Wallfahrer, ausgemergelte Hausierer, den Rucksack gefüllt mit Geröll vom Straßenrand, das das Schicksal jenen zudenkt, die unaufhörlich an die legendäre Türe klopfen. Höker ihrer liebenden Seele, Marktschreier ihres armen Herzens, Tröster ihrer Ängste; Schausteller, Clowns, Bärenführer ihrer selbst! Einen Tag lang traten sie auf dem Marktplatz auf, und dann mußten sie sich an reichen Häusern und schönen Feldern vorbei unter schiefen Blicken der Leute davonmachen. Nach dem Fest die Straße; obdachlos, freudlos zogen sie des Wegs zu neuen Grenzen, ohne Ruhe, ohne Rast. Ohne ihr gelobtes Land zu finden. Das Reich der Sehnsucht.
Maître Mange war schweigend an seinen Platz zurückgegangen, und nur mit Mühe konnte er unter Monas strahlendem Blick die düstern Gedanken verscheuchen.

Der Gerichtssaal war leer, die Lampen brannten nicht, der Morgendämmer erhellte gespenstisch die Marmorsäulen und das rötliche Leder der Fauteuils. Maître Mange hatte als erster am Ort sein wollen: der Abwart hatte ihn von seiner Loge aus erstaunt eintreten sehen, der Hund hatte ihn beschnüffelt wie einen Fremden, und Maître Mange war die große Treppe hinaufgestiegen, wobei er seine Schritte im leeren Gebäude hallen hörte. An der Garderobe vorbei war er in den Audienzsaal geeilt und hatte sich, ohne das Licht anzudrehen, allein gesetzt. Hundert und aberhundert Mal hatte er in diesem Saal plädiert, doch heute morgen mußte er sich erst angewöhnen, an die Umgebung anpassen, die bösen Mächte vertreiben. Er hatte Mörder und Betrüger verteidigt, Diebe, Lügner, Wahnwitzige, Geizige, Sexualverbrecher, Deserteure, Scheckfälscher, Dutzende von Männern und Frauen in Scheidungsprozessen. Doch heute morgen war er an der Reihe. Den Anwalt hatte er der Form halber bestellt, er würde die Fragen des Richters beantworten, doch er, Maître Mange, war geladen, und ihm war unbehaglich, erstmals diesseits der Schranke zu stehen.
Das Morgenlicht erhellte nach und nach den großen Saal. Maître Mange konnte seinen Blick nur mit Mühe vom mächtigen Richterpult lösen, zum erstenmal sah er dessen Ausmaß: Das Podium war erhöht über dem Saal, eine vierstufige

Treppe führte hinauf, der Angeschuldigte wurde erdrückt vom hochaufragenden Korpus, von dem aus ihn die Zensoren musterten. Dort würde bald Präsident de Charrière mit seinen Amtsrichtern Platz nehmen, eine Frau wahrscheinlich und zwei Männer. Bei jedem Scheidungsprozeß saß eine hartnäckige Dame zu Gericht: Heute würde es zweifellos Berthe Dumont sein, die mit ehebrecherischen Männern nicht sanft umzugehen pflegte. Angeschuldigte und Kläger waren unten, oben herrschte das Gericht. Am Ende des langen Pults, nahe beim Fenster, würde der hämische Gerichtsschreiber alles notieren. Ohne Nachsicht. Die Falle ging zu wie für eine Ratte.

Maître Mange wurde nervös.

Links und rechts im Saal glänzten Marmorsäulen mit verschnörkelten Kapitellen. Goldene Leuchter hingen von der Kassettendecke. Die Wände waren aus schlichtem, gebräuntem Eichenholz, die Ledersitze schimmerten blutigrot, und Maître Mange entdeckte die Feierlichkeit des Saals mit unbehaglicher Erregung. Auch hier herrschte das Mysterium, das Geheimnis eines Dramas, das sich nach den unveränderlichen Riten der Justiz abwickeln würde. Die Hierarchie beherrschte alles. Zuoberst, stellvertretend für den Allerhöchsten, saß der Richter, dessen hartes Gesicht die Fresken am Eingang erbleichen ließ. Bestrafungstheater. Eine Messe, in der alle handelnden Personen ihre Rolle spielten, ihre Einsamkeit wurde von der Lektüre der Vergehen und von Hinweisen auf dunkle Gesetzestafeln unterbrochen. Im Gerichtssaal hallte jeder Ton, die Akteure traten dadurch um so mehr hervor, schließlich waren nur fünf oder sechs da, verteilt auf die beiden Parteien.

Maître Mange atmete schwer. Mit aller Macht hatte er die Verhandlung herbeigesehnt und alles eingefädelt, und nun schämte er sich über seine Besorgnis. Er ging in die Garderobe und machte dann einige Schritte ins Freie, um sich abzuregen.

Als er in die Hauptetage zurückkam, stand die Gesellschaft bereits in der Vorhalle: Marie-Françoise, ihr Anwalt und sein eigener Rechtsberater, Maître Clément; Consuelo, als Zeugin geladen, Madame Magnin und der Industrielle Paul Grosjean, ein Freund der Familie Mange, den Maître Pittier als Zeuge über die ersten Ehejahre aufgeboten hatte. Mona war noch nicht da. Maître Mange hatte ihr angeraten, erst später zu

erscheinen, da sie erst gegen Ende der Verhandlung auszusagen hatte. Als Maître Mange die andern grüßte, hatte er das Gefühl, eine Gestalt im Theater zu sein: die Versammlung mit den ernsten Mienen und den spitzen Worten befremdete ihn. Wie oft hatte er seine Klientin oder seinen Klienten in diese Vorhalle begleitet wie heute Maître Pittier und Maître Clément. Nichts als Routine. Doch nun war er in dieser Rolle! Das Lächerliche der Situation verstimmte ihn. Wenn wenigstens der Dreckkerl von Pittier mit Lächeln aufhören würde. Wenn Marie-Françoise doch nicht so schön wäre. Irr, wie sie heute morgen Béatrice glich. Groß, breitschultrig, sanftblaue Augen, fleischige Lippen... Maître Mange war fasziniert von dem friedlichen Bronzegesicht.
Die Verhandlung verlief ohne Störungen. Richter de Charrière stellte so wenig Fragen, als es der Anstand erlaubte, Maître Pittier hielt sich an strikte Höflichkeit, Maître Clément verlangte die Scheidung ohne effekthascherische Betonung. Monas Auftritt rief weniger Erstaunen hervor als sich Maître Mange vorgestellt hatte, und er fühlte sich dadurch verletzt wie durch einen Verrat. Marie-Françoise betrachtete sie neugierig, ohne Zorn, und diese Aufmerksamkeit schmerzte Maître Mange: Konnte Marie-Françoise jemand so gespannt anschauen? Hatte er sich also getäuscht? Jene schöne Frau im Wollkleid, die Mona zuhörte, noch für einige Stunden seine Gattin, war lebhaft, ja vergnügt, während er sie all die Jahre jeder Anteilnahme unfähig geglaubt hatte. Marie-Françoises blaue Augen glänzten grün: wie Veilchen und Immergrün. Er konnte den Blick nicht von ihnen lösen. Lästig. Sie fühlte sich nicht erniedrigt, wie er befürchtet hatte. Aufmerksam und, ja, leicht belustigt achtete sie auf Monas Antworten: die Offenheit des jungen Mädchens gefiel ihr wie der unfreiwillige Humor in manchen Aussprüchen des Gerichtspräsidenten.
Mona verließ den Saal, ohne den geringsten Aufruhr erregt zu haben. Niemand folgte ihr mit dem Blick, als sie sich zum Ausgang wandte. Maître Mange war erbost, enttäuscht, er hatte erwartet, daß sie das Gericht verwirren, daß sie Bewunderung und Abscheu erregen und zumindest Maître Pittier durch ihr dunkles Feuer in Verlegenheit bringen würde. Doch Pittier beachtete sie kaum und stellte ihr mit gelangweilter Stimme Routinefragen, als wollte er Überdruß und Verachtung über die Eroberung des Berufskollegen andeuten. Maître

Mange war verärgert und wütend, er mußte sich Mühe geben, nicht all den Schwachköpfen im Gerichtssaal zuzuschreien, seine Maitresse sei schön, besessen in der Liebe und folgsam, auf seinen Wunsch nehme sie jede Stellung ein. Sie habe kapriziöse Begierden, ihr Körper sei voll süßer Geheimnisse. Erst am nächsten Tag gestand ihm Maître Pittier befriedigt, daß sie sich verabredet hätten, bei der Befragung der schönen Freundin Gleichgültigkeit zu mimen.
»Sie müssen doch zugeben, daß wir Ihnen diesen Höflichkeitsbeweis schuldig waren. Wir hatten es so abgemacht. Etwas anderes hätte sich nicht gehört: aber offengestanden hat Fräulein Antoniazza alles, um einen Heiligen in Verdammnis zu bringen!«
Maître Mange haßte den komplizenhaften Ton. Die Selbstzufriedenheit und auch das zwiespältige Lob auf Monas Schönheit. Er war also ins Garn gegangen. Dumm. Doch die Verhandlung war höflich verlaufen. Es bestand Aussicht, daß die Scheidung in kürzester Frist ausgesprochen wurde. Doch Maître Mange erinnerte sich an jenen Vormittag mit einem seltsamen Gefühl der Erniedrigung: sein Unbehagen am Morgen im leeren Saal, die undurchdringlichen Richter, Berthe Dumonts harte Fragen, Pittiers Leutseligkeit, Marie-Françoises muntere Schönheit...

An den Tagen nach dem Prozeß stürzte sich Maître Mange auf Mona mit einer bislang nie gekannten Tollheit. Niemals hatte sie ihn so gereizt wie in jenen Wochen. Er konnte nicht sein ohne sie: zur sichtlichen Enttäuschung für Madame Magnin hatte er sie in die Kanzlei genommen, im kleinen Archiv neben dem Sekretariat klassierte sie Akten, ergänzte Dossiers und bediente das Telephon wie in Yvonand; sie kam und ging mit ihm. Ging er zu einer Audienz ins Gericht, so wartete sie auf ihn in einer nahen Kaffeebar, im ›Bock‹ oder im ›Bréselien‹, sie las Illustrierte, trank Kaffee; er traf sie, wie er sie zurückgelassen, gefügig, gutgelaunt; und auf dem Weg durch die belebten Straßen der Innenstadt zum Hotel Suisse schauten sie sich in Buchhandlungen und Warenhäusern um.
Am letzten Donnerstag im April, sie waren auf der Fahrt nach Yvonand, kam ihnen auf einmal der Gedanke zu einem Picknick im Freien. In der Kanzlei war an jenem Vormittag

keine Konsultation vorgesehen, das Gras stand schon hoch, das knallgrüne Laub der Wälder schien vor den Tannen noch heller, an den Straßenböschungen blühten büschelweise Schlüsselblümchen. In einem kleinen Laden in Donneloye kauften sie Brot, geschnittenen Schinken, Nüsse, Rosinen, eine Flasche Burgunder und zwei Gläser. Im Kofferraum des Wagens war ein Korb. Entzückt über ihre gute Idee fuhren sie weiter und entdeckten eine kleine Wiese am Bachbord der Mentue, umgeben von Eichen und Buchen. Das Wasser plätscherte ans Ufer, ein leichter Wind bog die geschmeidigen Grashalme. Welche Frische!

»Zieh dich aus, Mona«, sagte Maître Mange.

Mona zog ihre Jacke aus, den roten Pullover, die Jeans, die braune Haut glänzte, sie löste den Büstenhalter, schlüpfte aus dem Höschen, die Kleider häuften sich weiß und purpurn im leuchtenden Grün der Lichtung.

»Geh«, befahl Maître Mange.

Und Mona ging bis zum Kranz der Buchen und Eichen, Maître Mange sah die Bewegungen der Rückenmuskeln, die bläuliche Linie zwischen den Schultern unter dem wehenden Haar, die hellglänzenden Hinterbacken.

»Dreh dich.«

Sie kehrte sich ihm zu.

Blendende Pracht.

»Komm. Langsam.«

Sie kam zurück und blieb wenige Schritte vor ihm stehen.

»Du bist schön, Mona. Ich liebe dich. Schau nur. Man könnte sich auf einer Insel wähnen. Die Bäume, der nahe Bach.«

Dann holte Mona den Korb, entkorkte die Flasche, schnitt Brot, legte den Schinken auf ein Tüchlein. Sie aßen und tranken. Mona lag neben Maître Mange, auf einen Ellbogen gestützt, beim Dessert legte er Rosinen auf ihre Brüste und haschte mit den Lippen die süßen Früchte vom warmen Leib.

Jetzt saß sie ihm gegenüber, ein Bein gestreckt, ein Knie gebeugt, die Hand am Kinn, er wunderte sich, daß er angezogen war, die Weste trug, eingepackt war in seinen Advokatenanzug mit schwarzweiß gestreiften Hosen, schwarzen Schuhen, weißem Hemd, dunkler Krawatte und dunkler Jacke, er staunte, daß er in der Wiese halb ausgestreckt lag, das Bein flach im Gras, das durch den Stoff stichelte, und vor ihm gab sich Mona mit majestätischer Ruhe dem Augenblick hin, die

Beine geöffnet, seidig, lächelnd, geschmeidig, dargeboten dem Blick, der Frische, dem Spiel von Licht und Wind.
War sie schamlos? Maître Mange liebte Monas Schamlosigkeit. Es lag eine Innigkeit in der Selbsthingabe. Eine seltsam vergeistigte Innigkeit, verstärkt noch vom Sattgrün, vom Zartblau und Rosa der Landschaft, dem Spiegelglanz in den Baumkronen, dem hellen Schimmer auf den Wiesenkuppen, den knalligen und blassen Kleidungsstücken, dem umgekehrten Korb, dem Gefunkel der Sonne im Bach, das die ganze Szene überstrahlte und sie in der Erinnerung mit einer ewigen Helle verklärte.

Am Nachmittag in Yvonand dachte Maître Mange an jene Augenblicke zurück und war bestürzt, sich angekleidet wie in der Lichtung in einem wohlgeordneten Büro zu finden. Zum drittenmal, kurz vor dem Prozeß, empfing er Porchet, den ihm der Präfekt nach der Mädchengeschichte zum Schutz anempfohlen hatte. Großsprecherisch kommentierte Porchet seinen Fall, fügte Einzelheiten bei, übertrieb die Leiden der Untersuchung, sprach mit tränenerstickter Stimme von den Bedrängnissen der Haftzeit. Maître Mange war gewöhnt an solche Klienten, die ein einzigesmal im Leben ins Räderwerk der Justiz geraten. Der Mann hatte politische Ambitionen, die Geschichte brachte ihm die größten Schwierigkeiten bei Frau, Familie, Partei und am Arbeitsplatz ... Einige Stunden zuvor hatte sich Mona, dreißig Meter von einer Landstraße entfernt, ausgezogen, und Maître Mange war überrascht von der Komik der Situation, als das junge Mädchen durch das Büro ging, eine Notiz vor ihn hinlegte oder ihm unter dem zornigverängstigten Blick des Klienten den Telephonhörer reichte.
Seit dem Picknick in der Sonne spürte Maître Mange eine übermütige Freude, die ihn mit unerklärlicher Macht erfaßte. Das Nackedei, der Wein, die Nahrung, das lichtdurchflutete Land, das ganze Mittagessen im Freien berauschten ihn mit Bildern der Lust.
Auf dem Heimweg hielten sie in Panny an und gingen in die Kirche, die sich auf einem Hügel mitten im verschlafenen Dorf in ihrer barocken Verschrobenheit wunderlich ausnahm. Licht an: ein leerer Kirchenraum, in seiner Hoffnungslosigkeit allen Kirchen dieser Gegend ähnlich. Farbige Kirchenfenster mit Szenen des Gerichts, die dicke Bibel, ein

Strauß welker Hyazinthen, geknickt auf dem Altar... Sie gingen zum Harmonium, es war hinten in der Kirche auf einer kleinen Empore auf halber Höhe.
»Oh, ein Harmonium«, rief Mona aus, »ich bin sicher, du kannst darauf spielen!«
Maître Mange setzte sich an das Instrument, auf dem sich Notenhefte und Stöße staubiger Psalmenbücher häuften. Er schlug einige Akkorde an, und sogleich befiel ihn ein Ekel: Pflicht, Gewissensbisse, die stumpfsinnige Einsamkeit fern von den andern, die im hellen Licht lustwandeln durften. Du hast Unrecht getan. Hast dich geirrt. Du lügst. Gibst dich der Völlerei hin. Faul bist du. Ein Träumer. Du willst nur spielen. Entsinne dich der Worte, die der Pfarrer sprach: Gott weiß alles. Gott wird dich strafen! Ganz gewiß! Gott liebt nicht die Kinder, die seiner spotten! Jahrelang ertönten die Mahnungen bei all seinen Wünschen und Spielen. Schon als er ganz klein war, nahm ihn die Schwester in die Kirche mit, zur Sonntagsschule, man betete, sang Psalmen, und nachdem sich die hübschen Sonntagsschullehrerinnen an die Grüppchen unten an den Säulen gewandt hatten, bestieg der Pfarrer die Kanzel und schimpfte, drohte, fragte; die Kinder kauten sich die Nägel, bissen sich in die Lippen und gelobten sich, auf alle Fälle lügen zu lernen. Und der welke Strauß auf dem Abendmahlstisch, der kalte Stein, die feuchte Sakristei, die abgegriffenen Psalmenbücher, das düstere Harmonium!
Maître Mange schlug auf dem bresthaften Instrument einen andern Akkord an. Entsetzlich. Welche Traurigkeit in diesen Klägen. Die Register hießen zwar ›Flöte‹ oder ›Oboe‹, der Klang blieb sich erschreckend ähnlich. Dieselbe Musik wie anno dazumal, keuchend, griesgrämig, knickrig, und über allem der Ruch der Sünde, die die Welt bedeckt wie ein Trauerkleid. Einsamkeit! Mißtrauen! Maître Mange skizzierte auf den vergilbten, gesprungenen Tasten eine Melodie, er fand die frommen Worte wieder:

Dein ist der Ruhm, Auferstandener,
Dein ist auf ewig der Sieg!

und er begriff, daß er seither sein ganzes Leben lang jenen Einöden zu entfliehen versucht hatte. In Ehe, Beruf und Loge hatte er Gelegenheit gesucht, den Fallstricken zu entgehen, zurückzufinden in das kindliche Schlaraffenland, das Land des Glücks. Jetzt verkroch er sich in Mona. Die heilige Mona.

Nicht mehr Terra incognita, sondern gelobtes, gefundenes Land!
Sie stand neben ihm. Während er weiter mit der Linken den Psalm spielte, griff er mit der Rechten nach dem Stoff der Blue jeans, folgte der rauhen Leinwand den Schenkeln entlang bis zum Ledergürtel; seine Finger glitten abwärts, spielten mit dem Messingreißverschluß. Das ersehnte Land. Der Körper. Die enganliegenden Hosenbeine. Die Finger halten einen Moment auf dem Metall inne, fahren aufwärts, entscheiden sich, das Höschen kommt zum Vorschein, glattes Nylon, das dunkle Vlies glänzt im Licht des Emporenlämpchens.
Sie blieben lange in diesem Licht. Bis sich mit lautem Klicken im Turm ein Mechanismus in Bewegung setzte und laut zu dröhnen begann, eine Seilwinde drehte sich, Kabel quietschten, und die Glocke schlug acht Uhr, einmal, ein zweitesmal, während durch die Kirche das Echo hallte wie eine Antwort auf den machtvollen Wind, der durch das Land wehte. Maître Mange sagte sich, daß er diesen Aufenthalt nicht vergessen würde, den Geruch von kaltem Filz und Sandstein, die nackte Mona, die Schamlippen unter dem Haargekräusel und die Furche, die sich dunkel öffnet im Perlmutterglanz, dann der Glockenklang über ihnen, der Wind, der die Kirche zu füllen scheint, entsprungen den Wiesen und Tälern, aus denen die Nacht steigt.
Panny, Café de l'Etoile. Kein Mensch. Sie tranken Wein, aßen einen Teller Saucisson; die Wirtin strickte an einem violetten Pullover, im obern Stock knarrten die Fensterläden.
»Zufrieden?«
»Zufrieden.«
Sie lächelte. Und nichts geschah mehr. Das Knispeln der Stricknadeln, die gemächliche Wanduhr, man ging in die Tiefe aller Minuten, genoß sie durch und durch und behielt sie in sich wie eine innere Kraft. Maître Mange betrachtete Mona. Ihre Zähne glänzten, sie lächelte, die Haare fielen ihr über die Augen, schwarz auf schwarz im Gold des Gesichts, fließende Schwärze, nächtliche Schwärze, auf das die Lampe einen zweiten Goldglanz warf, rosiges Blütengold im spiegelnden Haar.
Dann folgten sie wahllos den Landstraßen, der bald volle Mond stieg über die blauen Wälder, sie sagten nichts, die Luft schoß in den Wagen wie eine eisige Sturzflut, von Zeit zu Zeit sahen sie ein Augenpaar im dunklen Gras, Katze? Fuchs? – sie

fuhren durch Dörfer im tiefsten Schlaf. Mona legte ihren Kopf an Maître Manges Schulter, auf eine so selbstverständliche Art, daß er sich in dieser Nacht an sie gebunden fühlte wie an eine Schwester, auf immer, bis zum Auftritt vor dem letzten Gericht und der dreckigen Grube im Regen.

»Sie sind unvernünftig«, sagte der Ehrwürdige Gerstein. »Sonst sind Sie doch geschickt und flink in allen Entschlüssen. Daß Sie die Ehe auflösen, mag hingehen, es hat nichts Unehrenhaftes an sich. In Ihrem Fall um so weniger, als Sie Ihrer Gemahlin viele Vorteile zugestanden. Doch die Frau da, Ihre Maitresse, dieses Fräulein ... äh ... Antoniazza! Ein Skandal. Sie haben nicht das Recht, sich dermaßen gehenzulassen. Ich habe den Polizeiinspektor wiedergesehen, der mir vor einem Monat davon erzählt hatte. Sie muß kürzlich wieder Kontakte mit ihren ehemaligen Bekannten gehabt haben. Inspektor Renard ist sicher. Er glaubt, Sie seien auf dem laufenden, er ist sogar überzeugt davon, und so wie er fragen wir uns alle, weshalb Sie solche Machenschaften decken!«
Maître Mange war sprachlos. Auf dem laufenden? Worüber? Und was für Kontakte hatte Mona mit ihrem einstigen Geliebten oder mit den Typen der Bande, sie ging ja fast nie aus, traf niemand, verabscheute das Telephon und alle Annäherungen? Hatte sie im Hotel Suisse Besuch erhalten? Hatte man sie eingeschüchtert, damit sie schwieg? Zuerst dachte er an sie, dann erinnerte er sich an das Risiko, das das Abenteuer brachte, und er stellte sich vor, wie unhaltbar die ganze Lage war. Der Ehrwürdige Gerstein schaute ihn aus seinen Raubvogelaugen an, und plötzlich wurde Maître Mange wütend angesichts der richterhaften Selbstsicherheit Gersteins, der dasaß wie ein Vorgesetzter, der nichts aufs Spiel setzt und um sich herum den Ton angibt, als hätte er in den fürchterlichsten Schlachten sein Leben gewagt.
»Hinaus«, zischte er.
»Was?« entrüstete sich der Ehrwürdige.
»Sie haben mich sehr gut verstanden. Hinaus.«
Der Ehrwürdige zögerte, doch er stand auf, bleich.
»Sie, ein Bruder? Ich verstehe nicht. Ein Schandfleck sind Sie. Nein, ich verstehe wirklich nicht, wie sich ein Bruder gegenüber einem andern Bruder in dieser Weise benehmen kann ...«

»Ich habe nie zu Ihren Leuten gehört«, hakte Maître Mange ein. »Ich bin eingetreten, weil es mein Schwiegervater so wollte. Das gehörte zur Komödie. Doch jetzt reicht es mir« – er begann zu schreien – »Ich habe genug von Ihrer Protektion, Ihren Intrigen, Ihrem Affentheater. Ich will Sie nicht mehr sehen, Sie Unheilsvogel. Alter Schwachkopf. Weg mit Ihnen. Sie gehören zu Ihren Schürzchenpuppen, Ihren Ordensträgern, Ihrem Wachsfigurenkabinett mit Zirkeln und Mauerkellen. Nehmen Sie meinen Austritt zur Kenntnis. Ich werde ihn in einigen Minuten noch schriftlich bestätigen. Fort jetzt. Und daß Sie mir nie mehr über den Weg laufen!«
Der Ehrwürdige schnappte nach Luft. Unter den Beleidigungen hatte er sich aufgerichtet, mit starrem Blick und zitterndem Mund. Dann ging er durch die Tür und den Korridor, ohne sich umzuwenden.
Maître Mange blieb im Fauteuil, schwitzend, entkräftet. Als Madame Magnin die Türe öffnete und ihn in diesem Zustand sah, wagte sie ihn nicht anzureden. Wahrscheinlich hatte sie Mona geholt, denn das junge Mädchen kam alsbald angeeilt, erstaunt und außer Atem, und strich mit den Händen über Maître Manges feuchte Stirn. Sie öffnete ein Schränkchen, entnahm ihm eine Flasche Whisky mit zwei Gläsern und rief der Lehrtochter, sie solle Wasser und Eis bringen.
Jetzt tat der Alkohol seine Wirkung. Mona schenkte zum zweitenmal ein und ließ beim Rühren den Eiswürfel im Glas klingeln. Die Nachmittagssonne schien warm. Mona hatte das Fenster geöffnet. Maître Mange fand den Atem wieder.
Madame Magnin stand von neuem in der Tür.
»Das Telephon, Maître. Ihre Frau.«
Maître Mange war überrascht.
»Meine Frau? Sagen Sie ihr ...«
»Es ist sehr ernst, Maître. Sie sagt, es sei dringend.«
Er nahm den Hörer.
»Hallo. Bist du's?«
Die Stimme war gebrochen, gealtert.
»Raymond. Es geht um Béatrice. Sie ist tot, Raymond. Sie hat sich heute nachmittag das Leben genommen. Die Polizei ist in der Métairie. Du mußt sofort herkommen.«
Mona schaute ihn bleich an.
Er legte den Hörer auf und blieb reglos, blickte ins Leere und hatte nicht die Kraft, ihr nur ein Wort von dem zu sagen, was er eben vernommen hatte.

Adieu, ihr Augen.
Blauer Blick auf weißem Grund.
Blauer Blick, volle Lippen, Bronzehals, Rundung der Brust im Leinenhemd, adieu. Adieu, ihr blaugeäderten Brüste, flacher Bauch. Adieu, ihr Schenkel. Ihr langen Schenkel. Ihr flinken Beine. Ihr magern Füße mit quellenden Sehnen. Adieu, ihr nie bemalten Nägel. Adieu, ihr Mädchenrippen, die er in seiner Hand sich bewegen fühlte wie die Rippen einer Katze, adieu, kühler Arm, der ihn umschloß am späten Sommernachmittag, sie kam von weit hinten im Garten, warf sich ihm in die Arme, adieu, du schneller Atem, Wortgekicher, adieu, Grasgeruch auf braunen Wangen, adieu, Silberkettchen am linken Handgelenk mit dem Täfelchen, auf dem in Kursivschrift dein Name eingraviert war: Béatrice. Adieu, ihr schönen Finger, ihr runden Nägel, ihr grünen Äderchen, adieu, Handgelenk, das er scherzend drückte, drehte, quälte, er krallte seine Fingernägel hinein, die Eindrücke waren minutenlang zu sehen. Adieu, zärtlich-starke Schulter, an die er seinen Kopf legte. Adieu, verschlossen-sanftes Gesicht. Adieu, Stirn. Adieu, ihr blonden Schwingen der Haare. Adieu, Ohr mit der rosigen Höhlung. Adieu, Chignon am Strand. Adieu, Schildpattkamm, der in den Sand fiel, man nahm ihn lächelnd auf, blies den Staub weg, adieu, Kamm, adieu, Haare, adieu, Duft von See und Schweiß am Abend, wenn man sich anzog und er, der schon bereit war, sich lautlos von hinten anschlich und sein Gesicht in das aufgelöste Haar legte. Adieu, Schädel, zerstört von der Ordonnanzwaffe. Von der Waffe, hastig der Schublade entnommen, in Vaters Büro, in dem niemand mehr da war, der dich zurückhalten konnte. Adieu, Spiegel. Adieu, Kommode mit Büchern und Ringen im Zimmer der Villa, in das man nicht mehr eintreten durfte. Adieu, Zimmer im ersten Stock im Grün der Bäume und im Wind. Adieu, du ordentliches Bett, du Papiertaschentuch, zerknüllt im Korb unter dem Lavabo. Adieu, Müdigkeit. Adieu, du Glas Wein, auf der Terrasse getrunken, später, die Lindenbäume duften stark, ihr Parfum mischt sich in den Benzingeruch, der von der Avenue heraufdringt.
»Ich verordne und befehle, daß mein Leib einst barfuß auf einem Aschenkreuz ausgestreckt wird. Ich will in einen Mantel eingehüllt werden ...« Don Juans Worte, die er so oft schon gelesen hat, wiederholt Maître Mange in Marie-Françoises Wagen, als er Béatrices Sarg unter der weißen Nachmit-

tagssonne folgt. Sonne der Leere, der Einsamkeit. Trauriges Schlaraffenland. Adieu, du Land mit Klettermasten voll aller erdenklichen und unerdenklichen Genüsse des Lebens.

Mit Lächeln und Lachen las er einst die Worte: »Mein Leib, in einen Armensarg gebettet, betreut von zwölf Priestern, soll ohne Prunk und ohne Trauermusik geleitet werden ...« Jetzt muß er Béatrices Leib geleiten. Er, Raymond Mange, unter dem schmutzigen Licht, Marie-Françoise neben ihm ist bleifahl, sie sitzt am Steuer, ihre Hände krampfen sich an das ölige Rad, häufig zittert ihr Knie gegen Maître Manges Bein, der Wagen folgt dem Trauerzug, durch sonnengraue Straßen mit neuen Wohnblöcken und populären Wirtschaften, in denen stets die Trauer zu Gast ist.

Ja, erinnern Sie sich, Maître Mange. Jetzt oder nie. Adieu, ihr Sandalen. Adieu, Lederjacke, und du, Halsband mit dem Metalluhu, oder vielleicht war es ein Käuzchen, ein unheilbringender Vogel, es streift um die Wohnhäuser, sein Schrei durchdringt die Träume der Liebenden. Ja, ihre Träume, Béatrice, und du wirst dich auflösen in deiner Grube! »Mein Grab soll geschaufelt werden unter dem Eingang zur Kirche, damit alle Leute über mich gehen und mich mit Füßen treten.« Adieu, Liebkosungen der frischen Hände ...

Die Kolonne hielt an einem Rotlicht. In einer Stunde würde Béatrice unter der Erde liegen. Maître Mange erinnerte sich. Eben als der Sarg noch einmal geöffnet wurde, hatte er die Binde gesehen, die den Unterkiefer hielt, den schrecklichen Verband um die Stirn, die Frisierhaube über dem Kopf verdeckte die Fraktur. Schrecklich. Vater, warum hast du mich verlassen? Das war es. Er hatte sie nicht hüten, schützen, heilen können. Dabei wußte er von ihrem Unglück. Er wußte, daß Bernard Morel mit ihr gebrochen hatte, zurückkam, ging und wiederkam. Ein verheirateter Mann mit Kindern, eines der großen Unternehmen von Aubonne. Maître Mange dachte nicht einmal im Zorn gegen ihn. Sein kleines Mädchen hatte sich getötet. Sich selbst haßte er. Sich, der blind gewesen war, taub, nur mit sich selbst beschäftigt, seiner Liebschaft, seiner Lust ... Er wußte, daß er sich immer Vorwürfe machen würde. Sein Leben lang würde er seine Zerstreuung bezahlen müssen. Ich werde sie nie mehr sehen, sagte er sich, niemals mehr, und es ist mein Fehler, mein Kummer. Nie mehr. Sie langten bei der Kapelle an, Marie-Françoise stand schweigend neben ihm, sie lehnte sich an die Wand, schloß die Augen,

Martial und einige Verwandte kamen, Freunde fragten, ob sich Madame Mange nicht wohl fühle . . . Raymond Mange drückte Hände, der Leichenwagen kam, schwarzgekleidete Leute standen in kleinen Gruppen herum, Bekannte von Béatrice in Lederjacken, die von den anthrazitfarbenen Kleidern der Familie abstachen, Maître Mange erkannte Studenten, einen Photographen, der einst mit ihr nach Hause gekommen war.
Die Abdankung begann. Ein alter Pfarrverweser hüstelte vor den Kränzen und Blumensträußen; er hatte Mühe, mit seinem Geschäft zu Ende zu kommen, man sah es; er schilderte Béatrices Leben, doch was war davon schon zu sagen? Der alte Mann sprach von Béatrices Studium, der Familie, ihren Freunden, er überging schwerfällig die Scheidung des letzten Monats und sprach von der Prüfung, vom unvermeidlichen Selbstbefragen einer verstörten Jugendlichen; die Orgel rauschte, Leute weinten, Psalmengesang. Aus. Man trat ins Licht. Kapselte sich in die Wagen. Der Zug fuhr über die Kreuzung in den Friedhof.
Ein Polizeibeamter bei einer Reihe von Blumentöpfen vor dem Abwartshaus gab Zeichen.
Die Wagen hielten im Schatten der Zypressen.
Angestellte nahmen die Kränze und Blumensträuße ab.
Der Sarg rutschte über Schienen bis kurz vor die Grube, ein Kreis bildete sich, Maître Mange und Marie-Françoise traten einen Schritt vor, der Pfarrer sprach immer noch, Wind und Straßenlärm überdeckten seine alte Stimme. Marie-Françoise weinte. Maître Mange hatte sie zurückgeführt. Ach, vergib, vergib mir, Béatrice. Und im Blätterwerk die Meisen, die Amseln, die sich ständig zurufen.

Gegen Ende des Nachmittags fuhr Maître Mange in die Oberstadt, wo ihn Mona erwartete. Sie saß auf der Forumterrasse und stand auf, als sie sein Auto sah. Es war fünf Uhr. Sie fuhren zusammen auf das Land hinaus. Welcher Kummer. Welche Reue.
»Willst du, daß wir in Panny halten?«
Sie parkten vor dem Café de l'Etoile. Heute standen Stühle in der Gartenwirtschaft, grünbemalte Metalltische. An der Hausmauer eine Tafel: *Hier läuten,* Maître Mange drückte den Knopf, es klingelte im Haus, ein von der Sonne geblendetes Mädchen trat auf die Schwelle.

Der Garten war rosig besonnt. Er führte zu einigen Schuppen, verfallenen Bienenhäusern und einer Badewanne, die unter einem Apfelbaum verrostete. Sie tranken langsam ihren Wein. Maître Mange schaute Mona an, und zugleich sah er Béatrice, das lautere Gesicht, das ihr unergründliches Geheimnis verbarg. Mit überschatteten Augen, wie er sie in ihrem Sarg gesehen hatte, die von der Kugel zerschmetterte Stirn unter dem Verband, den starren Mund, ein Lächeln, das über die weißen Lippen irrte...

Man hörte Stimmengewirr aus der Gaststube, Musik, Traktoren fuhren auf der Straße vorbei, die Luft wurde frischer, die Sonne rötete sich hinter den Dächern. Maître Mange nahm Monas Hand, vom Licht kupferrot, mit dem Finger streichelte er die Nagelkante, die feinen Rillen im Handteller. Ich liebe dich, Mona. Amseln flöteten. Er las weiter in seinen Gedanken. Ich habe Angst, Mona. Ich sehe die Leere. Wird das Hohnlachen verstummen? Wer wird mich schützen vor dem kleinen Mädchen, das zurückkommt, um durch meinen Schlaf zu geistern? Vom Sommergarten her, wo sie vor Freude aufschreit, hörst du, sie schreit bei meiner Heimkehr, und nun geht sie mit mir ins Haus.

Sie blieben lange im Garten, wo im Geruch von Gras und Stall der Schatten aufstieg. Als es vom Kirchturm acht Uhr schlug, sprang Mona auf, als wäre sie seit langem eingeschlafen, ein Frösteln durchfuhr sie. Jetzt war es fast dunkel, der Wind hatte zu wehen begonnen.

»Gehen wir heim«, sagte sie, »ich friere.«

Sie kehrten zurück zum Lärm der Lebenden.

5

Das Medaillon lag offen auf dem Tisch, seit einer Stunde schaute er das Bild an, ohne es zu sehen und die wachsende Traurigkeit zu begreifen, die in ihm aufstieg. Das Photo war in der Métairie vor fünfzehn Jahren aufgenommen worden. Ein kleines graues Bildnis im Goldrahmen. Lange Haare, hellblond, fast weiß im Grau des Porträts, schmale Augen unter den Stirnfransen, der fleischige Mund gab die Zähne frei. Ein bedrohtes Gesicht. Ein Gedanke bedrängte Maître Manges Herz: das war vielleicht der Tod, der seinen Schatten auf das Porträt legte, der dem schönen Gesicht den unruhigen Ausdruck gab, den Blick wie zwei Schießscharten, die ihr Geheimnis verteidigten und verdeckten ... Das Bild war zwar an einem sonnigen Nachmittag aufgenommen worden, rund um das gespenstische Gesicht mußten andere Kinder gelacht und gespielt haben, geschwätzige Mädchen, eine Gruppe voll lärmiger Ungeduld, vom Bild ferngehalten, damit an jenem Julitag allein das bange Gesichtchen verewigt wurde. Doch er, wie hatte er die Angst nicht bemerken können? Er glaubte sie glücklich, betriebsam, vielleicht hatte er die Angst und Einsamkeit an ihr nicht gesehen. Er war taub und blind gewesen. Doch war es möglich, daß er all die Jahre über die Verwirrungen seines Kindes nicht bemerkt hatte?

Maître Mange wälzte immer wieder dieselben Fragen, sie verfolgten, peinigten ihn. Und später, als Béatrice in die Schule ging, schien sie so gefestigt, so sicher; sie dominierte die Kameraden. Doch das armselige Gesichtchen im Medaillon? Die erschrockene Miene, die Abwehr? Er bedauerte, daß er nicht sofort in die Métairie gehen konnte, um alle dortigen Bilder von Béatrice zu erfragen. Hätten sie die Wahrheit gesagt? Hatte nicht das Medaillon recht, das Einsamkeit und Schmerz des Mädchens zeigte?

Reue nagte in ihm. Maître Mange sah zurück in die Ferien, Reisen, Ausflüge, Béatrice erschien, das Kind rief ihn immer wieder, verfolgte ihn in den Träumen, jeden Augenblick während der Arbeit. Hätte er den Selbstmord verhindern können? Warum hatte er Béatrice nicht wieder getroffen, im Frühling, als er wußte, daß sie am Verhältnis mit Bernard

Morel litt? Mona machte sich ebenfalls Vorwürfe, sie war bedrückt und sprach oft mit Maître Mange davon.
»Ich bin schuld«, sagte sie. »Ich habe dich von ihr abgelenkt. Ohne mich hättest du dich mit ihr abgeben, sie begleiten und beschützen können. Du hattest nur für mich Zeit. Wüßtest du nur, wie ich mich selbst verurteile!«
Maître Mange öffnete das Medaillon wieder.
Alsbald verletzte ihn der verkniffene Blick. Wie Béatrice in diesem ängstlichen Tierchen wiedererkennen? Es war sie und doch nicht sie. Er schloß die geröteten Augen, um das Bild besser zu sehen, er versuchte, hinter dem alten Photo das Bild der Jugendlichen wiederzufinden. Es gelang ihm, dann entschwand ihm Béatrice, andere Bilder bestürmten ihn, die Erinnerung an ihr Lachen im Baumgarten, der Grasgeruch ihrer Kleider am Abend, der Sonnenbrand am Hals, die ausfallenden Zähnchen, die Tränen, seine Freude an einem Vers auf dem Heimweg von der Schule, dann die dunklen Augenringe, das Schweigen, eine Lichtperle auf der Schulter des jungen Mädchens, das aus dem Wasser stieg, jetzt der kräftige, geschmeidige Körper, ihr Schritt in der Nacht, der blaue Blick, die nervöse Hand auf der Hosennaht...
Er schloß das Medaillon. Das Telephon läutete, Madame Magnin kam ins Büro, die Klienten lösten sich im Fauteuil jenseits des Tisches ab, er öffnete das Medaillon wieder, träumerisch, zerstreut, schmerzlich, Béatrice hatte ihn eben gerufen, sie brauchte ihn, Mißbilligung tönte aus ihrer Stimme. Vater, ach, Vater, warum hast du mich verlassen?
Er hatte Marie-Françoise seit der Beerdigung nicht mehr gesehen. Noch am Abend hatten sie die Grosjeans, die einige Tage in ihrer Villa in Lugano verbringen wollten, ins Tessin mitgenommen. Er wußte, daß sie ihm kein Zeichen geben würde. Und Martial blieb unerreichbar. Eine qualvolle Feststellung für Maître Mange: Er hatte niemand, mit dem er über Béatrice sprechen konnte. Ihre Freundinnen und Schulkameraden waren zu jung, sie verstanden nichts, und was von der Familie übrigblieb, zählte nicht. Bernard Morel? Er dachte daran, ihn anzurufen, doch ein Schamgefühl hielt ihn zurück. Was hatte er ihn auszufragen, was konnte er ihm vorwerfen, er, der nicht fähig gewesen war, sein Kind zu schützen? Wie man im Traum ein allzu einfaches und trotzdem verzwicktes Puzzle zusammensetzt, so suchte Maître Mange verzweifelt die Erinnerungen an sein Kind zu gruppieren, und mit jeder

neuen Stunde verfiel er tiefer in Traurigkeit. Sprechen? Was hätte Bernard Morel begriffen von all den unerzählbaren Erinnerungsfetzen an Milchzähne, an Halsketten, deren Perlen unter das Büchergestell rollten, worauf man sie auf allen vieren zusammensuchen mußte, an Tränen beim Tod eines Tierchens, an ausgeschnittene Illustrierten-Bilder, an Schlachten mit Kieselsteinen im Garten, an den auf dem Brunnenbecken geschärften Dolch, an Tätowierungen mit dem Kugelschreiber, an Verschwörungen mit den Freundinnen, an Türen, die unter leisem Gekicher abgeschlossen wurden?

Er ging zu Mona in einer Art von Wut, als hätte er etwas zu beweisen. Mona kannte seine Verzweiflung auch, sie sprach ihm von ihren Schuldgefühlen, und niemals war sie schöner und heißblütiger als in jenen Tagen, da er Béatrices Phantom nachjagte und es als treues Gespenst überall antraf. Bekümmernis spannte Monas Züge, sie magerte ab, bekam dunkle Falten unter den strahlenden Augen und fieberheiße Hände. Manchmal, wenn Maître Mange sie streichelte, zitterte sie vor Lust wie ein Tier. Jetzt war sie es, die nach dem Tisch an der Rue de l'Ale verlangte und sich im Lichtschein des Fensters oder im Strahl des Scheinwerfers darbieten wollte, doch Maître Mange schämte sich, dorthin zurückzukehren, das Hotelzimmer oder der Wald waren ihm lieber, als ob die Vielheit der Paare, die sich in ihrem Bett gefolgt waren, und die Reinheit der Natur in den Waldlichtungen ein Bild gedämpft hätten, das in der Wohnung an der Rue de l'Ale, die allzu zweckgerichtet und schuldhaft war, jäh wieder erstand. »Öffne die Beine. Dreh dich.« Maître Mange erinnerte sich zornig an die Photos im Dossier Berg. Er haßte sie, jene Photos, er verabscheute den Gedanken an sie, als ob die Szenen, die mitleidvollen Bilder Mona besudelt hätten. Ein junges Mädchen photographieren? Zum Kotzen. Und hätte es Béatrice sein können? Er stellte sich sein Kind vor unter Nötigung und Zwang, man bändigte sie, hielt sie fest, photographierte die verzweifelt Stöhnende – und für welche Blicke.

Er haßte diese Szenen und war böse auf Mona, weil sie ihn daran erinnerte, und zornig auf sich selbst, weil ihn die Bilder verwirrten und er sich an Monas Verwirrung erregte wie an einem neuen Spiel in seinem Theater. Sie war schön im Licht der Nachttischlampe, ihre Haare glänzten blau und golden

auf dem roten Kaschmirtuch, ihr regsam-geschmeidiger Körper schmiegte sich an Maître Mange, ihre Augen flammten nun mit fast unerträglichem Glanz.
Am Abend eines Maidonnerstags, als er sie wie jede Woche in Yvonand glaubte, lag sie im Hotel auf dem breiten Bett, er breitete ihr im Spiel das Purpurtüchlein über die Schultern, dann über die Haare, den Bauch, doch plötzlich setzte sie sich mit dem Rücken zur Wand.
»Ich habe Mario getroffen.«
Es verschlug ihm den Atem.
»Mario? Wann? Was für einen Mario?«
Er tat, als ob er staune, und doch hatte er nur allzugut verstanden.
»Aber ja, du weißt, Mario Vittone. Der Dealer. Er hat hierher angerufen, als ich gerade nach Yvonand abfahren wollte, ich mußte zu ihm ins Auto. Er hat mich bedroht. Ich habe ihm erklärt, daß ich nichts verraten habe... Er glaubt mir nicht.«
Sie erzählte rasch, mit heftigem Wimpernschlag, als ob sie sich von einer Angst befreien wollte, und er hatte Mühe, in dem furchtsamen Mädchen die Frau wiederzuerkennen, von der er erlösenden Frieden erwartet hatte.
»Die Bande hat sich in Frankreich verstreut, die Polizei sucht in der Schweiz nach ihm, er ist auf der Hut. Für die Flucht nach Italien braucht er Geld.«
»Hast du ihm gegeben?«
»Was ich hatte. Nicht viel. Raymond, ich habe Angst, er kommt gewiß wieder!«
Maître Mange blieb still, Traurigkeit übernahm ihn, und obwohl er Mona nicht aus den Augen ließ, sah er den Leib nicht mehr, der sich ihm im Abenddämmer darbot.

Bernard Morel war nicht der Tölpel, den er sich vorgestellt hatte. Groß, bleich, wortkarg, langsam, er beobachtete seinen Gast mit ernster Aufmerksamkeit, nickte, betrachtete ihn mit hellen Augen, die erstaunlich jung waren und den Betrachter fesselten. Er war im Pullover und trug weder Trauring noch Uhr. Seine Schlankheit ließ ihn noch größer scheinen.
Er hatte am frühen Nachmittag angerufen. Maître Mange empfing ihn sogleich; so mußte er nicht beim Warten nachgrübeln. Die beiden Männer betrachteten sich wortlos. Zum zweitenmal gab es ein langes Schweigen.

»So ist es«, sagte Bernard Morel endlich. »Ein Sommer, ein schlimmer Herbst, und dann Schluß, im Winter, genau im Dezember, gerade vor Weihnachten. Wir sahen uns wieder im März, sie hatte in die Fabrik telephoniert, es ging ihr schlecht, ich glaube, sie hat Ihnen davon erzählt, wir verbrachten einige Wochenenden zusammen, in der Gegend von Montreux. Sie war nervös, gespannt. Auch für mich war es nicht mehr wie früher. Meine Frau wußte davon, mein Leben wurde immer verwickelter ... Béatrice war böse auf mich. Wir stritten uns, verließen uns, trafen uns wieder ... Schließlich beschlossen wir, uns zu trennen, kurz nach Ostern.«
Er hatte eine klare Stimme, ein intelligentes Gesicht. Dieser Mann also war der Liebhaber seiner Tochter gewesen. Maître Mange musterte ihn mit außerordentlicher Neugier. Doch ohne Haß. Ohne Groll. Er zürnte sich selbst. Nicht Morel. Diesen Morel hatte Béatrice geliebt. Sich an ihn gehängt, weil niemand sie begriffen und sich um sie bemüht hatte.
Bernard Morel blieb eine Stunde. Maître Mange wußte nicht mehr, was er gesagt hatte. Sein Gast, daran erinnerte er sich unklar, hatte ihm von der Fabrik gesprochen, Morel hatte auch Andeutungen über die Loge von Aubonne gemacht, zu der seine Familie Verbindungen hatte. Doch alles blieb ohne Bedeutung. Morel hätte irgend etwas anderes erzählen können, Maître Mange hätte sich nicht klarer erinnert. Er betrachtete den Liebhaber seiner Tochter. Er sah Béatrice, die sich an diese Brust schmiegte, er stellte sich vor, wie ihre Hände diesen Körper liebkosten, ihr Gesicht hatte sich in diese Arme gekuschelt, ihr Mund hatte sich auf diesen feingezeichneten Mund gelegt ... Béatrice hatte das gelobte Land in diesem Mann gefunden wie er in Mona. Ein Hohnlachen würgte Maître Mange in der Kehle. Er fühlte schmerzliche Beklemmung im Hals, es war, als ob sich ein Schraubstock schlösse und ihn erdrosselte, doch es war nur der Druck, der vom Herz aufstieg, sich über die ganze Brust ausbreitete und sich schließlich im Rachen verknotete, ihm den Atem raubte und die Sprache verschlug. Bernard Morel war seit langem weg. Madame Magnin hatte sich verabschiedet, die Lehrtochter schloß die Türen. Mona war diesen Nachmittag nicht ins Büro gekommen. Sie hatte es ihm nicht verheimlicht, zum letztenmal mußte sie Mario Vittone treffen, er hatte von ihr die letzte Aussprache verlangt und sie dabei dermaßen eingeschüchtert, daß sie zusagen mußte. Maître Mange schob fast

gleichgültig ein Bündel Banknoten in die Tasche. Wo Mona zu dieser Zeit wohl war? In Vittones Auto? In seinem Bett? Unwichtig, wenn er sie nur am Abend wiederfand. Er hatte keine Frau mehr, kein Haus mehr, seine Freunde ließen sich seit Béatrices Tod nicht mehr sehen, und ihr Schweigen sagte klar genug, daß sie den Selbstmord mit dem Verhalten des Vaters in Verbindung brachten. Was blieb ihm noch? Er war aus der Loge ausgetreten, an der er nie gehangen hatte, doch sie war ein Trumpf in seinem Spiel, eine Stütze, auf die er nun nicht mehr zählen konnte. Bereits angemeldete Kunden hatten abgesagt. Der Vorsitzende der Anwaltskammer hatte an der Beerdigung nicht teilgenommen, und es gab nicht viele Berufskollegen, die sich deplaziert hatten. Keine Deputierten. Kein Zeichen von seiner Großratsfraktion. Das war nun bestimmt der Niedergang. Er kam zurück auf die Erde. Das gelobte Land!
Eine traurige Helle schärfte sein Denken. Mona fehlte ihm. Er fühlte sich schwach. Er wollte nackt sein, liebkost werden, sich entflammen, den Speichel jenes Mundes wiederfinden, das Keuchen jener Kehle. Einen Augenblick war er unschlüssig, ob er sich in der Hitze der Sauna auslassen wolle, zerschmelzen, sich auf den heißen Hurden niederlegen, sich der Lust im roten Licht des Ofens hingeben. Oder einige Abstecher in Bars? Es war die richtige Zeit dazu. ›Le Jockey‹ ging eben auf, ganz in der Nähe, schöne Mädchen, leicht zu haben, zärtlich, und mit etwas Glück würde er die große Helene treffen, die ihn immer gut aufgenommen hatte. Und die Lumen-Bar. Die Bourg. Und alle andern Bars, in denen er als Stammgast verkehrt hatte, bevor Mona auf seine Annonce antwortete. Er war übel dran, zappelig, erfüllt von zugleich bestimmten und vagen Lüsten, in einem Zustand wie Mona einige Monate zuvor.
Als er sie am Abend wieder traf, hieß er sie sofort, sich zu entkleiden, er wälzte sie im Bett wie an den ersten Stelldicheins. Mario war nicht gekommen. Er würde sich nicht mehr zeigen. Er mußte über die Grenze nach Frankreich gereist sein oder er war in Mailand. Sie erwartete Maître Mange mit Ungeduld. »Schweig«, sagte er ihr, »sprechen wir nicht mehr von diesem Mario«, doch sie hatte das Bedürfnis zu erzählen, zu gestehen und vielleicht sich selbst zu bestätigen, sie schrie: »Ich liebe dich, liebe dich«, biß in ihr Kissen, während er sie noch liebkoste. Ihre Brüste bebten. Sie war in Schweiß geba-

det, hatte die Haare gelöst, einen starren Blick, eine verstörte Miene, den Mund offen, ein wenig Blut lag auf der Lippe, in die er eben gebissen hatte, und sie gab ihm ihren Gürtel, damit er sie sanft würge, wie er es manchmal getan. An solchen Spielen hatte sie Gefallen gefunden und verlangte immer wieder nach ihnen: eine Kette am Schenkel oder an der Wand, die Schnur einer Bluse um die Hüften, er zieht, sie spannt sich, drückt das feuchte Fleisch zusammen, oder jener Militär-Ceinturon, den sie über den Blue jeans trug, man mußte ihn um den Hals binden, enger und enger zusammenziehen, sie schloß die Augen, röchelte, der Körper erschlaffte jäh . . .
Maître Mange dachte daran, daß seine Tochter tot war; Dreckskerl, er schwelgte mit Mona, und Béatrice lag seit vierzehn Tagen tief im Grab. Seltsame Eintracht. Einmal mehr überraschte ihn die Vertraulichkeit zwischen Lust und Tod. Er hatte Menschen sterben gesehen, seine Eltern, einen Freund und vor genau zehn Jahren seine Schwester, in einer Klinik vom Krebs zerstört. Doch ob die Leute eines natürlichen Todes oder an Krankheit starben: ihr Hinscheiden glich sich, der Betrachter fand im Todeskampf eine Erregung, die dem Gefühl beim Anblick eines in Wollust aufgelösten Frauengesichts glich. Dem Todeskampf beiwohnen, den Tod überraschen, die Entfaltung der Lust auf einem unter Küssen schwellenden Gesicht beobachten. Er erinnerte sich an den Tod seiner Schwester: er hatte an ihrer Seite gewacht, zusammen mit dem Schwager und der Mutter, doch während die andern Angehörigen dösten oder die Wartezeit mit Rauchen und Teetrinken verkürzten, konnte Maître Mange seinen Blick nicht lösen vom abgezehrten Gesicht, auf dem nach Schmerzanfällen der Tod langsam seinen Frieden ausbreitete. Sterben sehen. Das Geheimnis ergründen. Der Lust des andern beiwohnen. Zusehen, wie er erregt wird und nachgibt. Das Geheimnis seiner Verklärung durchdringen. Fiebrig, schmerzerfüllt über den nahen Tod, zusehen, wie sich das gequälte Antlitz auflöst.
Gewiß, es war eine völlig andere Art der Pein, Béatrices Gesicht mit den von der Kugel zerschmetterten Schläfen – jenes Gesicht, das jetzt verfiel, verrottete, in der tiefen Grube zu verfaulen begann. Allerdings war es seltsam, daß ein Bild dieser Art nicht ausreichte, um ihn von der Liebe für Mona zu ernüchtern. Ihn davon abzuschrecken, daß er sich auf sie stürzte, sie mit seiner Raserei zu beschämen, wenn sie ihm

preisgegeben war. Oder war seine Raserei gerade dadurch zu erklären, daß er sich schämte? Er berührte die rosigen Spitzen der Brüste und dachte: »Mein Mädchen ist tief unter der Erde.« Er kniff und puffte sie sachte, maß sie mit zerstreutem Ungestüm ab, wie man durch struppiges Gras geht oder in einem Rasen trampelt. Mona öffnete, schloß und öffnete sich, und meist war sie es, die den Gedanken an Béatrice aussprach:

»Raymond, deine Tochter...«

»Was ist mit meiner Tochter?«

Er versuchte eine erstaunte, distanzierte Miene anzunehmen, sie wußte, daß er sich verstellte.

»Ich denke unaufhörlich an sie, Raymond. Ich fühle mich schuldig. Ich kann diesem Gedanken nicht entrinnen.«

»Vergiß das«, antwortete Maître Mange. »Du kannst nichts dafür. Und ich auch nicht.«

»Alle sind böse auf dich, Raymond. Auf mich auch. Es ist schrecklich. Mir ist, als schauten uns die Leute ständig an. Im Hotel, auf der Straße, überall. Ich wage nicht mehr in die Anwaltskanzlei zu gehen. In Yvonand wird es noch schlimmer sein. Ich kann nicht mehr, Raymond. Ich halte es nicht mehr aus.«

Er antwortete nicht. Sie hatte recht. Sie sprach genau das aus, was er fühlte und jeden Tag litt.

»Und wenn wir für einige Tage verreisten, Raymond? Ein Ausflug in einen Gasthof ein paar Kilometer weg, gleich wo, in der Rhoneebene, oder in Moudon wie im Januar?

Maître Mange wollte vorerst zusagen, er selbst hatte sich versprochen, einige Audienzen und Besprechungen zu verschieben und am nächsten Tag nach Moudon anzuläuten. Er konnte nicht wissen, daß ihn eine Vorladung des Untersuchungsrichters von der Verwirklichung dieses Plans abhalten würde.

Als er sich an seinen Schreibtisch gesetzt hatte, streckte ihm Madame Magnin einen Brief mit dem amtlichen Stempel entgegen, wie er sie zu Hunderten erhielt, aber in ihrem Blick lag vielsagende Scheu.

»Für Sie, Maître.«

Er war gereizt und wollte die Anrufe erledigen, damit er sich schnell freimachen konnte.

»Na und, für mich? Öffnen, und dann zur übrigen Post legen!«
»Ich kann nicht, Maître. Der Brief ist eingeschrieben, persönlich abzugeben. Es ist ausdrücklich vermerkt.« Sie entzifferte die Aufschrift, er wurde immer ärgerlicher.
»Ein Schreiben vom kantonalen Untersuchungsrichter.«
Er erbleichte. Die Maschine war im Gang. Er war erledigt. Verlegen zog er sich zurück und zog lautlos die Tür zu.
Er brauchte den Umschlag gar nicht erst zu öffnen, um die Mitteilung zu kennen.
Zögernd ergriff er den Brieföffner, schnitt auf und entfaltete das Blatt mit dem Briefkopf.
Da hatte er's. Das böse Ende. Seit langem hatte er es erwartet! Jetzt wurde er zur Kasse gebeten. Er hatte sein Heil gesucht und dabei verspielt. Ein ironisches Lächeln verkrampfte ihm den Mund. Er las:
Mange Raymond, Rechtsanwalt, Place Saint François 7. Sie haben persönlich an meiner Audienz zu erscheinen am 14. Mai um 10.30 Uhr. Versäumnis wird mit fünf Tagen Haft bestraft . . .
Er las nicht weiter. Er kannte die Fortsetzung. Unterzeichnet war der Brief mit Margot, Untersuchungsrichter, und die Amtsstempel leuchteten unflätig auf dem dünnen Papier.
Mario Vittone. Wegen Komplizenschaft. Mit den Drogenhändlern ging es im Moment abwärts. Eben war eine Bande geschnappt worden, zwei Jahre Knast, drei Jahre, fünf Jahre; der Wühler Renard hatte sich wohl gesagt, daß er Mona und vor allem den andern nur dann beikommen konnte, wenn er den Rechtsanwalt dingfest machte, um Mona zum Sprechen zu bringen. Er versuchte alles. Oder war er der Auffassung, daß auch er, Maître Mange, schuldig war?
Richter Margot war gefährlich. Körperfülle und gutmütige Stimme täuschten. Er gab nicht schnell auf, und seine berühmten Lachsalven konnten bedrohlich sein. In der Audienz machte er unzweideutig klar, daß sich Maître Mange in eine unmögliche Lage manövriert habe. Beide Männer kannten sich, zwar waren sie nicht befreundet, doch beide liebten die Macht. Der Richter sprach langsam und deutlich.
»Sie sind in der Klemme, Maître. Die Anwaltschaft ist überzeugt davon, daß Ihnen allerhand bekannt ist. Fräulein Antoniazza . . .«
»Was haben Sie gegen sie?«

»Nicht gegen sie persönlich. Sie wird ausbaden müssen, daß sie beim Drogenhandel mitgemacht hat, auch wenn sie es abstreitet. Schlimmer ist es naturgemäß für Sie, Maître, ich brauche dies nicht besonders zu betonen. Sie sind Anwalt. Sie decken sie. Sie behindern die Untersuchung. Hinderung der Rechtspflege. Das kann Sie teuer zu stehen kommen.«
»Aber ich weiß von nichts«, wiederholte Maître Mange.
»Tatsächlich?« lachte Richter Margot, und seine grauen Äuglein stachen aus dem rosigen Mondgesicht. »Ich habe Mühe, daran zu glauben, lieber Maître Mange. Sie haben seit acht Monaten ein Verhältnis mit jener Dame. Sie werden kaum behaupten wollen, daß Sie in acht Monaten von ihrem Treiben nichts erfahren haben ... Übrigens ist sie Ihnen allzusehr hörig, um irgend etwas vor Ihnen zu verheimlichen. In der Schublade habe ich gewisse Aufnahmen ...«
»Dreckkerl«, fauchte Maître Mange.
»Wenn Sie wollen. Ich werde den Ausdruck nicht protokollieren lassen. Beleidigung des Gerichts ... Übrigens, alle Achtung, Verehrtester. Ein solches Mädchen, und das in unserm Alter! Wunderbar. Und sie scheint sehr dienstbeflissen.«
Maître Mange gab keine Antwort. Er war erledigt. Wenn Margot in diesem Ton mit ihm sprach, mußte er ein gewichtiges Dossier besitzen.
»Soll ich Inspektor Renard bitten lassen?« fuhr der Richter fort. »Er ist im Büro nebenan.«
Und ohne die Antwort Maître Manges abzuwarten, drückte er einen Knopf, die Tür ging auf, der Polizist trat ein.
»Guten Tag, Herr Präsident. Guten Tag, Maître.«
Er lächelte, die spitze Nase zwischen den rötlichen Favoris.
»Inspektor Renard hat eine ungeheure Arbeit geleistet«, fuhr der Richter fort. »Inspektor, wollen Sie bitte Maître Mange sagen, was Sie neulich ausfindig gemacht haben?«
Der Inspektor öffnete ein Notizbuch.
»Ich habe Fräulein Antoniazza am 28. April und am 1. Mai befragt. Am Mittwoch, dem 7., habe ich sie erneut getroffen.«
Das war an Marie-Françoises Geburtstag, dachte Maître Mange. Sie hat mir nichts davon gesagt.
»Sie hat zugegeben, daß sie wieder mit Mario Vittone zusammen war. Zweimal allein, das dritte und vierte Mal mit einem gewissen Benoit, einem französischen Staatsangehörigen, der zu der Bande gehört.«

Er hielt inne und beobachtete die Wirkung.
»Maître Mange ist auf dem laufenden.«
Er setzte sich, und Richter Margot richtete befriedigt seine Äuglein auf Maître Mange. Dieser war überrascht von der Szene wie von einem alten Theaterstück, in dem ein Tölpel vor seinen ehemaligen Komplizen erscheint, wobei hinter dem Thron der Geldprotzen die Meuchler in die Hände spucken und den Dolch zücken. Der Richter öffnete seine Schreibtischschublade und warf ein Bündel Photos auf die Löschunterlage.
Renard verbiß ein Lachen. Der Richter rieb die Hände, steckte sich einen Zigarillo an und setzte eine leutselige Miene auf. Maître Mange suchte dem üblen Spiel zu entgehen. Er sah wieder die Geächteten auf Soutters Gemälden, die Schatten Verdammter, ein Wetterleuchten über Zuchtanstalten, in das der Bannstrahl Gottes Kugelblitze schleudert wie blutige Sonnen.
Der Richter blickte ernst.
»Maître Mange, ich sehe keinen Grund, diese Audienz zu verlängern. Der Inspektor hat uns gesagt, was er wußte: Sie waren durch Fräulein Antoniazza ins Bild gesetzt worden. Ich mache Ihnen den Prozeß wegen Gehilfenschaft. Ich lasse Sie in Freiheit, bitte Sie aber, den Ort nicht zu verlassen und sich der Justiz zur Verfügung zu halten. Ihre Gerichtsaudienzen als Anwalt werden suspendiert. Ich möchte Sie auch ersuchen, nicht neue Fälle anzunehmen, solange Ihre Angelegenheit nicht erledigt ist.«
Inspektor Renard hatte sich zurückgezogen, Richter Margot stand am Schreibtisch auf, ohne Maître Mange die Hand entgegenzustrecken, dieser erhob sich und ging zur Tür. Ein Weibel mit Halskette grüßte im Flur. Das Portal öffnete sich auf die Cité. Frühsommerliche Sonne.
Es war warm. Aperitifzeit. In den Hinterhöfen dufteten die Linden. Vor der Eisenhandlung neben der Polizeiwache leckte sich eine rote Katze das Fell. Sie sah zufrieden aus, ihr Anblick heiterte Maître Mange auf. Linker Hand stand die Wirtshaustür des ›Ecusson Vaudois‹ offen. Maître Mange bestellte einen Pastis und dachte dabei an sein erstes Treffen mit Mona, es war im ›Pomme de Pin‹, kaum fünfzig Meter entfernt, der Anisduft hatte ihn angewidert, heute gab er sich der süßlichen Macht des Alkohols mit einem eklen Behagen hin. Maître Mange atmete ruhig. Jede Beängstigung war weg.

Er fühlte nicht einmal Wut auf den Hampelmann von vorhin. Margot spielte einfach nach Partitur. Wollte ihn der Richter als schuldig bezeichnen? Demütigen? Die Zeit arbeitete für ihn. Man würde ja sehen. In wenigen Tagen schon, denn Renard machte schnell, Vittone würde ein Geständnis ablegen, seine Komplizen ebenfalls, und er, Maître Mange, würde von jedem Makel reingewaschen.
Zweiter Pastis. Bald würde es zwölf Uhr schlagen. Schatten sprenkelten das Trottoir gegenüber dem Ecusson. Die Wirtshaustür öffnete sich im gelben Lichtschein. Zwei eintretende Gendarmen grüßten Maître Mange, und der Weibel von vorhin, nunmehr seiner Kette entledigt, blinzelte ihm im Vorbeigehen zu. Maître Mange erinnerte sich belustigt an einen Abend mit Mona. Als sie im ›Pomme de Pin‹ beim Essen waren, Mona hatte viel getrunken, war ein anderer Weibel eingetreten und hatte sich etwas verlegen an den einzigen freien Tisch in ihrer Nähe gesetzt.
»Aber ja, den Mann da hatte ich doch einst als Kunden«, rief Mona aus, und der Ärmste verzog sich betreten in die Toilette. Maître Mange dachte lächelnd daran. Es war an jenem Abend, als sie so sehr darauf drängte, die Photos im Dossier Berg zu sehen. Na und? Alle anderen Café-Gäste hatten es das eine oder andere Mal so getrieben. Kein Grund zur Aufregung. Es regnet, dann regnet es nicht mehr, das Wetter ändert, man vergißt die Schläge, Wunden verheilen, und am Ende ist alles schöner als zuvor. Der Weibel in Zivil kam zurück, wahrscheinlich hatte er Zigaretten gekauft bei Adelaide, der närrischen Alten, die seit drei Generationen einen Tabakladen führte und das Gras wachsen hörte, er hielt vor Maître Mange an, reichte ihm die Hand, bestellte am Nachbartisch ein Bier, schien sich in *24 heures* zu vertiefen und schielte erneut zu ihm herüber. Die Leute kamen Maître Mange heute drollig und nett vor. Er musterte sie mit Vergnügen. Er erinnerte sich an einen Ausspruch seiner Großmutter aus Echallens vor mindestens fünfzig Jahren – es war jene, die die Eier aufschlug und vorsichtig das durchsichtige Häutchen innen an der Schale abnahm, um es sich auf die Nase zu kleben. »Sei immer freundlich zu den Leuten«, hatte sie gesagt. »Wenn du mit jemand sprichst, so sag' dir, daß er vielleicht gerade Geburtstag hat.« Und im honiggelben Maienlicht kurz vor Mittag schien es Maître Mange, daß alle Leute, die er sah, gerade jetzt ein Anrecht auf ihren Geburtstag hatten, denn alles auf der

Welt war einfach und gemütlich. Denn der Widerschein der Blätter zitterte im Spiegel hinten in der Wirtsstube, und Lichttupfen flimmerten wie Tau auf den Gläsern der Theke. Denn die Kellnerin schien ihm zuzulächeln: sie war fett, etwas schwerfällig, doch sie hatte einen gutmütigen, flinken Mund, klare Augen, und Maître Mange bemerkte, daß die beiden Gendarmen sie bei ihren Hantierungen nicht aus den Augen ließen.

Was würde Richter Margot entscheiden? Sein bissiges Lachen sprach Bände. Maître Mange atmete ruhig, doch er hatte auf einmal sein Schicksal begriffen. Aus Fallgruben wie der seinen entkommt man kaum. Für Irrende gab es kein Mitleid. So war das Gesetz. Wer kannte es besser als er?

Mona erwartete ihn, als er ins Hotel zurückkehrte.

»Wollen wir ausgehen, Raymond, irgendwo auf dem Land essen? Ich ersticke in dieser Stadt, ich will niemand mehr sehen!«

Noch einmal, während sie die ersten Kirschen des Jahres knackte, genoß er das Schauspiel ihrer Nacktheit auf der saftiggrünen Wiese, durch die der Wind schillernde Furchen zog.

Seit er in Anklagezustand versetzt war, ging es ihm schlecht; er lebte in einer seltsam teilnahmslosen Stimmung. Die Dossiers wurden geschlossen, die Audienzen suspendiert, einige hängige Geschäfte endgültig abgeschrieben, die kleine Josiane wurde ihm von der Lehrlingskommission weggenommen, und Madame Magnin verließ ihn nach dreißigjähriger Mitarbeit. Im ›Central‹, im ›Brésil‹, wurden die Berufskollegen verlegen, wenn sie ihn sahen. Maître Veillon steckte den Kopf in die Zeitung; die andern, Maître Grob, der schöne Guisan, suchten ihr Heil in einer verlogenen Herzlichkeit. Maître Mange fühlte keine Kränkung. Er wiederholte sich, daß ihn die Nachforschungen der Sicherheitspolizei nächstens entlasten würden. Sein Bankkonto war unversehrt. Genug, auf Monate hinaus. Madame Magnin verließ ihn? Er würde bei der Wiedereröffnung der Praxis eine neue Sekretärin finden. Zwar hatte ihn Girard, der Präsident der Anwaltskammer, etwas vage beschwichtigt: eine Frage von Wochen sei es, er würde vor Juli wieder an seinem Platz sein... Doch was kümmerten ihn die verlegenen Gesichter der Berufskollegen,

die Gerüchte, das Gezeter, das Frohlocken des Gerichts? Andere als er hatten es überstanden. Anwaltschaft und Polizei konnten nichts dafür. Für wen hielten sich die Erleuchteten und ihre Häscher? Maître Mange lachte über ihr Gehabe, die Verschwörermienen, die wunderlichen Gepflogenheiten, die Gutsherren-Gerechtigkeit. Ein Daumier mußte ihre Gesichter in gleisnerische Fratzen verwandelt haben. Theater, Ritual. Im Schlamm die schuldhafte Larve, am Richterpult die Ausstrahlung Gottes, die Richter als die Gerechten, das Gericht mit streng gerunzelten Gesichtern.
So ging es: nach der Anschuldigung eine Zeit der Untersuchung, dann neue Vorladungen, eine weitere Aussprache mit dem Präsidenten der Anwaltskammer, der ihm zum Berufswechsel riet. »Von Verdächtigungen solcher Art befreit man sich kaum. Besser, man versucht es im Geschäft: Handel, Industrie...« Endlich der offizielle Bescheid, daß die Kanzlei zu schließen sei, und das Schreiben, das ihn aus der Anwaltskammer ausschloß. Schlag auf Schlag. Indessen hatte Maître Mange das Gefühl von Ferien, er genoß den Sommer, den ruhigen Alltag. Mona hatte ihm nicht verhehlt, daß sie mit Vittone neue Kontakte gehabt hatte, sie traf ihn in der Nacht oder spätabends in einem Hotel beim Bahnhof, in dem er sich unter einem falschen Namen versteckt hielt; sie war sicher, daß die Polizei nichts wußte, sonst hätte sie ihn längst geschnappt. Als sie das erste Mal gegen Morgen heimkehrte, sagte sie, daß sie nicht mit ihm ins Bett sei. Maître Mange empfand keinen Schmerz. Im Gegenteil, er fand wieder das zotige Entzücken wie zu Beginn der Liaison, als sie ihm von ihrem Leben als Saunawärterin und Kellnerin erzählt hatte. Sie erstrahlte in schuldhafter Gnade, die ihr Geheimnis verdichtete und sie zweideutig scheinen ließ, beladen von einzigartigen Sünden und Zauberdüften. Sie legte sich zu Maître Mange, und alsbald begann sie zu stöhnen vor Lust.
»Ich werde ihn wiedersehen«, sagte sie. »Er hat mich in seiner Hand. Er erwartet mich noch diese Nacht.«
»Geh nur«, antwortete Maître Mange. Er stellte sich den andern vor, und seine Hand glitt ihre Hüfte entlang ... »Ja, geh nur, egal, wenn du nur wiederkommst. Ich bin bereit zum Teilen, da du ja mir gehörst.«
Sie ging wieder hin. Und kam erschöpft zurück, verwirrt, sie zitterte, warf sich auf ihn, und den ganzen Vormittag kuschelte sie sich im schmierigen Sonnenlicht der Kammer mit

dem Stadtlärm und Marktgeruch an Maître Mange, faßte seine Hand und zwang sie zur Wanderung über ihren Leib; dann kniete sie auf ihn, trat ihn, biß ihn, keuchte mit dem Gesicht im feuchten Leintuch, während unter dem Fenster, an dem die perlmutterfarbenen Tauben vorbeischwirrten, die Marktfahrer Knoblauch und Kresse anpriesen. Er deckte das Gesicht des Mädchens ab oder zog das Leintuch weg, in das sie es vergraben hatte. In diesem Augenblick schien sie fast häßlich, die Lippen waren geschwollen, die Gesichtszüge eingefallen vor Ermüdung, die gierigen Augen glänzten in dunklen Ringen. Doch ihr Körper blieb jugendfrisch unter dem Fieberschweiß, und Maître Mange konnte sich nicht sattsehen, wenn sie sich im schweren Sonnenlicht geschmeidig wand wie ein Tier, eine Löwin oder feurige Katze.
Dreimal schon war Mona zu Mario Vittone gegangen. Es war am 17. Mai. An jenem Nachmittag verbrachte Maître Mange zwei Stunden in der Sauna, bevor er in der Hauptpost an der Place Saint-François sein Fach leerte. In der Hitze des Schwitzbads sah er mit Schmerzen Béatrice, weil ihn die Haltung der Liegenden an Bernard Morel erinnerte und er sie neugierig betrachten mußte.
Plötzlich überwältigten ihn Scham und tiefe Traurigkeit. Ihn ekelte vor sich selbst. Er war widerwärtig und gemein. Er fühlte sich plötzlich erschöpft, alt, beschmutzt von den acht Monaten wie von einer langen, lächerlichen Schlacht. Seine Saunagenossen waren licht und kräftig, sie kamen zur Reinigung und gingen wieder zur Arbeit, in ihr Heim, in ihr Männerleben. Er, Maître Mange, schleppte sich vom Hotelzimmer in die Gassen, er streifte herum oder döste dahin. Seinen Sohn hatte er seit der Beerdigung nicht mehr gesehen, Marie-Françoise war aus dem Tessin zurückgekehrt und hatte ihm nicht einmal telephoniert. Er las nichts mehr. Er hatte keine Freunde mehr. Er hatte seine Klientel verloren, ein Untersuchungsrichter hatte gegen ihn Klage erhoben wegen Gehilfenschaft in einer schmutzigen Drogengeschichte. Er war gestürzt und würde sich nicht mehr erheben können. Unbarmherzig würde man ihn ächten: in wenigen Monaten hatte er fünfundzwanzigjährige Bemühungen zunichte gemacht, und alles der schönen Augen eines Hürchens wegen; und seine Tochter hatte sich getötet, weil er nicht fähig gewesen war, ihr zu helfen. Béatrice. Er sah die tote Béatrice und fand die seltsame Beklemmung wieder, die ihn vor dem

offenen Sarg ergriffen hatte, was ihn an seine Verwirrung vor dem Schauspiel des Sterbens erinnerte, dem er so oft beigewohnt hatte: Röcheln, Seifern, dann ein Erschrecken, in dem die Züge erstarrten, und dann der Gedanke an die Ruhe, die in den Gesichtern lastet. Er würde diese Ruhe nicht kennen. Er konnte sich nicht mehr ausruhen. Wenn er Mona liebte, würde ihn jedesmal die Erinnerung an Béatrice verfolgen, verschwommen oder strahlend, leise oder laut, doch er konnte der Erscheinung nicht entfliehen. Béatrice! Das war sein Schicksal, seine Strafe, verfolgt zu werden von jenem Gespenst. ›Sieh, ich bin zurückgekehrt‹, würde die Stimme sagen. ›Du hast mich nicht zu halten gewußt, sieh mich an, bevor ich ins Reich der Schatten entschwinde!‹

Maître Mange war gedrückt, fast verstört. Die Sauna drückte ihn, die Hitze verschlang ihm die Kehle. Leiber glitten langsam in die Glut von Krematoriumsöfen, andere waren auf den brennendheißen Hurden zusammengekrochen, man hörte die in der Hitze Ersterbenden keuchen und schreien. Eine Hölle, wie er sie auf den Bildern gesehen hatte, an jenem Abend im Palais de Rumine mit Mona. Doch jetzt war er es, der zu zahlen hatte. Er, der sich unter Beschimpfungen und Hohngelächter winden mußte. Der große Herr Mange wollte sich von seiner Frau trennen! Der große Herr Mange hatte die gute Vereinbarung ersonnen, er glaubte in das Geheimnis einer andern Frau einzutreten! Lachhaft. Armseliger Dummkopf. Da hatte er es. Nun war er verdammt. Seinem Martyrium konnte er nicht entgehen. Der Totentanz. Schreie. Leiber, im Purpurschein vor Angstschweiß triefend, Geräderte, Klagen, Kreuzverhöre über den Teufelspakt. Verdammt! Verworfen! Herrlich war es, das ersehnte Land. Teufel oder Gott, Gerichtshöfe sämtlicher Stufen, Richter aller Ränge, Polizeihierarchien, Inspektoren jeglicher Kategorien, Räderwerke der Verwaltungsmaschinerie, und angesichts all der geheiligten Ordnungen ein einzelner Mensch, der ihre schreckliche Macht einige Monate lang vergessen hatte.

Auf dem Heimweg ins Hotel Suisse ging Maître Mange in eine Buchhandlung, zum erstenmal seit langem, und wie selbstverständlich begab er sich zu den Kunstbüchern. Aufs Geratewohl schlug er ein Werk über Leonardo da Vinci auf, blätterte zerstreut, und auf einmal fiel er auf ein Porträt mit ihrem Namen: Mona Lisa.

Plötzlich war er verwirrt vom seltsamen Zusammentreffen,

Mona, Mona Lisa, er betrachtete das Gesicht der jungen Frau, sein Blick glitt über den Hals, die hellen Hände, den dunklen Mantel, zurück zu den dunstartigen Gebirgen, die das Land auf unbegrenzte Räume öffnen, er verlor sich im grünen, roten, goldenen Himmel hinter dem Frauenkopf ... als Wallfahrer und Wanderer im ewigen Herbst, folgte er dem Weg zwischen den Bergzacken und roten Wäldern hinter Monas Schulter in das jenseitige Land: nebliger Dunst, dessen Leuchten auf wunderliche Weise weitergetragen wurde von einem duftigen Gebiet von Wald und Wasser unter Hügeln und Bergen, die sich rechts im Bild erhoben und zerflossen im durchscheinenden Grün wie im Widerschein eines Bergsees. Und das Lächeln. Der weggewandte Blick, die Stirn im Licht der Ewigkeit. Unerträglich. Mona. Warum habe ich nichts gewußt, nichts gesagt; Mona, warum bin ich abgeirrt in geheimnisvolle Welten, vom Labyrinth in den Felsenweg, vom Rätsellächeln in unerklärbare Ausblicke, während du vielleicht nichts anderes wolltest als ein Getändel? Er begriff nicht, wie ihn nur schon der Name von Leonardos Gemälde unwiderstehlich zum Gesicht seiner Maitresse führte. Auch das würde er nie wissen. Ein Geheimnis war es, das Reich der Bilder und Schildereien, das Mysterium von Schall und Widerhall, der Nachklang von Gesichtern und Körpern auf Gemälden und Photographien, die wie Wolkenschichten übereinanderliegenden Erinnerungen, das die Lebenden und Verstorbenen verbindende Gefühl von Sehnsucht und Angst, die Reue, die das Gesicht einer Jungverstorbenen und den Atem einer lustvoll Lebenden auf ewig verband. Das ersehnte Land. Erhebungen, Glück und Glanz, und dann Abstürze, Abfallhaufen. Leuchten auf Haut und Zähnen, lachender Genuß, brennende Lippen, feurige Blicke, und dann Zusammenbruch, Erniedrigung! Der Tod. Vermodern in dunklen Grüften.

Langsam ging Maître Mange in der Buchhandlung zur Tür. Der Maiabend rötete sich in der Straße. Goldene Schimmer huschten über die Schaufenster, schön waren die Körper in den Sommerkleidern, im zittrigen Dämmer glitzerten die Haarschöpfe der Mädchen von rosigem Widerschein. Die roten Tische und Stühle standen auf den Kaffeeterrassen der belebten Place de la Palud, Musik, Weißwein, Bier, junge Mädchen und Frauen lachten in der elektrisierten Atmosphäre, man sah ihre braunen Knie unter dem kurzen Rock,

und hinter den Häusern, in unsichtbaren Höfen mit schlampigen Bäumen, die schon im Dunkel lagen, zwitscherten unentwegt die Vögel.
Stehenbleiben? Sich an einen Tisch setzen, ein Bier bestellen wie die andern, sehen, wie der Abend blaut, die Neonlampen weiß aufleuchten über den Terrassen? Sich der Abendstunde hingeben und sie als Schau genießen?
Er ging über den Platz und kehrte ins Hotel zurück. Der Schlüssel war nicht am Brett. Mona erwartete ihn wohl oben. Treppe. Geruch von Seife und Tabak. Die Tür war nicht verriegelt. Er öffnete, trat ein ... Und sah den weißen Zettel auf dem Bett, er stürzte sich darauf, er hatte begriffen, trotzdem faltete er das Papier auf und las Wörter wie Dolchstiche.
Raymond, ich flüchte mit Mario Vittone nach Italien. Ich trage auf immer die Schuld am Tod Deiner Tochter und an der Anklage gegen Dich. Ich halte es nicht mehr aus. Vergib mir. Ich liebe Dich. Mona.
Er schloß die Tür wieder, ging durch die Stadt wie ein Schlafwandler, holte den Wagen aus der Parkgarage und fuhr den See entlang Richtung Pully. Blind, betäubt vor Traurigkeit war Maître Mange. Der Sturz, Maître Mange. Der Sturz nach der Fülle von Wundern. Vom Gefühl der Erniedrigung fröstelte er wie im eisigen Wind.
Er stieg aus und ging zum Gartentor, erstaunt über das Geräusch des Kieses, der unter seinen Schritten knirschte wie im Frost. Lärm ertönte, Holzfäller schlugen die Waldhecken, höhnisch trillerte ein Vogel und floh, ein Motor donnerte in der Avenue hinter ihm auf. Dann bekamen die Erscheinungen wieder ihre gewohnten Ausmaße, im Abendwind vom Ufer wogten die Äste, Meisen riefen sich, eine Amsel flötete auf dem Pavillon im Park, von weitem hörte man die Musik aus der kleinen Tanzbar am Strand. Ein Duft von frischgemähtem Gras und von Seewasser strich wie einst um die Apfelbäume. Wie früher.
Er stieg die Außentreppe hinauf und zog die Glocke. Bald würde man öffnen. Öffnen. Consuelos Schritt ging schon über den Teppich der Eingangshalle. Maître Mange drehte sich nicht zum Baumgarten, doch er wußte, daß in der Schattenallee hinter ihm ein sonniges Gesicht lachte, kupferne Zöpfe leuchteten in der anbrechenden Nacht, nun würde sein kleines Mädchen auf ihn stürmen, glücklich, geschwätzig, er spürte den Grashauch auf seinem Mund, ihre Ärmchen am Hals.

Die Nacht dunkelte. Die geheimnisvolle Nacht mit ihren wohligen Reichen. Er würde das Kind an der Hand nehmen, in ihrem Zimmer anziehen, und es dann in jene Katzenausstellung führen, wohin sie schon seit langem gehen wollte, die Katzen würden ihre bändelgeschmückten Köpfe schütteln und Rachmaninow, Ludwig II., Igor heißen, Béatrice würde den Finger durch das Gitter stecken, man müßte den Daumen desinfizieren, weil sie ein Perser über dem Nägelchen ein wenig kratzte. So. Consuelo hustete hinter der Tür. Die Ausstellung würde früh schließen, man hätte noch Zeit, um auf den Parkpavillon zu klettern, von dem aus man die Fische im See schlafen sieht. Der Blauglanz der Kälte erstarrte wie ein schwerer Traum. Das kleine Mädchen war vom Turm heruntergestiegen, und die Signatur des Malers verzehrte sich in einem hämischen Feuerbrand wie Jezabels Hand in der Asche nach der Tat der Rächer.

PETER SCHALMEY
MEINE SCHWESTER
UND ICH
ROMAN FISCHER